# 失衡的巨龙

## 中国经济的寓言和预言

傅 勇◎著

ZHEJIANG UNIVERSITY PRESS
浙江大学出版社

# 目 录

‖第二部分‖

## 宏观经济之问
### ——高增长低通胀：馅饼还是陷阱？

║第三部分║

# 货币政策之思
## ——动荡岁月：面纱还是权杖？

# 中国经济结构真的失衡了吗？

## ——再为傅勇序

张　军

（复旦大学"当代中国经济"长江特聘教授、

中国经济研究中心主任）

11月的杭州，秋色渐浓。我决定来杭州住上数日。玉皇山下，西湖长桥生态公园，是我每天上午出来看书和散步的地方。下午回到宾馆，会为一些杂志社审阅论文或者思考一些重要的理论问题，其中一个理论问题就是"中国经济结构失衡论"。

这是一个目前被广为接受的命题：中国经济内部结构严重失衡。不仅如此，这个内部的失衡通过贸易渠道进而导致全球经济的失衡。中国需要承担责任，通过平衡内部的结构来帮助全球经济恢复平衡。过去，坊间为了讥讽经济学家，往往说10个经济学家会冒出11个观点。可是现在，对中国经济的判断却出现了少有的一致性。我实在好奇这其中的缘由。

我曾经向我的学生们谈过我对中国经济结构失衡论的一些批评。这些批评的想法是这两年积累起来的。只是近来我在读书时发现,可以把我的这些想法放到一个对结构主义方法论的批评的框架中去。这样,对失衡论的批评就有了理论的基础。

我知道,结构失衡说深得人心,不仅因为它逻辑简单,易于推理,恐怕更是因为这样的说法做到了"政治上正确"(politically correct)。首先在美国,中国经济结构失衡说毫无疑问符合美国的主流政治,也给全球化时代美国经济的竞争力衰退、失业以及金融危机寻找到了一个"替罪羊"。而结构失衡说在中国国内也迎合了日益高涨的民粹主义情绪,与国内新左派的(反市场)自由主义的思潮和价值取向较为吻合。在新左派知识分子眼中,中国经济的增长过度依赖投资驱动,从而导致劳动收入占比下降,进而导致消费不足,必将形成经济发展的不可持续乃至停滞。这个逻辑与经典马克思主义的分析传统当然是一致的,更与20世纪三四十年代的左派经济学家(如卢森堡和斯威齐等人)用于批判资本主义经济的"消费不足"说有惊人的相似之处。

可是,尽管"政治上正确"建立在这种传统的结构主义观点之上的结构失衡说却是对中国经济(以及全球经济)的严重误判。在经济学上,结构主义的分析方法有严重的缺失,常常仅为极少数左派经济学家用来宣泄对市场经济的偏见和仇视,也多在经济萧条时浮出水面,根本无法为经济增长和发展经验提供正确的理论解释。因而他们大多数是过眼烟云,在经济学说史上难以留驻光彩。

传统的结构主义分析方法在今天的中国大陆正大行其道,甚至还被赋予了一个十分生动的名字——"三驾马车"。中国经济结构失衡论就是从这个"三驾马车"的机械运动和并不可靠的统计数据中简单推论出来的。根据这个三驾马车来推论,中国经济的增长过度依赖投资和出口,在内导致消费需求不足,在外则必然产

一

面对高速上涨的房价,有些人感到无力承受,也不可理解,甚至有人转而选择去诅咒高房价。国内部分学者对中国经济的高速增长也抱有类似态度。我们经常能看到这样的观点,中国的经济增长是浪费式的和低效率的,也是不可持续的。这类观点通常指向的是,快速增长的中国经济是建立在如下一些基础之上的:高投资、高出口、高能耗、高顺差、低消费、低收入增长、低城市化、收入不平衡、地区差距大、金融压抑,或许还包括开头提到的高房价。这构成了人们对中国经济模式的一种担忧和困惑。与其他主要经济体相比,中国的这组特征是不寻常的。印度是人们津津乐道的一个参照系。除了少量问题外①,印度经济要比中国更加平衡,不少

---

① 房价是中印比较中一个被忽视的因素。一家专业房地产调查公司——"全球房产指引"(Global Property Guide),在 2010 年 6 月提供了对全球超过 110 个主要城市的核心城区做的调研。结果显示,印度第一大城市孟买的房价是中国第一大城市上海的 1.75 倍(其中孟买每平方米是 9542 美元;上海是 5449 美元,约合 34000 元人民币每平方米,大致相当于上海内环的均价)。

学者也更认可印度的经济模式。而在国际上,随着中国经济影响力的增强,中国的经济失衡在很多人眼里成了国际经济麻烦的制造者。

这些不平衡当然是不合意的,但它们在很大程度上是经济迅速成长的"并发症",而不是一成不变的起点和基础。这就是本书将中国经济模式的这些特征定性为经济"成长的烦恼"的缘故。<sup>①</sup> 要知道,在 1978 年之前,上面提到的所有失衡问题几乎都不明显,甚至在 20 世纪 90 年代以前,失衡也远没有如此严重。早期的发展经济学家把很多结构失衡,看做是在经济发展的某个阶段中出现的合理现象,甚至是加快经济发展的一种途径。在经济"起飞"(take-off)阶段,城乡差距和低工资加快了城市部门的积累,而少数地区的超前发展,带来了要素集聚效应,成为具有带动作用的"增长极"。

在"经济模式之辩"这部分的一组文章中,我对中国经济结构性失衡作了多角度的比较分析,结果发现,中国经济除了规模庞大之外,其实并没有多少惊人之处,更谈不上"另类"。首先,在非居民资本存量、单位劳动力资本存量、出口的年增长率等指标上,中国差不多都低于日、韩经济快速发展时期的相应指标。其次,从现代消费理论视角看,中国经济的快速增长和优良的人口结构可以对居高不下的高储蓄率作出很好的解释。值得指出的是,日本等一些东亚国家在与中国发展相似阶段,国民储蓄率与中国不相上下;意大利在 20 世纪 60 年代储蓄率也高达24.5%,与中国相差无几,而意大利是基督教国家,与东亚的儒家文化相去甚远;新加坡的储蓄率更是中国的 1.5 倍;博茨瓦纳在经济高速发展的 20 世纪 80 年代,储蓄率也远高于中国目前的水平。再次,中国被普遍看做是一个高度依赖外需的国家,中国的出口占国内生产总值比重已经达到 40%,进出口占国内生产总值比重

---

① 在我的印象中,复旦大学的张军教授较早地使用"成长的烦恼"一词来解释中国的经济问题。在 2007 年 10 月 18 日《上海证券报》的专栏中,他将流动性过剩问题说成是中国经济"成长的烦恼"。

(即贸易依存度)接近70%，但如果我们更仔细地去考量这些指标，就会发现，事实上出口对经济增长的贡献度远没有看上去那么大。我们知道，中国出口中的国内增加值比重很低，而在国内生产总值核算中，只有国内增加值的部分才计入当年的国内生产总值。实际上，中国国内生产总值中用于出口的比重只占到10%，远远低于出口占国内生产总值比重的40%，以及20%左右的净出口占国内生产总值指标。1990年、1997年出口增速加快，而国内生产总值增长率却出现下滑；在2000—2001年的"高科技泡沫"之后，中国出口大幅下降，但经济增长保持了良好的势头；2007年出口增速下降，但经济增长仍在上升通道，这意味着出口变动从不是我国经济增长的主导力量。中国经济在这次金融危机中率先复苏也表明，中国与发达经济体至少已部分"脱钩"(decouple)。

上述几方面的分析表明，中国经济的结构性失衡在相当大程度上是经济发展中的阶段性现象。有很多迹象显示，这些结构性失衡很可能已经达到峰值，有望陆续进入下降通道，其中一个标志是"刘易斯拐点"的日渐临近。2010年春节过后，用工荒由几年前的沿海地区蔓延到内地，市场工资水平出现明显上升，最低工资普遍上调，外资企业甚至持续出现"罢工潮"……这些现象表明了劳动力无限供给时代面临结束。随着"刘易斯拐点"的临近，很多结构性失衡问题有望得到缓解，当然这是个相当缓慢的过程。在这个过程中，工资性收入会有所上涨，收入分配有望合理化，消费的贡献度也会增加，城市化也将进入一个新的发展阶段。从这个角度来说，我们应该对"刘易斯拐点"的临近保持开放态度。为此，我为一篇文章起了《你好，刘易斯拐点》这样的标题。这些转变的出现，也说明中国经济的失衡不是"绝症"，发展中的问题可以在发展中得到解决。

对中国经济模式担忧和困惑的另一个根源是，在中国经济的高度发展中，政府扮演着重要的角色，而这一点与经济学的基本信念相左。经济学通常认为，市场比政府更有效，政府过多地参与经济是对市场体制的破坏，会降低经济发展的效率。

应该说，如果仅从经济发展的特定阶段来解释中国经济的结构性问题，并认为随着经济的进一步发展，这些结构性矛盾自然会逐步得到缓解，是过于乐观的。最近几年，我一直尝试从中国式分权的视角来解读中国的增长模式和宏观现象。[①] 分权是指，在经济治理和公共决策上，中央和地方各自拥有相应的权力。对于规模较大的国家或地区来说，分权治理势在必行。在一些联邦制国家，地方政府甚至在政治和立法上都有一定的自主权。与之不同，中国的中央政府在向地方政府进行经济分权的同时，在政治上却保持了罕见的强势，经济分权和政治集中就成了中国式分权的主要内涵。并且，有大量证据显示，在中央对地方官员的评价体系中，经济增长、税收、基础设施建设等相对硬性的指标，占了相当大的权重。这就塑造了中国的地方政府特别具有企业家精神。一方面，地方政府在许多地方事务上拥有自主权；另一方面，地方政府的积极性又被中央调动起来，并主要集中于经济增长上。

中国政府在经济中的强势只是一方面，另一方面是强势政府也会推动市场体制的建立。比如中国的许多城市是在"经营"中快速发展的，地方政府巧妙地组合了资金、土地、人才等要素，推动了中国城市基础设施建设出现日新月异的变化。从这个角度说，我们在正面评价强势政府在推动经济发展的同时，并没有排斥市场的力量。中国政府的成功之处在于，强势政府不是去遏制市场，而是培育甚至利用了市场。小政府是香港繁荣的基础，但强势政府在新加坡也有不错的表现。张五常教授是非常推崇市场作用的，但他对中国地方政府的作用也给予了极高的评价。[②]

强势政府要取得长期成功，需要尊重市场机制。中国式分权这套体制固然是

---

① 傅勇：《中国式分权与地方政府行为：探寻高增长低发展的制度性根源》，复旦大学出版社 2010 年版。

② 张五常：《中国的经济制度》，中信出版社 2009 年版。

中国奇迹的基础,同时也是许多不平衡问题的根源。要缓解这些不平衡,改革这套机制就显得十分必要。更重要的是,我们要相信市场化会是更好的途径。这正是我们对中国未来保持较快成长所能提供的建议。

首先,政府集中更多的资源本身就不是个好现象。中国的公务员报考热是强势政府的一个表现。一定程度上,政府部门人力资源的更新能够提升政府工作效率。然而,社会最优秀的人才流向政府部门而不是流向生产部门,其实也折射出了该社会的市场环境还有待改善。有研究表明,一个社会中的律师越多,这个社会的经济增长率就越低。律师不可谓不聪明,但反而可能会妨碍经济增长。公务员和律师一样,都不是想着要生产财富而是想着分配财富。中国古代曾通过科举制度,将社会精英的注意力集中到儒家经典著述和官僚政治上,而这些活动对科技和商业的发展无甚帮助,结果在一定程度上导致了"李约瑟之谜"的发生。①

最近有不少意见认为,以国内生产总值挂帅来考核官员政绩,引发了越来越多的问题。鉴于国内生产总值忽视了很多资源环境成本,也与老百姓的福祉无绝对关系,因而建议用绿色国内生产总值甚至是幸福指数来作为综合考核标准。这些建议的初衷是好的,但绿色国内生产总值尤其是幸福指数主观性较大,在准确性方面远不及国内生产总值核算体系。考核指标在某种程度上就是指挥棒,这个指标应该具有成熟严谨的统计标准。即便是国内生产总值这个统计体系,地方政府尚有造假的空间,可以想象,一旦采用了主观性更大的指标,统计数据将出现更严重的混乱。现代经济国家,无一例外均非常重视国内生产总值,但这不一定就会带来与中国类似的问题。要规范地方政府行为,我们应该更多地依赖自下而上的意见,而不是用幸福指数来取代国内生产总值的指标。

---

① 林毅夫:《李约瑟之谜、韦伯疑问和中国的奇迹——自宋以来的长期经济发展》,《北京大学学报》(哲学社会科学版)2007 年第 4 期。

中国经济不平衡的一个特征是内需(主要是消费比重)较低。然而,消费不足毕竟只是结果。首先,消费不足其实反映了投资过度或投资不当。我在《中国宏观经济为何失衡》一文中指出,如果低效率的投资并不能形成有效的供给,再多的生产能力也只能变成闲置的机器厂房和不断堆积的商品。按照经济学的逻辑,投资是经济中最活跃的变量,投资通过"乘数效应"决定产出和收入,收入又决定了储蓄和消费。因此,消费不足的背后其实投射出中国投资体制上的问题。其次,收入分配体制是消费不足的另一根源。中国国内的生产能力超过了国内的需求,结果有相当大的生产能力需要依赖国外市场消化,这又表现为高出口和高顺差。《供给为何没能创造自己的需求?》一文从这个角度出发作了讨论。古典经济学中有个著名的萨伊定律,意思是供给会创造自己的需求,因为商品的价格是生产商品各要素的报酬之和,要素所有者在拿到这些收入后,刚好能够购买完他们所生产的商品。当一个社会出现普遍而持久的国内需求不足时,也就是供给未能完全创造出自己的需求,其原因就在于收入分配的不合理。马尔萨斯、马克思、凯恩斯等经济学家均认为收入分配问题是经济失衡的重要根源。

收入分配越来越成为一个热点问题。自改革开放以来,中国地区之间、城乡之间、不同人群之间的收入差距几乎都在不断增加。从时间上看,收入不平衡的加剧是经济发展和商品经济的产物。所谓"不患寡而患不均",在一定程度上,收入不平衡比整体收入水平低更容易引起社会不满。近年来,"仇富"情绪有所上升。那么,我们是否只能通过加大"劫富济贫"的力度来改变收入不公的状况呢?

首先,我们需要对收入差距有一个恰当的认识。《梦想比现实更重要?》一文分析比较了太平洋两岸的收入分配观念。基尼系数是衡量收入不平衡程度的常用指标。近年来,美国的基尼系数也超过了国际 0.4 的国际警戒线。然而,美国与中国的一个明显不同在于,美国人并没有走向仇富。收入较低的美国人所持有的想法是:加入富人群体,而不是缩小这个群体。虽然收入差距有所扩大,普通的美国人相信自己可以由贫到富的比重自 1980 年以来增加了 20%。这意味着,美国的社会阶层之间的流动性极为通畅。相比之下,美国人更加看重推动经济增长的意义,而不是重新分配财富的作用。虽然只有 1% 的家庭缴纳遗产税,但有超过 70% 的美国人支持废除遗产税,这也与中国日益高涨的征收遗产税的呼声形成对比。

其次,进一步的市场化改革,可能是缓解收入差距过大的途径,而不是加剧分化的诱因。《市场化改革与收入公平:一项经济调查的启示》引用的调查数据显示,农民工群体的收入分布呈现两头小中间大的橄榄形,而城市就业人员则呈现两头大中间小的哑铃形。其中一个原因是,农民工就业完全是市场化的,而城市居民有的在市场化部门就业,有的是在体制内就业,包括垄断性行业。这就是说,在市场化程度较高的部门,收入分配更加合理。从这个意义上说,收入分配的体制改革首先应该利用市场机制消除不合理的收入差距。

中国经济结构失衡的另一特征是城市化水平明显滞后于经济发展水平和工业化进程。学术界和政策界都认为,加快城市化步伐将成为经济结构转型的发动机。然而,在城市化模式的选择上,还存在不同意见。《中国城镇化:南张楼模式,还是龙港模式?》提供了两个有趣的城镇化案例。德国在山东的南张楼倡导了巴伐利亚式的城镇化模式,其核心理念是,农民不进城也能获得城市居民的生活质量,其手段是通过投入大笔资金来改善农民生活生产环境以及公共服务设施。而浙江温州龙港在短短 20 年时间内,从 6000 多人的几个小渔村,发展成人口超过 23 万、经济规模接近 100 亿元的明星城镇。值得强调的是,这可不是一个经济特区的故事。龙港是一座几乎全部由农民集资新建的城市,是在人口自由流动基础上形成的中国第一座农民城。上述两种模式的分歧不在于是否要城镇化,因为这两个模式实际上都在进行着城镇化,而在于城镇化应该是在农村普遍推行,还是由市场机制自发生成像龙港这样的城市而实现。有关研究表明,在中国,将经济发展水平、居民健康、教育水平、环境污染、交通状况、占用土地等指标综合起来考量,普遍推行人口在小城镇就业的南张楼模式是不符合我国国情的。

另外,在城镇化步骤上,有观点认为限制农村人口向城市迁移违背了宪法,应该尽快废止执行了半个多世纪的户籍管理制度。《罗马不是一日建成的》对这种观点提出了不同意见。鉴于中国城乡差距之大,大城市公共设施和公共服务供给能力的限制,一步到位启动城市化进程,条件还不成熟。城市化应该循序渐进地完成,并且要充分利用市场机制。在经济增长较快、吸收就业能力较强的地区要加快降低户籍门槛,加快城市化进程。而对于传统体制较多的城市以及特大城市,完全取消入户限制还有很大难度。一些大城市曾考虑过松动户籍制度,但迫于教育资源不足等压力,很快就叫停了。

有趣的是,市场机制还是建设和谐社会的有效途径。传统的社会主义者试图通过说教激发人们的高尚道德来实现社会和谐,号召大家学雷锋,不断树立先进模范。市场经济对人性的要求恰恰相反。在市场经济中,如果很多人是利他主义者,总是为他人着想,贵买贱卖,反而会造成社会生产的混乱。在我看来,和谐社会与市场机制是可以兼容的。

二

20 世纪 80 年代中期以来,美国等主要经济体出现了所谓"大缓和"(great moderation)时期,表现为高产出、低通胀,同时产出和通胀的波动幅度明显下降。经济学家曾经断言,经济金融运行的基础出现了某些变革,变得更加富有弹性了,从而带来了"大缓和"。这些变革可概括为三个方面:一是以信息互联网技术为核心的"新经济"的崛起,显著提高了劳动生产率,使得产出扩张和物价稳定得以持续。美联储前任主席格林斯潘就是"新经济"这一概念的首创者和鼓吹者。二是企业管理能力的提高减少了投资和库存周期的大起大落,进而减少了总产出的波动性。三是金融衍生品的发展以及金融市场的高效运转,使得价格发现机制更加灵敏,市场能够更好地处理不确定性,市场波动因此下降。

金融危机的出现表明,经济金融系统并没有向有利于减少波动的方向嬗变。"宏观经济之问"这部分,用一组文章阐述了经济周期的火苗其实深藏在人性之中,经济发展和科技进步并没有改变人类的喜怒哀乐。《黄金盔甲掩盖下的人性弱点》对现代经济中的人性作了有趣的描述。大多数人的印象是,金融市场的参与者个个精力充沛、生龙活虎,他们目标明确,且大多数受过良好的教育。然而,由这些信奉理性至上的人群组成的市场却并非绝对理性,他们和我们凡人一样,有着自己的喜怒哀乐,无时无刻不在萌发非理性的想法,并一次次地为之付出沉痛的代价。这样的故事不仅仅会在 17 世纪的荷兰郁金香投机中发生,在 21 世纪的今天,"黄金盔甲"看上去更坚固了,但在被金融危机撕裂之后,其人性背后的非理性一如先辈。

在理论层面上,经济学家习惯假设人是理性的,会在既定的条件下,作出最好的选择。然而,如果经济行为人个个是理性的,那么宏观经济为何会出现过热、泡沫、疯狂、低迷、崩溃等非理性现象?《经济的问题,还是经济学家的问题》一文讨论了金融危机所暴露出的宏观经济学的贫困。尽管有少量经济学家成功预测到了金融危机,但 20 世纪 60 年代中期以来的宏观经济学并未给经济危机留下应有的空间。在标准的经济学模型中,经济波动主要来自货币供给冲击,或供给面的真实冲击。这些理论无法预测甚至无法解释金融危机的出现。实际上,现代宏观经济学始于对"大萧条"的研究。之所以需要宏观经济学这一学科,是因为很多宏观经济现象难以从微观层面上加总得到。

凯恩斯差不多在 80 年前首先用"动物精神"(animal spirits)来分析人们的投资活动,指出面对不确定性,人们的许多投资行为"只能被视为是动物精神使然";来自人们"想要采取行为的冲动",这不像理性的经济理论所预测的那样,是"收益率乘以其概率的加权平均值"。① 凯恩斯的危机理论是建立在三大心理学规律之上的,尤其是他所强调的动物精神。动物精神指的是人的行为选择中所包含的非理性行为和非经济动机。这一理念只在明斯基和金德尔伯格等少数经济学者那里得以传承。

最近,耶鲁大学的罗伯特·希勒教授和他的合作者、诺贝尔经济学奖获得者乔治·阿克洛夫教授,试图完全从"动物精神"的角度对经济泡沫和经济波动作出全新的解释。他们认为,人的行为会受到很多因素的影响,是情绪化的,并且会相互影响和传染,这使得人类行为会出现非理性和非经济特征,体现在资产市场上就是泡沫和崩溃的反复交替。② 此外,另一个有望赢得声誉的人性分析概念是索罗斯首创的"反射理论"(reflexivity theory)。反射理论指的是,投资者(及其行为)与金融市场间相互决定的互动关系,投资者根据自己获得的资讯和对市场的认知形成对市场的预期,并付诸投资行动,这种行动改变了市场原有的发展方向,就会反射出一种新的市场形态,从而形成新的资讯,让投资者产生新的投资信念,并继续改变金融市场的走向。由于投资者不可能获得全面完整的资讯,他们投资所依据的是"投资偏见",这些"投资偏见"是金融市场运转的根本动力。当"投资偏见"零散的时候,其对金融市场的影响力是很小的;当"投资偏见"在互动中不断强化并产生群体影响时就会产生"蝴蝶效应",从而推动市场朝单一方向发展,最终必然反转。

既然人们的非理性行为经常会制造泡沫和破灭的周期,那么我们就需要学会泡沫化生存。《靠"动物精神"实现泡沫化生存?》一文强调,在中国的发展阶段里,泡沫之后是会出现调整,重要的是调整之后会怎么走。中国、美国、日本是一个很

---

① 约翰·梅纳德·凯恩斯:《就业、利息与货币通论》(英文版),麦克米兰出版公司 1936年版,第 149—162 页。

② 乔治·阿克洛夫、罗伯特·希勒:《动物精神》,黄志强等译,中信出版社 2009 年版。

好的比较。美国泡沫破灭后一般要经历一段长时间的负增长，经济才能重拾升势；日本在 20 世纪 90 年代之前也经历过多次泡沫破灭，但经济很快反弹，而 20 世纪 90 年代的股市、房市崩溃后，直到现在也未真正走出困境；中国在这次危机中经济只有极短的下滑（但仍是正增长的），随即便出现了快速复苏。这可能是经济发展阶段所决定的。美国经济一直是处于世界经济最前沿，它主要依赖创新来推动增长。这使得其增长相对较慢，但由于其技术不断进步，经济最终还是可以继续向前。日本在高速成长时期，通过模仿取得了很快的发展，虽然成为一流经济体，其创新脚步却未能跟上，因此其经济繁荣也就难以持续。从中国目前的状况来看，主要还处于日本 20 世纪 90 年代之前的发展状态，此时，即便泡沫破灭，也会很快反弹起来。

在主要经济体处于大缓和的背景下，作为高速成长的发展中国家，中国自 2003 年以来承受的通胀压力大于发达国家，而在雷曼兄弟破产之后，随着中国经济的降温，对"二次探底"和通缩的担忧有所增加。"宏观经济之问"中的第二组文章，对国内外宏观经济"过山车式"的转换作了跟踪研究。

在 2003—2008 年 10 月的这一轮经济上升周期中，亚洲金融危机以来的通缩氛围逐渐被通胀和过热格局代替，经济中充溢着过剩的流动性，以股票和房地产为主的资本品也出现幅度惊人的价值重估。2008 年初，南方出现了大面积冰冻雨雪天气，在短期内提升了物价。2008 年"5·12"汶川特大地震也减少了生猪等农副产品的供给，对物价造成扰动。消费者物价指数（CPI）在 2008 年二季度上涨超过 8%，其中食品尤其是猪肉价格上涨最为明显。

物价的明显上涨增加了居民的生活成本，为此有关部门在 2008 年初启动了临时价格干预措施，限制粮价、食用油价格、蛋价、肉价的上涨。《管制能管出和谐物价吗？》对此作了标准的经济学分析。物价管制只能在短期内起到作用，对缓解通胀预期也有帮助，但却使价格信号失真，降低了未来的供给，从长期来看是没有效果的。幸运的是,物价水平在 2008 年中以后开始回落,管制也就失去了必要性。

除了一般物价上涨外,房价的大幅攀升也引发了大范围的讨论。不少观点认为,由于消费者物价指数没有包括房价,中国的通胀率是被低估的;房价对居民生活影响巨大,而消费者物价指数覆盖的范围太窄,因而消费者物价指数应该包括房价。不过,虽然在中国的消费者物价指数统计中,住房类支出的权重可能需要上调,但在国际上房价本身都是不包括在消费者物价指数里面的。此外,有观点认为,房价上涨必然会带动消费者物价指数上涨,因而消费者物价指数应该考虑房价。我在《消费者物价指数应该包括房价吗?》一文中指出,房价与消费者物价指数之间并不存在简单的对应关系,很多经验显示,房价明显上升时期,物价也可能保持平稳。

此外,中国的物价上涨有其国际背景。一方面是输入型的物价上涨。《马尔萨斯幽灵重回地球?》和《高油价、国际福利分配与宏观经济理论演进》两篇文章对国际粮价和石油价格的巨幅波动及其影响作了分析。另一方面,国际上也有声音认为,中国向全球输出了通胀。《中国在输出通胀吗?》一文回应了这一质疑。文章特别提到,2007 年上半年中国服装出口的美元价格同比上涨了 4%,这与同期人民币升值的幅度大体相当。

2008 年 9 月雷曼兄弟破产之后,美国次贷危机迅速升级为国际金融危机,对中国经济的负面影响急剧加大,经济增长和物价由此进入下降通道。为应对危机,国家在 2008 年 11 月以后,陆续出台了一系列经济刺激和产业振兴计划,财政支出和信贷规模大幅增加,货币供应量明显上升。大约 3 个月之后,美国总统奥巴马于 2009 年 2 月 17 日正式签署了美国版的刺激计划,即《2009 美国复苏与再投资法案》(ARRA)。我在《中美经济刺激方案最好互换》中从多角度评估了美国经济刺激方案的有效性,并与中国的刺激方案作了全面比较。总体而言,美国的经济刺激方案将对防止美国经济出现持久衰退起到重要的缓冲作用,但其规模和力度无法同"罗斯福新政"等量齐观,从支出结构(主要是通过减税刺激消费)和时间安排上看,该方案没有实现短期刺激效果的最大化,结果是美国实体经济仍将经历一次明显收缩。相比之下,中国的方案力度更大,并且以投资为主,出台更加及时,推进的速度也较快,刺激效果要明显大于美国方案。然而,鉴于中美两国相反的经济结构,两国的经济刺激都有可能加剧各自的失衡。

随着大量流动性的注入,2009 年上半年的时候,人们对通胀的担忧有所增加。我在《适度通胀有好处》一文中指出,当时经济下滑和物价下行的风险大于通胀风险,货币供应的增长不会立即带来相应的物价上升。我甚至认为,在那个时候,出现一定的通胀预期有助于经济复苏。到了 2009 年底,中国的近邻越南和印度出现了明显的通货膨胀。《中国会加入高通胀俱乐部吗?》一文讨论了中国出现通胀加速上涨的可能性。总体来看,虽然中国的经济增长快于越南、印度两国,但物价形势要相对乐观。越南、印度两国高通胀的背景是受季风异常影响,粮食产量出现下降。不过,两国高通胀的另一个背景是前期注入了大量流动性,以及居民通胀预期的上升。在这一点上,中国应有所警惕。

2010 年一季度,中国经济出现了局部过热的迹象,物价上升也超过预期。然而 4 月份以后,欧洲爆发了主权债务危机,国内也出台了压力空前的房地产调控政策,加之财政金融调控实际上从 2010 年初以来已经有所收紧,2010 年一季度的过热态势没有进一步发展。在此背景下,认为国内外经济会二次探底和通缩的声音有所增大。在《微型滞涨魅影浮现》一文中,我认为未来出现通缩的可能性很小,进而提出在边际意义上,我们正处在一个微型滞涨的格局,即物价抬升与增长下降并存;只是这个组合还是令人满意的,因为未来物价上升和增长回落的幅度都不大。

在国际金融危机的背景下,中国的外汇储备安全受到了广泛关注。外汇储备从 1992 年的 210 亿美元上涨到 2009 年底的 2.13 万亿美元,外汇储备占国内生产总值比重在同期也从 5% 上升到 46%。2000 年以来的 10 年见证了中国外汇储备大幅度的积累。作为一个中低收入国家,将大量的钱以极低的利率借给美国等发达经济体,当然面临着不少风险，即便是美国人对此也不讳言。华尔街的著名基金经理彼得·希夫就公开表示，美国领导人是不会得罪选举人的，不会勒紧裤腰带还中国钱的。

我在《1.5万亿美元的豪赌？》和《美国国债膨胀会诱发全球通胀吗？》中对中国外汇储备的安全性作了讨论。美国对外关系协会的两名研究人员将中国持有1.5万亿美元的资产看做是一场"豪赌"。根据他们的测算，截至2009年3月底，中国各类机构总共持有2.3万亿美元左右的外汇资产，其中1.5万亿以美元的形式持有。可是我们很难想象中国在赌什么，这其实是与中国崛起和美元国际货币等大背景相联系在一起的。日本的崛起也曾产生过类似问题。美国白宫经济顾问劳伦斯·萨默斯将这种关系形容成中美之间的"核恐怖"均衡。既然是核恐怖，那中美的明智选择就是开诚布公，摒弃"阴谋论"，联手削减各自的"核武库"。受金融危机拖累，美国国债规模还将明显扩张。《美国国债膨胀会诱发全球通胀吗？》一文指出，如果美联储认为有必要将利率保持在低位，以降低融资成本，刺激投资消费，那么当政府发行过多国债时，美联储就不得不进入国债市场，为赤字融资，否则债券价格就会下降，市场利率也随之上升。在这个过程中，尽管没有人要求美联储必须这样做，但它实际上执行了通胀式的货币政策，中国外汇储备的实际购买力将会缩水。

中国在加入世界贸易组织之后，很多企业很悲观，认为没法与资金和技术都强于自己的国际资本共舞。然而10年过去了，中国成了全球化的最大赢家，影响力空前增强。金融危机显示，包括中国在内的新兴经济体抵抗外部冲击的能力有所增强。《美国感冒，新兴经济体打喷嚏》一文详细讨论了这一变化的表现、根源及其含义。为应对金融危机，美国等国均出台了一些带有贸易保护主义色彩的贸易和产业政策，这些政策会延缓全球经济的复苏。1930年，美国胡佛政府通过的《斯姆特—霍利关税法》（Smoot-Hawley Tariff Act），该法案将2000多种进口商品关税提升到历史最高水平，这实质上停止了美国进口，延长了"大萧条"持续的时间。《"去全球化"危机考验中国智慧》这篇文章指出，贸易保护主义危及中国的核心利益，应当积极予以抵制。我们应明确而审慎地应对来自国外的指责,同时加快国内市场的开发和整合。

贸易保护主义抬头的现象表明,现实世界并不像自由贸易理论所描述的那般富有田园诗氛围,正如一篇文章的标题所表明的,"自由贸易像天堂,都想去,但都不想太早"。自由贸易理论预言,无论是发达国家还是落后国家,只要按照比较优势进行国际分工,各自的福利都能增进,因而是不会有人进行贸易保护的。文章分析了这一预言经常失灵的背后机理。《农业补贴的政治经济学》旨在解释另一个贸易保护现象,即在发达国家农业部门通常规模较小,农业人口比例也较低。但发达国家的农业部门却有很大的政策影响力,并成为多哈回合贸易谈判失败的主要原因,文章从集体性行动的逻辑给出了解释。经济学原理与现实之间的碰撞还经常在灾难时期发生。每当这个时候,总有经济学家站出来说灾难无害,甚至会刺激经济增长。《灾难经济学的灾难》一针见血地指出了其中的要害所在。

此外,在欧洲中央银行于 2008 年成立 10 周年时,我应邀撰写了《欧央行十年未解的悬念》,文章剖析了欧央行的困难,尤其是 PIIGS 五国(葡萄牙、意大利、爱尔兰、希腊、西班牙)的财政问题。这一担忧在 2010 年得到了应验,欧洲债务危机在该年二季度爆发。然而,这很可能还不是欧元麻烦的结束。

三

对"大缓和"的流行解释,除了上文提到了经济运行出现变革之外,以伯南克为代表的经济学家认为,货币政策功不可没。[①] 得益于宏观经济学和货币经济学的发

---

① Ben S. Bernanke. "The Great Moderation", At the Meetings of the Eastern Economic Association. Washington, DC, February 20, 2004.

展,20 世纪 80 年代以来中央银行家们更好地理解了经济波动的原因,尤其是对 20 世纪 70 年代滞涨机理的理解;同时货币当局增加了政策透明度,改善了与公众的沟通,减少了反通胀的成本;特别是美联储在 1987 年股灾、1997 年亚洲金融危机、2000—2001 年的高科技泡沫等动荡时期,推行果断有力的逆周期政策成功化解了金融恐慌。[①] 然而,此次金融危机重创了有关"大萧条"的这一共识。时至今日,货币政策与这次危机之间的因果关系到底如何,还是一个充满争议的开放性问题,但货币政策当局要想完全撇开干系是不大可能的。

随着金融危机的升级演化和货币金融救助政策的创新实施,我以"危机中的货币政策"为主题撰写了一组专栏文章,对货币政策作了多角度的反思和评估。这组文章的第一篇,追溯了央行"最后贷款人"角色首倡者瓦尔特·白芝浩(Walter Bagehot)在这个问题上的经典论述,与之比较可以发现,美联储一系列的救市创新政策在许多方面都超越了白芝浩的最初界定。《次贷危机探源:太阳黑子还是政治需要?》用轻松的笔调,猜测了美联储前主席格林斯潘个人对金融危机可能负有的责任,这是一个政治经济周期视角的分析。第三篇专栏指出,虽然货币政策制定和执行在某种程度上像是在打仗,但绝不同于"阴谋论"鼓吹者捕风捉影式的描述。文章强调,货币政策操作的技术成分越来越多,可预期性也不断增强,并没有太多的诡秘之处。第四篇文章《美联储能成功吗?》回顾了货币经济学的发展历程,指出美联储激进的反危机政策至少在短期内能够发挥极大的作用。2008 年汶川大地震的发生也对货币政策提出了挑战,《货币政策与多难兴邦》一文专门讨论了自然灾难期间的货币政策操作。越南当前的经济动荡集中表现在越南盾对内对外的同时贬值,可以说是出现了一场小型的货币危机,文章《谁动了越南的货币?》探讨了其中的货币政策原因。

---

① Alan Greenspan. The Age of Turbulence. The Penguin Press HC,2007,09.

此次危机从 2007 年夏天爆发至今已有三年多时间,金融危机虽然影响深远,但没有升级成第二次"大萧条",究其原因,反危机的财政货币政策发挥了很大作用。这次危机与"大萧条"相比,危机前的泡沫更大,资产价格的下跌程度也可相提并论。然而,实体经济的衰退要比"大萧条"时期缓和很多。就美国的情况而言,失业率最高时上升到 10%,但在"大萧条"时期,失业率高达 25%。比较两次危机,可以清楚辨识的区别在于,主导危机救助的政策理念有了显著变化。"大萧条"时期,在财政政策方面,胡佛政府坚持财政平衡思路;那时货币政策仍受到"大萧条"之前的反过热和反通胀思路的束缚,犹豫而保守,反复而矛盾。而在这次金融危机中,政府出台了大力度的经济刺激计划,中央银行在将利率降至零附近后,创新了大量手段向市场注入流动性。人类知识的积累以及政策执行力的提升得以惠及自身。

然而,即便全球经济复苏能够如愿展开,全球众多中央银行也只成功了一半。在肯定反危机货币政策的同时,我们还要避免重复"危机—刺激—复苏—泡沫"的套路。尽管"格林斯潘对策"(Greenspan Put)[①]受到广泛批判,但这仍是央行应对此轮危机的必然选择。格林斯潘时代的主要教训不在于危机爆发时放松了银根,而是在危机过后没有及时收回过多的流动性。相比之下,美联储等央行比在历史上其他任何时候都要更大程度地进入了未知世界。要避免重蹈覆辙,中央银行还需要继续探索。与一边倒的政策放松相比,政策退出的复杂性更高,而央行在这方面的成功经验也更少。《靠什么逃脱"危机—刺激—泡沫"的宿命?》一文讨论了央行在将来可能面临的挑战。

国内外经济金融的动荡也考验了中国的货币政策。从 2003 年 4 月开始,中国人民银行采取发行央票、提高准备金率、扩大金融机构贷款浮动区间等一系列措施,对亚洲金融危机以来持续数年的扩张性货币政策进行调整。宏观经济的过热

---

① 指格林斯潘针对金融市场的大幅下跌,倾向于采取果断激进的救市行动。

态势在 2003 年底和 2004 年初趋于明朗,央行继续采取多项紧缩措施,2004 年 10 月央行进行了多年来的首次加息。紧缩政策在 2004 年收到初步成效,到 2004 年下半年,货币供应增速和投资增速均有明显下降。此后,中国的宏观经济在 2005 年下半年以后进入了新一轮过热周期,过热的范围进一步扩大。2005 年 7 月 21 日,人民币对美元汇率一次性升值 2.73%,在此后的三年时间里,人民币一直处在温和升值阶段。此外,中国人民银行自 2006 年 4 月起,开始了多次加息,紧缩性的货币政策一直持续到 2008 年 10 月。[①]

在这段时间里,我一直是紧缩性货币政策的支持者。其中有几点需要说明:首先,从 2005 年到 2008 年上半年,货币政策在一定程度上是一位"独舞"者。货币当局不断滚动发行央票、提高存款准备金率冻结大量的输入流动性,同时通过加息升值抑制经济过热和资产价格膨胀。在那段时期,防过热、防通胀的主要压力落在货币政策上。我多次撰写文章呼吁财政政策、产业政策等应该扮演更重要的角色。在经济过热时期,中国财政的"自动稳定器效应"尤其值得强化。其次,要加强和改善宏观调控,提升调控的效率,就需要有保持长期化、制度化的视角。短期的宏观调控应该与长期的经济金融体制改革相结合,将其置放在一个制度化、规范化的平台上进行,由此才能避免调控政策原地踏步。最后,在执行紧缩性货币政策中,应注意避免因短暂因素的干扰而改变节奏和力度。

次贷危机在 2008 年三季度迅速升级为罕见的国际金融危机,中国经济大幅降温,宏观调控全面转为扩张。央行启动各种手段放松货币金融环境,信贷和货币供应大幅增加,降低利率和存款准备金率,并从 2008 年 8 月起停止人民币对美元升值。2008 年四季度和 2009 年一季度,中国经济陷入底部。在这个时候,放出的大

---

① 卢锋教授全面回顾和评价了最近 10 年来的宏观调控政策变动。参见《新时期宏调工具多样化特征》,《CCER 中国经济观察》,2010 年 4 月 25 日。

量货币一时还难以进入实体经济部门。《印钞机加班,企业未必加班》一文就讨论了这种极端情况。正如凯恩斯所言,在类似流动性陷阱的情况出现后,财政政策能够发挥更加直接的作用。2009年二季度经济数据出来后,确认宏观经济已脱离半年前的底部。救市政策框架已经成功应对了保增长挑战,但却带来了另一个隐忧,即极度宽松政策对实体经济的刺激效果明显弱于资产部门。在经济复苏缓慢展开、一般物价处于较低水平的背景下,资产部门成了宽松政策的主要受益者。

中国经济率先复苏,但不少人担心,如果中国率先加息,将会吸引更多热钱流入中国。《利率平价并非我国货币政策之锚》一文指出,将国际资本的流入看成是中国加息或中美利差加大的结果,夸大了利率在国际资本流动中的作用。利差固然是无风险的收益,但国际流动资本尤其是短期资本所追求的并不是银行的利息。一方面,中国经济高速发展的前景和绵绵不绝的发展动力以及中国是世界上劳动生产率提高最快的国家之一,这些优势使得中国成为吸引外国直接投资(FDI)的磁石。另一方面,国际短期资本的大量流入主要是看重中国人民币升值的空间和资产部门价格的高涨。很难想象,国际资本进来后,会把钱放在银行赚取可怜的利息收入。如果是这样,那么中国就不可能成为国际资本青睐的对象。毕竟,无论是中国的名义利率还是中国的实际利率都位于世界的较低水平。文章强调,中国货币政策应该增强相对独立性,更多地从本国因素出发考虑政策操作。

人民币汇率弹性的增强就是提升本国货币政策独立性的一个重要途径。2010年6月19日,中国人民银行网站发布了《关于进一步推进人民币汇率形成机制改革,增强人民币汇率弹性》的新闻稿,表示人民币将回到2008年8月之前的更有弹性的轨道上。这意味着危机中的人民币盯住美元政策面临退出。长期以来,人民币汇率问题争议一直很大。国际金融专家罗纳德·麦金农和罗伯特·蒙代尔均是固定汇率制度的提倡者,在人民币问题上也一直建议并保持币值稳定。更多学者则倾向于在经济快速发展时期,人民币应该升值。在支持人民币升值的阵营中,对升值时机和升值方式也存在诸多不同意见。

在"货币政策之思"这部分中，有五篇文章讨论了汇率问题。综合起来，主要阐述了以下观点：一是在中国经济快速增长时期，人民币应该进行必要的重估。更灵活的人民币汇率政策能够提高货币政策的有效性和独立性，能够更好地管理通胀预期，并抑制资产价格泡沫，有助于经济结构调整，更多地转向内需。二是人民币汇率问题重在汇率形成机制，升值应该渐进完成。人民币的实际均衡汇率到底是多少，根据不同的模型，会得出差别很大的结论。并且随着外部环境的改变，均衡汇率也会发生变化。只有增强人民币汇率弹性，才可能对合理的汇率水平有一个动态判断。三是应借鉴其他货币升值经验，合理的汇率重估不会重蹈日本覆辙。我们不能简单地将日本经济自20世纪90年代以来的低迷归咎于"广场协议"后日元的大幅升值。日元在应该升值的时候没有及时升值，而在升值后，国内又执行了低利率等宽松政策以期对冲升值影响。应注意到的是，同期德国、加拿大等国本币升值并没有导致类似泡沫化和经济停滞等问题。四是在人民币升值的同时，应谨慎推进资本账户开放。从长期来看，汇率重估和资本账户开放最终都会得以实现。然而，汇率制度尚未完善之前，资本账户还是一道有效的屏障。五是除了货币升值外，还有很多可以平衡国民经济的手段，这些手段能够起到与升值类似的效果，包括鼓励进口以便缩减经常账户顺差，加强产权保护、环境治理，提高普通工人工资，完善社会保障等。借此中国商品的成本将会增加，这中间的很多成本是一直被忽视的，现在是逐步把这些成本显性化的时候了。

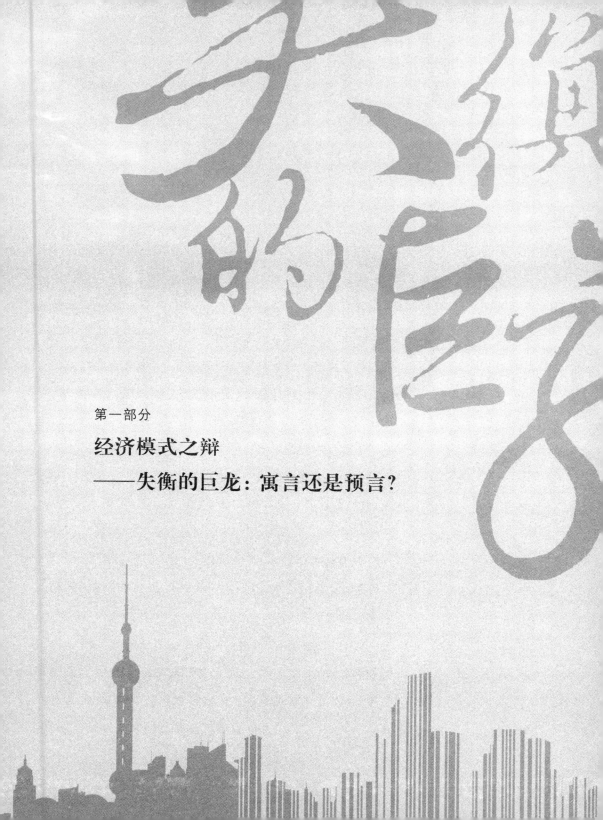

第一部分

## 经济模式之辩

### ——失衡的巨龙：寓言还是预言？

# 导 言

　　在金融危机的冲击之下，人们对中国经济模式的前景普遍抱有担忧。大家不解的是，20世纪90年代以来凸显出来的这种增长模式到底有多独特？其合理性如何？显然，如果它是符合经济发展尤其是东亚经验的话，中国经济即便受到危机冲击，那也是可以承受的，不会动摇经济增长的根基，一旦外部环境转好，便有望率先走出困境。

　　能否从中国的发展经验中归纳出一个中国模式，争议一直很大。如果我们作最高层次的抽象，那么几乎没有模式可言；但如果我们承认存在英美模式、瑞典模式、莱茵模式、东亚模式等，那么中国发展道路显然具有自己的独特性。认为存在中国模式的学者，对中国模式给出了两个层面的概括：一种是政治层面上的中国模式；另一种则是经济增长结构上的中国模式。

　　《人民论坛》杂志等单位曾对中国模式的主要特点做过问卷调查，结果显示，排在前三位的特点是："强有力的政府主导"、"以渐进式改革为主的发展战略"、"对内改革与对外开放同时进行"。这可以看做是对第一种概括的初步解答。

就像其他模式有其存在的合理性一样，由上述特征构成的中国模式显然已经证明了其自身的价值。英国《金融时报》评论员卢斯在《不顾诸神：现代印度的奇怪崛起》一书中，为我们展示了一个具有浓厚传统甚至蒙昧色彩，却包容了现代经济增长的动力和机制的印度。同样，我们不能说中国模式因为不符合标准的西方模式，就否认其合理性。

更多的批评集中于中国的经济模式上，即第二种概括，包括高增长、高储蓄、高投资、高出口、低消费等特征，还包括黄亚生教授提到的城市化导向的发展模式、二元经济结构、居民收入增长低于国内生产总值增长、收入差距过大、金融压抑等一系列问题。与第一种概括不同，经济发展模式意义上的这些特征，并不是中国所独有的。事实上，发展经济学长期把这些特征作为一般性问题来讨论，这些特征也大多是经济在起飞阶段的共同点，在东亚经济体中尤为明显。总体而言，如果以这些结构性问题来质疑中国发展模式的可持续性，同样缺乏说服力。

让我们回顾发展经济学告诉我们的故事。罗丹的大推进理论、佩鲁的增长极理论，甚至刘易斯的二元经济模型，都支持了固定资产投资、城市加快发展以及不平等在经济起飞阶段的重要性。发展经济学家相信，落后国家常常会陷入一个"低水平陷阱"难以自拔，而要突破这一陷阱，就需要在一段时间内集中进行固定资产投资，把经济带到新的发展通道。同时，城市部门优先发展在经济发展的初级阶段是至关重要的，而城市发展的动力主要来自城乡收入差距的扩大和维持。

对照来看，中国现在的不平衡发展道路几乎完全符合早期的发展经济学理论，几乎没有多少中国特色。这些理论大约都是 50 年前的理论，其后"华盛顿共识"指导了大多数发展中国家的发展。但那些直接参照发达经济体而设计出来的制度框架并不能很好地发挥作用。时至今日，传统的发展智慧正重获影响力。

与欧美国家相比，我国的经济结构和经济增长动力的确大相径庭，但中国还是个发展中国家，2009 年人均国内生产总值不足 4000 美元，仍为中等偏下收入国家,直接拿中国与当前的发达经济体比较意义不大,合理的做法是把同一发展阶段上的经济体放在一起比较。

经济学家麦迪森在其富有影响力的著作《中国经济的长期表现》中提供了相关资料。1978—2003 年,中国的非居民资本存量、单位劳动力资本存量、出口的年增长率分别是 7.73%、5.73% 和 14.42%,美国同期这三个指标分别是 3.23%、1.81% 和 5.91%。显然,中国的数据要高出美国的很多。与欧洲的成熟经济体相比,结论也是一样。这似乎凸显出了中国经济的独特性。

然而,如果对照日本和韩国在 1952—1978 年经济起飞阶段的表现,中国当前的经济结构与他们当时的几乎如出一辙。在这段时期,日本非居民资本存量、单位劳动力资本存量、出口的年增长率分别是 9.57%、7.97% 和 13.17%,韩国相应的三个指标增长率依次是 10.89%、8.77% 和 26.1%。相比之下,日本、韩国在经济快速增长期面临着比当前中国更加严峻的结构问题,即便是现在,日本、韩国的经济结构也还是更像中国,而不是像美国。这个模式支撑着日韩迈入发达经济体之列,就这一点而言,中国经济的前景并非糟糕透顶。

与早期的发展经济学所开出的药方一致,东亚的发展经验也显示中国当前的这些结构问题在一定程度上只是经济快速发展时期的共同特征,甚至是必经阶段。相反,在结构性问题上,印度的问题在于储蓄率较低、资本积累不足以及基础设施投资落后,也就是说,印度问题出在与中国模式相去甚远。

国际金融危机对中国产生了深远的影响,其中一点就是让更多的人相信,不平衡的增长模式是不可持续的。因为结构失衡正是这场国际金融危机的根源之一,危机的爆发在某种程度上是对全球失衡的否定。然而,这里的分析从一个侧面说明,中国当前的很多问题都可以看做是发展中的问题,不少高收入的国家都有过类似这样的发展阶段,所谓中国增长模式,其实并没有特别多的中国特色。从这个角度来说,尽管金融危机对中国的结构失衡提出了诸多挑战,但它不会摧毁中国经济增长的基础,因为很多国家都依赖这个基础走向繁荣。

我们有理由悲观,但有更多的理由保持乐观。如果我们是拿今天的成熟经济体与国内的现状比较,那么可能是悲观的,甚至认为我们可能永远也到达不了成功的彼岸。但事实上,这种比较并不妥当,发达经济体今天所代表的模式并不是唯一的彼岸。这次金融危机在发达经济体首先爆发,就表明了这与近几十年来危机主要在发展中国家爆发是不同的。

# 中印经济的增长寓言

作为一个仅次于美国的高科技人才资源大国，印度正在创造人类历史的神话。印度是世界第二人口大国，拥有世界第四大军队，印度的政治影响力不言而喻。在经济领域，中国、印度作为世界经济增长的双料引擎而经常被相提并论。印度经济在最近 10 年里实现了 8％ 左右的平均年增长率，这是让世界上绝大多数国家叹为观止的成就。在诸多大国中，印度经济增速多年来仅逊色于中国。金融危机之后，印度与中国一样实现了率先复苏。值得一提的是，印度有着一流的统计体系，其统计数据的准确性是被普遍认可的。在这一点上，印度明显领先于中国。

然而，对于这个雄心勃勃的近邻，我们了解多少呢？遗憾的是，在我们日益宽阔的国际视野里，印度似乎一直被挡在了"世界屋脊"之后。提起这个文明古国，大多数人的记忆里还停留在《流浪者》等曾经风靡一时的经典电影的描述。即便是在今天，在不少人眼中，还找不到足够的理由来改变对印度的印象。

去过印度的人仍然惊讶于其基础设施的落后和城市外观的破旧，我们经常会见到挤到爆满的汽车或火车在缓慢行驶。很多人强调，在印度旅行并不是一件轻松愉快的事，旅店住宿和服务费十分昂贵，大街上随处可见懒散闲逛的年轻人。

2008 年英国《金融时报》上发表的一篇文章《印度巨人的泥足》，就生动描述了这些令人沮丧的现象。

那么，我们应该相信经济增长率，还是相信自己的眼睛呢？下文首先来看看中印的经济模式有多不同，其次讨论中印模式谁的前景会更加光明，最后分析印度模式对于中国具有哪些重要的启示意义。

## ‖ 印度：中国天然的参照系 ‖

不知从何时起，人们就已习惯用"龙"和"象"来比喻中国与印度，对照迥异的两种发展模式。这种比喻的确很有意思——两者同为庞然大物，但一个在天上，一个在地上。

在部分学者眼里，中印两国经济模式完全可以用传统和现代来区分。虽然这看起来似乎有些武断，甚至含有褒贬色彩，但却不能全盘否定其合理性。时下，印度经济学家习惯把自己的经济与"信息经济"或"知识经济"联系在一起，如果参考一下统计数据，这似乎并不为过。摩根士丹利的数据显示，目前服务业占印度国内生产总值比重已经达一半以上，占国内生产总值累计增长的六成，而有形的制造业一直停滞在国内生产总值的 1/4 左右。俗话说，"耳听为虚，眼见为实"。不过，对于印度模式来说，这句话未必准确。因为，以软件、咨询业闻名于世的印度相当"内秀"，很难给人视觉上的冲击。

而中国经济走的是工业化、城市化的老路，"信息经济"或"知识经济"也是需要花大力气才有望实现的远景。近年来，中国服务业仅占国内生产总值的 1/3，10 年间上升不到 2%，而制造业比重一直处在 50% 的高位且仍在攀升。巨大的基础设施投入、雨后春笋般涌现的高楼大厦使得中国看上去"一天一个样"；神形具备的"世界工厂"以低廉的"中国价格"打遍天下，关于"是中国加入世界贸易组织，还是世界贸易组织加入中国"的感慨也非印度所能比拟的。

在微观层面,中印两国经济运行的基础也存在显著差异。印度拥有历史悠久的私营经济部门,自 1991 年以来市场导向的改革措施进一步提高了私营企业的竞争力,并成为上市公司的绝对主体。近年来,主要大型上市私营公司均取得突出业绩。中国改革开放虽然早于印度 10 多年,但是民营经济的发展仍然没有走上正轨,国有企业控制着许多关系"国计民生"的关键部门,民营经济发展面临着透明程度不等的各式"天花板"。

## ‖ "龙象模式"之争 ‖

很多人都注意到,在世界范围内,乐观情绪的焦点正在从中国转向印度。这是近几年国际学术会议上出现的一个明显变化。用复旦大学张军教授的话说,中印两国经济增长的最大区别在于,我们对中国的现在比对她的未来知道得更多,而印度的情况则恰恰相反。这实际上表明了中国经济增长的前景仍然存在一些不确定因素。

其实,就过去的增长纪录和当前的发展势头而言,印度比起中国还是有相当差距的,并且这种差距并未见明显缩小。那么,印度的乐观来自于何处呢?

在一些观察家看来,印度经济具备了实现长期增长的所有重要条件:高素质的人力资本、健全而发达的金融市场以及在西方看来相当标准的政治框架。经济学原理一再告诉我们:有了这些,从长期来看,经济是没有理由不增长的。因而,几乎所有人都相信,虽然印度脚下的道路并不宽广平坦,但很快她将踏上一条光明大道。考虑到这些,印度当前的经济增长依旧不那么令人振奋,这倒多少有些令人费解。

再来看看中国的情况。对于中国经济的优秀表现,我们已经从多重视角来解释。比如,中国路径作为增量式改革被认为是一种巧妙的制度创新,在体制内的利益未受影响的前提下,体制外实现了迅速增长。因此没有造成生产和福利的大幅下降,改革的成本也比较小,走出了一条一部分人受益而没有人受损的"帕累托改进"之路。另外一个解释是,中国的成功源自其特殊的分权改革。转轨经济的一个共同经历是经济决策权从集权化的中央向地方分散，也就是说，给予企业和地方政府更多的权力去追求经济增长，而中国通过构架一种"财政联邦主义"（fiscal federalism）使得中国地方政府对经济增长表现出罕见的兴趣。

在一般的转型国家中，伴随着经济分权，政治也会出现民主化和自由化，地方政府官员的去留在更大程度上是由当地选民决定的，中央在很大程度上失去了对地方政府的控制，这就增加了地方政府被地方利益集权"俘获"的可能性。而在中国分权的过程中，中央政府保留了对地方政府的控制力，尤其是通过以经济增长绩效为主要指标的官员考核提拔机制来激励地方官员追求经济增长。因而，中国地方政府为增长而竞争着：为外资提供优越的投资环境和政策优惠、推动国有经济战略重组甚至民营化、新建基础设施、经营城市发展……实际上，从某种程度上说，正是地方政府缔造了中国经济奇迹，为中国经济的高速增长提供了源源不绝的浑厚动力。

即便我们能够很好地解释我们过去和现在的高增长，但是对于未来会怎样，我们远没有那么自信。相反，按照标准的经济学理论，中国的经济增长纯属意外。众所周知，中国银行信贷大部分都贷给了国有部门，股市、债市这两大资本市场远未完善，利率尚未市场化；劳动力在城乡之间仍然无法自由流动；土地也不能按照市场原则实现流转。资本、劳动力、土地这三大生产要素都没有实现完全的市场化。商品市场呢？地区保护主义的盛行和地区间的产业趋同清晰地表明商品流动在相当大程度上仍然受到限制。在国际上，中国"市场经济国家"的地位至今也没有得到许多国家的承认。

中国这种不完善的体制能否支撑中国经济继续走下去，还能支撑中国经济增长多久？这绝对是我们需要认真思考的问题。首先，双轨制和增量改革的创新虽然显示出制度变迁对生产力的巨大释放作用，但是一旦这种二元体制制度化，就有可能陷入一个僵固的社会之中，改革就会因为强大的既得利益集团的阻挠而变得越来越难，未来的制度演进就可能被"轨道锁定"（locked in）。其次，中央政府在强有力地促进经济增长的同时,也有可能使得经济出现大起大落的剧烈波动。原因是政府决策虽然效率更高,执行起来也更加雷厉风行,但是犯错误的可能性也更大,并且一旦发现犯错误又往往会出现矫枉过正的倾向,从而出现人为造成的政治经济周期。中国经济不是过冷就是过热的症候不正是有力的佐证吗?而地方政府在这一轮房地产市场行情中所扮演的推动角色也让我们看到经营城市理念背后的隐忧。

在某种程度上,可以说转轨经济的大家庭之间正在上演一场经济增长的龟兔赛跑,中国就像那只矫健的兔子。刚开始时它稳稳地占据了有利的位置,把对手们远远甩在身后。可是,这个古老故事的结局是否预示着中国的宿命?人们对印度乐观情绪的高涨和对中国担忧的增加绝对不是空穴来风。

当然,这只是展示了一种悲观的可能性,历史的发展往往会超越人类的想象。虽然中国转型还没有完成,但换一个角度看,这正是中国"后发优势"的重要来源:伴随进一步转型而来的制度完善必将为中国提供更加巨大的增长空间,而眼下中国前进的脚步依然强劲有力。只不过,考虑到上述风险的存在,我们的确需要对中国经济未来的思考投入更多。毕竟,谁都不愿意生活在对"未来"的担心之中。

### 把目光投向印度的理由

毋庸置疑,在巨大差异的背后,中印两国的基本国情却十分相似:人口最多(两国人口总量占到世界人口的 1/3 以上);历史文化传统悠久厚重;历经漫长的封建社会,并一度沦为列强的半殖民地,最后经过艰苦的民族斗争走上独立自主的发展道路。所以,两国从基本相同的起点走上了不同的发展路径。

巨大的差异意味着巨大的学习空间。印度跨越了制造业,把经济直接建立在服务业之上。这种略显独特的发展观虽然隐含着一些重要问题,比如基础设施落后,剩余劳动力的转移乏力等。但在许多方面,印度也因此走在了中国的前头。发掘印度发展模式的优势对中国来说意义重大。

实际上,印度对"标准"发展模式的偏离可以从以下几点得到理解。首先,印度到1991年才真正对外开放,此时新一轮的科技革命初露端倪。其次,印度的精英教育为印度培养了大量的科技人才。再次,印度的基础设施阻碍了工业发展,使其转而依赖现代服务业。最后,"绿色革命"在印度发展,并且印度可耕地面积位居世界第二,农村劳动力的转移不如中国紧迫。

透过现象看本质,印度模式可以归结为三个特点。首先,更少地依赖物质资本。在吸收外资方面,中国远在印度之上,相当于印度的10倍;中国的国民储蓄率也是印度的2倍以上。其次,印度具有优良的制度和"软的"基础设施,对合约和法律的执行非常有效,交易费用接近中国香港地区,低于新加坡、澳大利亚等相对发达国家。最后,本土的企业家精神十分活跃,也就拥有更加优良的"气候"和"土壤"。

中国有越来越迫切的理由借鉴印度道路。目前,"节约型"的产业结构使印度能够避免能源、原材料供给约束,有效利用高度国际化的人力资源、信息科技专长和通用英语等有利条件为经济提供了更加合理的上升空间。显然,这正是中国必须转变经济方式的要旨所在。

值得强调的是,良好的制度基础设施对印度的发展起到了关键作用。印度高效运作的金融体系就是良好制度环境最重要的收获之一。金融自由化是印度十几年前就开始的市场化改革的起点,而中国的金融改革一直举步维艰,远远地落在工业化的后面。其中一个很重要的原因就是我们缺乏相应的制度环境。毕竟,金融的本质就是信用,信用来自法律及其执行、合约和诚信,这些东西在中国既缺少传统,又缺乏经验。结果,在亚洲证券市场上的上市公司中,只有印度公司的资产回报率名列前茅。

这些理由都在提醒我们应该把更多目光投向印度。

# 从哪里解开中国的高储蓄之谜？

　　与中国经济发展相伴随的重要特征之一是居民储蓄率的迅速攀升。近年来，国家开征了20％的利息税，即便如此，也未能阻挡中国人高涨的储蓄热情。2009年底，中国储蓄存款总额突破26万亿元，同比增长接近两成。喜欢储蓄对个人来说也许是传统美德，但对一国经济来说却并非总是好消息。在高储蓄引发消费需求不足的同时，与之相连的低利率却刺激着投资，国民经济总供给和总需求的矛盾因而极难平衡，犹如行走于狭窄的刀锋之上。另外，不断累积的存贷差也在银行业形成令人担忧的低效率和金融风险。

　　高储蓄问题的重要性要求认知的准确性和科学性。在目前的讨论中仍存在一些不妥甚至错误之处，不过现代消费理论为我们提供了一个理解中国高储蓄模式的有效视角。

## ‖ 未富高储？ ‖

　　储蓄是指国内生产总值中没有被消费（以及没有被政府购买和用于出口）掉的部分，按主体可分为家庭储蓄、企业储蓄和政府储蓄，前两者合称私人储蓄。其中，家庭储蓄是缴纳税收之后可支配收入中扣掉消费剩下的部分,家庭高储蓄是人们关注的焦点。

中国的高储蓄现象源于其与经济发展阶段的强烈反差。一方面,从人均国内生产总值看,中国仍是属于中等偏下收入国家。另一方面,20 世纪 90 年代以来的中国居民储蓄率一直处于 25％左右的高位。这与人们的直觉相悖:富裕家庭的储蓄倾向(消费倾向)通常高于(低于)收入水平较低的家庭。因为当一个家庭收入很低时,仍然有一部分支出是必需的,结果只能将余下的用于储蓄,随着家庭收入的提高,家庭收入中用于储蓄的比重也会增加。这在经济学中称为边际消费(储蓄)倾向递减(增)规律。亚当·斯密说过,对一个家庭成立的道理,对一个国家大概也能成立。因而,人均收入较低的国家,储蓄率通常要低于人均收入较高的国家。

进一步来看,1960—1970 年,囊括高收入国家的 OECD(经济合作与发展组织)的平均储蓄率只有 14.8％,与中国相去甚远。经常拿来与中国比较的是美国。亚洲金融危机之前,美国的居民储蓄率为 4％～5％,其中 1990—1994 年略高为 7.6％,但自 1999 年以来美国的居民储蓄率开始大幅下降,甚至变成负值,2005 年三季度的储蓄率为－1.6％,富裕的美国家庭过着可谓是寅吃卯粮的生活。总之,世界上最大的发展中国家和最大的发达国家在储蓄上的差异令人震撼。

## 习惯了存钱不花?

人们面对这种反差通常的反应是,将这些难以理解的现象归结为社会习俗和文化传统的差异,即东方文化崇尚节俭而西方文化鼓励冒险。这是一种很方便的做法,并且东亚的经验事实貌似也为这种观点提供了支撑。因为日本、韩国和新加坡等儒家文化圈的国家,都(曾)是高储蓄的主要发生国。

问题是,这种看法却无法解释日本储蓄率的近期下降以及其他有着类似文化基础的亚洲国家"正常"的储蓄率。更令人惊讶的是,回顾战后中国居民储蓄的变化,我们可以发现从 20 世纪 50 年代至 70 年代中期,"节俭"的中国居民并非高储蓄者,其平均储蓄率不足 5％! 这是一个被普遍忽视的事实。其实要对人们行为作出逻辑一致的解释,就不能借助于人们的偏好不同,而应该具体分析是什么样的不同约束导致了同是追求效用最大化的行为人却有着不同的储蓄表现。

另一种误解是,试图通过区分储蓄总量和人均储蓄来说明中国高储蓄的现实。这种观点认为,虽然中国的储蓄总量惊人,但是如果不做加法而是做除法,居民 26 万亿元的储蓄存款,平均到每个居民也仅能分得 2 万余元。莫说与中国香港居民的储蓄额相比有天壤之别(国际上从来没有研究者说香港居民的储蓄率过高),与低储蓄率的美国相比也相去甚远。

我们说中国储蓄高固然有储蓄总量的意思,但实质是指高储蓄率。虽然,中国的人均储蓄和发达国家不在一个重量级上,但是,储蓄率(储蓄/可支配收入)却远远高于工业化国家。我们看到,美国的经济规模是中国的 6 倍,但是美国的储蓄存款还不到中国的 2 倍,这才是中国高储蓄问题的真正所指。

最后需要澄清的是储蓄(率)的概念。储蓄(率)是一个与国内生产总值一样必须在一定时期内计算的概念。就宏观经济学术语来说,储蓄是流量的概念,而不是存量的概念。在当前的讨论中,通常是以居民存款余额来衡量的,这是个存量概念,它虽然能够提供一定的信息,但并不准确。另外,由于中国家庭可供选择的投资途径并不多,银行存款固然是储蓄的主要形式,但是其他的无形资产包括现金、股票和国债等也是储蓄的形式,并且储蓄存款还忽视了有形资产(其中最重要的是住房)的增加量。再有,考虑储蓄(率)更科学的方式是剔除通货膨胀以后的实际储蓄,这也是用存款余额来定义储蓄(率)所忽视的重要问题。

## 现代消费理论的洞见

把中国的储蓄率与发达国家作比较,并认为中国存在高储蓄现象,这其实是传统的凯恩斯消费理论的视角。其核心观点是：储蓄是由当前人均收入水平决定的。在边际消费倾向递减心理规律的作用下，作为消费的对立面，储蓄也就与收入水平成正比。这种缺乏微观决策机制的总量关系通常被认为对发展中国家具有一定解释力，但却并不能很好地解释发达国家的储蓄率变动，当然也无法解释中国的高储蓄。

弗里德曼开创的持（永）久收入理论和莫迪利安尼开创的生命周期理论构成了现代消费理论。其核心假设是，作为风险厌恶者，人们愿意在自己的一生中平滑各期的消费水平。也就是说，年轻的时候没有收入或者只有较低收入，人们进行的是寅吃卯粮式的负储蓄；人到了中年，收入丰厚，是储蓄的黄金期；退休之后，收入下降，则又进入消费增加的负储蓄期。

现代消费理论揭示了影响储蓄的两个关键因素：长期的收入增长率（而不是当期的人均收入水平）和人口结构变动。那么，中国的储蓄率为什么在改革前后出现如此巨大的反差？而哪些特征又能解释中国近期的高储蓄率呢？

中国异常的储蓄率是两个几乎同时发生的关键政策急剧转变的结果。首先是20世纪70年代开始向市场经济的转型和对外开放的实施。随着这一发展，收入增长率从大致稳定的3%激增至10%以上的水平。这个不同寻常的高增长率（而不是低收入水平）是理解与之伴随的高储蓄现象的重要基点。

第二个转折是人口政策。自20世纪70年代末期开始，计划生育从城市到农村得到了严格的执行。显然，按照生命周期理论，人口政策的这个转变对储蓄率产生了深远而重大的影响。其一，15岁以下人口同就业人口的比率从70年代中期的0.61大幅下降到世纪之交的0.33，人口红利使得进行正储蓄人群的比重显著增加，进而提升了储蓄率。其二，计划生育使得子女数量锐减，颠覆了传统的家庭养老模式，即子女赡养父母。这迫使父母减少对子女的依赖，增加储蓄以自我养老。

### 中国的高储蓄率并不另类

按照现代理论进行合理的国际比较,我们发现无论是中国改革开放前的低储蓄和近期的高储蓄都不是独一无二的。20世纪60年代冰岛的储蓄率大约和中国改革前一样低,并且直到80年代末冰岛的储蓄率都是OECD国家中最低的。冰岛的人均国内生产总值已超过4万美元,位列世界前茅,但是它较低的增长率和老龄化时代的来临使得储蓄率一直在5%以下。表1-1所示的是居民储蓄率的国际比较。

表1-1 居民储蓄率的国际比较

| | 国　家 | 年　份 | 储蓄率(%) | 经济增长率(%) | 未成年人口比重(%) |
|---|---|---|---|---|---|
| 1 | 中国 | 1958—1975 | 3.5 | 3.0 | 49 |
| 2 | 美国 | 1990—1994 | 7.6 | 2.3 | 29 |
| 3 | 中国 | 1990—1994 | 29.0 | 12.0 | 29 |
| 4 | 冰岛 | 1960—1970 | 4.5 | 4.7 | 60 |
| 5 | 日本 | 1971—1980 | 24.3 | 9.5 | 35 |
| 6 | 意大利 | 1960—1970 | 24.5 | 5.7 | 34 |

资料来源:弗兰科·莫迪利安尼:《生命周期理论和中国的居民储蓄》,《比较》,2006年第22辑。

同时我们可以看出,中国人并不是世界上唯一的高储蓄者。20世纪70年代,日本的经济增长率很高,并且人口结构也令人满意,与此同时,这一时期日本的储蓄率水平也与中国不相上下。有人会说,毕竟中国和日本有着相同的东方文化传统。但是意大利20世纪60年代的高储蓄率就驳斥了这种简便的解释。意大利的储蓄率甚至比日本还要高,可是意大利是一个虔诚的天主教国家,与儒家文化相去甚远。同样,我们可以在意大利的高经济增长率和有利的人口结构中找到真正的原因。

实际上,世界上也不乏储蓄率高于中国的国家。就整个国民储蓄率(中国1982—1988 年为 33%)而言,新加坡才是最著名的高储蓄国家(同期为 42.5%)。当然我们可以把新加坡作为一个例外,因为新加坡政府实行的是强制公积金政策。该政策要求所有的在业人员必须将其收入的很大部分缴入其公积金账户,用于养老、医疗等政府指定的用途。但是,博茨瓦纳是一个更具比较意义的例子,在其经济高速增长时期,1982—1988 年的国民储蓄率达到 35.3%,超过了中国。

总之,我们不能一边抱着过时的理论,一边对中国的储蓄率惊诧不已。中国的情况并不另类,并且,我们不需要借助文化传统之类的说辞,来为中国的高储蓄率作出牵强的解释。

# 如何应对中国经济"成长的烦恼"？

经历了改革开放以来 30 多年的急速发展，中国正迎来一个关键时期。中国必须要面对一个新的课题：如何处理增长带来的问题。显然，没有经济增长的策马扬鞭，长路急进，就不会有流动性过剩问题、人民币升值问题、资产价格膨胀问题，也不会有环境问题，这是值得欣慰的一面。因此，完全可以将之称为"成长的烦恼"。但令人担忧的另一面是，如果不能成功处理这些"成长的烦恼"，过去的努力和成就或将付之东流。熊彼特曾用"创造性的破坏过程"来定义经济发展的特征，但如果中国泛起严重的资产价格泡沫，随之而来的将是更多的破坏和更少的创造。

中石油在内地首次上市的万丈光芒，极佳地诠释了中国当前所处的这种微妙境地。在万众瞩目之下，上市近 8 年的中石油于 2007 年 11 月 5 日回归 A 股市场，首日暴涨 163％，以中石油这一天 A＋H 收市后的总市值计算，中石油已成为全球首只市值达 1 万亿美元的公司，并一跃成为全球最大的市值公司，比全球第二及第三大市值企业——美国埃克森美孚及通用电气的总值还要高。

显然，中石油所创造的纪录是空前的，我们只能用泡沫来形容。2005 年初，沪、深两市流通总市值仅区区 1.11 万亿元人民币，不足 1500 亿美元。即便在经过接近两年大牛市的烘托下,以及近期国际石油价格疯涨为中石油回归 A 股所营造的完美氛围下,这一盛况仍足以令人瞠目结舌。要知道,在超过 50 倍市盈率的哄抬下,中石油的总市值超过了俄罗斯的全年国内生产总值。事实上,中国的石油资源远不及俄罗斯丰富。

中石油的亮丽表现无疑是在高速发展的经济体中才可能发生。这构成了正面的解释。实际上,在战后的日本、德国,甚至整个西欧,以及稍近的中国台湾、韩国等地区,都出现过本币升值背景下的流动性过剩,以及资产价格高涨的现象。在经济高速增长一段时间之后,似乎所有国家都需要经过一段急躁的时期,才会进入更高水平的平稳增长路径。这意味着,中石油所代表的中国并不是没有先例。然而,这个过程会因中国庞大的规模而变得更加惊心动魄。

风物常宜放眼量。如果把中国当前的问题放在一个更宽广的经济增长背景下加以审视,可以发现中国发展至今,在很大程度上正处于青少年向中年转变的关口:问题多多,桀骜不驯,在活力四射的同时,也极有可能误入歧途,遗憾终生。要成功应对中国经济"成长的烦恼",同样需要立足长远,着眼于大局,全面提升经济治理水平,而这要求我们建立一个科学而综合的社会经济治理体系。

首先,在本币升值过程中,货币政策应保持在紧缩通道中运行。劳动生产率提高所导致的升值压力,是所有新兴国家跨入新的发展阶段所必须谨慎处理的大局。本币升值过程的流动性输入通常会对国内的物价尤其是资产价格造成压力。然而,由于货币政策的施行理念不同,不同国家的资产价格扩张的程度有很大区别。

日本和德国是经常被引为经验教训的两个正反例子。根据国际清算银行计算综合的资产价格指数(扣除一般物价上涨),日本在 1970—1985 年取几何平均的年资产价格涨幅大约为 2.1%,1985—1989 年放大到 17% 左右;德国(联邦德国)在 1971—1985 年,年资产价格涨幅大约为 1.5%,1985—1991 年大约为 3.8%。正是在升值背景下的资产价格表现上,两国经济的转型绩效拉开了差距,并让两国未来

20 年的经济发展产生了严重的路径依赖。

日德两国的汇率史显示,货币升值本身并不一定会造成资产价格膨胀并致使经济长期踌躇不前。一个猜想是,与本币升值相伴随的货币政策区别可能是两国升值结果迥异的重要原因。为了继续维持以出口为导向的经济模式,日元在升值的同时实行了宽松的货币政策。

具体而言,日本银行希望利用低利率来维持出口企业的竞争力,以抵消日元升值带来的负面影响。由于同期石油价格下降,国内一般物价水平在升值期间基本保持稳定。基于这个判断,1985 年"广场协议"到 1989 年的 5 年时间,日本银行将官方利率降低到 2.5% 的低水平,并容忍持续超过 10% 的货币增长速度,结果导致大量流动性资本不断流入金融机构和企业。一般物价水平没有出现明显上升,这并不意味着货币就真的"消失"了,实际上流动性资本的大量增加最终转为资产价格的上涨。日元升值期间,金融缓和政策是资产价格膨胀的主要推手。

与此相对应的是,德国把马克升值放在一个适度偏紧的货币环境中进行,资产价格膨胀从而得到抑制。事实表明,偏紧的货币政策更有利于经济向更高的均衡发展路径过渡。

在这方面,中国应该有所警示。2005 年"汇改"以来,中国的货币当局已经在回收流动性上做了大量的工作,但直到 2008 年 9 月国际金融危机急剧升级以前,宏观经济一直受到流动性过剩的拖累。与日本当年的情况类似,尽管消费者物价指数增速一直控制在二位数以内,但股价、房价却出现了幅度惊人的上涨。这种状况的货币政策背景与日本不无相似,即实际利率很低,甚至仍为负,信贷规模增加迅速,货币供应保持着相当宽松的环境。鉴于上述经验,货币政策很有必要进一步向德国模式靠拢。

其次,在货币政策从总量上控制流动性的同时,财政政策应在引导流动性合理分布上起到更大的作用。结构性物价上涨尤其是资产价格高涨是流动性过度向局部领域倾斜的结果。在 2005 年以来资产部门急剧扩张的过程中,公众追求财富的"潘多拉盒子"已经打开,但对我国传统"经济大国、金融小国"格局的矫枉过正也可能激发了极具破坏力的风险。

对此,财政政策应该进行相对灵活的结构调整。一方面,为重新引导流动性的合理分布,财税政策应增加资产转手环节的税收。一些类似托宾税的税制可以增加投机的成本,减少流动性推高资产价格的可能。另一方面,财政可以将集中起来的流动性,加大对低收入阶层、落后地区的投资、改革医疗教育体系、完善社会保障制度。流动性向这些不均衡的领域引导会减轻对股市和大城市房价的直接压力,并有助于夯实社会福利体系,这也是应对经济高速增长所带来的挑战的题中应有之义。

最后,应将扩大增量投资渠道,将丰富金融工具摆在一个更重要的位置。温家宝总理曾对内地股市增长过快表示过担忧,但同时指出政府应采取市场手段而非行政手段调控股市,防止股市大起大落。发展多层次资本市场、拓展金融创新有利于分散流动性集中的风险。在这方面,中国还有待发展。

总之,中国正面临着空前的"成长烦恼",相比别国经验,这些烦恼可能因中国发展之迅速、规模之庞大而被放大,但中国的这些烦恼并不特殊。透过繁芜丛杂的经济增长历史,我们依稀可以窥见最优转型路径的蛛丝马迹。

# 你好,刘易斯拐点

2010 年春节刚过,用工荒就在各地蔓延开来。与以往有所不同的是,这次的用工荒有这样几个特点:一是在工种上,不仅是技工和管理人员缺乏,普通劳工也开始短缺;二是在地域上,不仅是在长三角和珠三角等沿海地区,内地企业招工也出现了困难;三是在严重性上,用工荒愈演愈烈,有成为常态之势。

这些特征表明,用工荒不会是一个暂时现象,中国的劳动力市场上真的出现了前所未有的变化。这个转折点即为"刘易斯拐点"。刘易斯是获得诺贝尔奖的发展经济学家,他认为在城乡二元经济中,开始时城市可以不变的工资找到无限多的劳工,因为农村劳动力过剩。但到了某个时刻,城市除非涨工资,否则就不会有新增劳动力进城工作,这个时刻就称为刘易斯拐点。珠三角等地外资企业出现的罢工潮和加薪潮,就是刘易斯拐点临近的最具说服力的证据。

从定义来看,首先应该强调的是,刘易斯拐点的临近是中国经济发展的一个结果,不应该视为洪水猛兽,总体来说是一个积极现象。刘易斯拐点的临近将全方位改变中国的社会经济现状,而这些改变将会让更多普通劳动者更有尊严、更幸福地活着。

只有到了这个阶段以后,中国普通工人的待遇才能真正逐步改善。10年来,沿海地区工资水平基本没有改变,而中国的出口和经济总量均有了很大的增加。可以说,普通劳工并未享受到他们自己创造的经济财富。工资水平的适当提高可以促进劳动力技术的进步,并且会提升人力资本投资的价值。而技术进步和人力资本投资是新经济增长理论的要义所在,这对于调整弊端诸多的粗放式生产结构有着关键意义。

实际上,当前工资水平的上调并不真实反映了中国已进入了劳工短缺时代,在很大程度上只是对过去劳工待遇过低的一种调整。从一般商品价格到耐用商品价格,在过去这段温和通胀时期均有了明显上涨,生活成本也就明显增加。相应地,从公务员到一般白领,过去10年工资福利也呈上升趋势。相比之下,普通工人工资的增加则极为有限。

刘易斯拐点的临近也将开启消费拉动型经济时代。尽管存在统计数据低估中国消费占国内生产总值比重的问题,但中国的投资和出口长期以来超高速增长是显而易见的,未来经济最大的增长动力只能来自消费。拉动消费的动力来自两个方面:一是收入水平更加公平,因为低收入者会将更多的收入用于消费;二是增加家庭收入在国民收入中的比重。数据显示,消费在国内生产总值比重中的下降,反映了家庭收入相对企业收入和国家收入在国民收入中占比的下降。显然,普通劳动者工资待遇的改善将从总体上改善中国的经济结构。

此外,随着人口结构的变迁,社会中进行"正储蓄"的劳动人口下降,而"负储蓄"的老年人增加。因而,整个社会总的储蓄率将下降。也就是说,中国持续40%的高储蓄率将不会永远持续下去。这固然会带来一定的风险,因为高储蓄率对中国这种经济增长方式的重要性有目共睹。但是,高储蓄的背后却是低消费:一个家庭的收入只能是由这两个此消彼长的部分构成。我们要变投资和出口推动的经济为消费推动的经济,储蓄率的下降也就是题中应有之义。人口红利的消失将有利于这种转变。

人口结构转变之后,劳动力成本的增加是会给企业带来不可逆转的压力,但这是否就会逼死企业,而不是促进企业顺利转型?答案是复杂的。一些人担忧用工荒导致加工资,将使得中国制造丧失低成本优势。静态地看,就中国制造业当前所处的分工位置,消化成本提升的空间十分有限,一定幅度的劳动力价格上升对一些产业和企业来说就可能是致命的。

然而,鉴于中国的国情,劳动力成本不大可能转变为中国企业竞争力的一个短板。中国的劳动力成本不断增加,但相比而言,仍然是相对低廉的。在相当长的一段时间里,我们都要为如何充分利用庞大的劳动力而不是因为劳动力短缺而焦头烂额。现在一听说用工荒,好像我们的劳动力资源会立刻紧缺,实际上农村还有超过2亿的劳动力等着市民化。这需要一个壮观的城市化进程来完成。

更要紧的是,低劳动力成本只是经济增长的一个条件,甚至是一个并不那么重要的条件。改革开放前,中国的人口就是世界第一,为什么不增长呢?现在非洲的劳动力仍远比中国便宜,为什么长期停滞呢?与劳动力低廉相比,中国的经济增长在更大程度上得益于改革开放所构建的有效的激励机制,以及巨大的市场和人力资本的积累。再有,我们时常抱怨中国卖出8亿件衬衫才能进口一架空客飞机,如果劳动力无限供给不改变,我们就只能陷入低附加值的"比较优势陷阱"而无法自拔。

人口转变与增长方式成功转型的关键点在于技术进步能否同步实现,这在很大程度上取决于人力资本的提升。中国的劳动力是贵了,但变贵了的劳动力要能被世界市场认可就必须具有相应的劳动生产力。劳动生产力提高之后,中国企业就能够将增加的成本负担转移给国内外消费者。

劳动力的减少并不会自然而然地带来中国制造业的转型,坐等人口转变催生技术进步可能过于乐观了。加快进行人力资本投资是提升劳动生产力的必然一步,人力资本形成需要一个周期,这正是现在我们需要做的。中国的人力资本投资在城市取得了可喜的进步,但广大农村地区的情况仍不容乐观,很多青少年所接受的教育仅限于中学阶段。基础教育的普及为中国制造业的崛起提供了强大支持,但可能无法支撑中国制造业进一步转型。

此外,人口转变也不会自然带来全要素生产率的改进。全要素生产率(TFP)的提升是结构调整的要义所在。苏联曾经有过辉煌的产出增长纪录,但主要是靠资本和劳动力投入增加实现的。改革开放之初,中国的全要素生产率随着体制改革而出现过若干次跳跃式的提升,但既有的改革动能已经释放殆尽。金融等部门深化改革开放,应该是实现经济增长方式转变的必由之路。这需要一系列积极的举措。

结构性调整主要依赖于市场,这包括人口转变带来的要素价格的变化,但更多的是管制上的放松。金融危机再度表明,自由放任的市场模式是有缺陷的,但中国的问题是距离自由市场体制太远,而不是太近。市场经济仍然是最有效率的配置资源的方式,中国尚未充分挖掘其效率。在过去,政府将大量资源直接投入到基础设施建设之中,而现在社会保障、收入差距等制度性基础设施更值得政府去做。这是结构性调整动力的主要源泉。由此,消费和服务业才能更快增长。这些是我们自己要办好的事情。

有报道说,一个外国驻华官员雇了两个家庭司机、两个家政人员,而这位官员在自己国家却一个人都雇不起,甚至连装修房子也是自己动手。刘易斯拐点提示我们,中国正在经历类似转变。我们应该用开放的积极的心态,迎接这一转变的到来。

# 中国失去出口，经济将会怎样？

中国失去出口，经济将会怎样呢？这不仅仅是一个智力游戏。次贷危机虽未直接对我国的金融机构造成重大损失，但国内外环境的变化已导致我国出口增速下降并引发对经济走势的担忧。金融危机中，占国内生产总值比重高达40%的出口部门曾以超过20%的速度萎缩。自金融危机爆发以来，很多学者断言，在来自发达国家的需求增加之前，包括中国在内的亚洲出口型经济体将难以复苏。

出口是中国经济起飞最主要的引擎，这是我们过去各种文献的主要结论。金融危机之前的2007年，出口占国内生产总值的比重接近40%，自2001年以来翻了一番，贸易依存度（进出口之和与国内生产总值之比）接近70%。这两个数字远远高于美国、日本（被认为是出口导向的）等大国，以及印度等大多数发展中国家。

改革开放以来，中国"比较优势"的发挥很好地解释了出口规模的膨胀，中国拥有规模庞大价格低廉的劳动力资源，长期以来，中国的人口结构也处于一个良好状态，人口红利效应显著。

与此同时，也有不少学者强调了中国市场体制背后的强势政府，并且认为比较优势战略并没有起到很大的作用。经典的发展经济学在几十年前就强调，政府有意地实现进口替代和出口替代能够引导后进国家实现跨越式发展。我最近阅读的一篇文献就呼应了这一观点。哈佛大学经济学家罗德里克（Deniel Rodrik）指出，对一国经济增长来说，重要的是出口什么，而不是出口多少。他认为，出口部门之所以对中国至关重要，不是因为中国出口规模的庞大，而在于出口产品"质"的特制。显然，如果中国按照传统的比较优势理论进行生产，那么中国集中生产和出口的将是劳动密集型产品。然而，罗德里克的证据显示，中国出口产品的技术含量比人们一般认为的要高得多。中国的生产和出口模式与其收入所处水平不相对应，也偏离了比较优势的内涵。出口部门较高的利润吸引了更多企业跟进，经济资源就会从生产率较低的部门转移到生产率较高的部门。这种由不同部门的生产率差异及结构调整引发的经济增长正是中国经济发展的根源。

在考量这些观点时，不由得让人想起日本经济产业研究所高级研究员关志雄先生多年前的一篇文章。关先生曾在《亚洲时报》上撰文发问，为什么日本不害怕中国制造？他的答案是，因为中国制造的产品中大量包含了国外企业的产品，"Made in China"（中国制造）实际上是"Made by China"（由中国制造）。中国出口的产品包含很多诸如"日本制造"、"德国制造"的外国投入品，这些进口的零部件并不构成中国的国内生产总值。实际上，每出口 100 万美元的产品，就需要进口 50 万美元的中间材料，而且越是高科技产品，这种进口成分的比重就越高。

这代表了研究出口对中国经济重要性的另一种视角。的确，因为中国的出口部门在很大程度上是建立在加工业基础之上的，这意味着出口实际上对中国的国内生产总值贡献并不大。按生产法的国内生产总值核算原理，国内生产总值是一个附加值的概念，并不包括中间投入品，无论这种投入品是来自国内还是国外。这也就是为什么瑞士银行的经济学家安德森不认为中国是一个出口导向型经济的原因。用他的话说，所谓"脱钩"与否的争论其实是多余的，因为中国经济从未与美国真正挂钩。通俗地说，与美国脱钩是指，中国经济从来就没有看过美国的脸色。或者说,美国打喷嚏,中国却挺好。如果是这样,那么出口的下降并不意味着中国经济的灾难。

事实上,出口/国内生产总值并不是衡量出口在一国经济中重要性的可靠指标。中国并不是出口/国内生产总值比重最高的国家。2006 年,马来西亚的出口/国内生产总值比重接近 100%;2007 年,越南的出口/国内生产总值比重也超过 90%,新加坡甚至达到了 201%,中国香港与新加坡类似。显然,尽管出口/国内生产总值比重接近 1 甚至超过 2,但我们很难得出结论认为马来西亚的出口部门可与整个国民经济规模等量齐观,或者新加坡的出口部门是其国民经济的两倍。换句话说,假如马来西亚停止任何出口,那么其当年的国内生产总值不会下降为 0;同样,新加坡的国内生产总值(不是国内生产总值增长率)也不可能由正转负。因而,出口/国内生产总值比重不是衡量一国经济对出口依赖程度的合适指标。

要评估出口对国内生产总值的实际贡献,就必须统一核算口径。当用一个比例表示贡献度时,分子通常是分母的一个组成部分。由于度量口径不一致,出口中有些部分不构成国内生产总值。具体而言,出口数据中的两部分是计算国内生产总值时需要扣除的。一是出口产品中所包含的进口部分,比如来料加工产业中的进口部件;二是出口产品中所包含的在国内生产的中间产品部分,比如有国内企业提供的原材料。扣除前一部分很好理解。后一部分之所以要扣除,是因为在核算国内生产总值时,它们也是不计入的。只有将其扣除,出口数据与国内生产总值才有可比性,并体现出不同出口结构对国内生产总值的贡献度差异。比如,当我们核算国内生产总值时,中国出口 100 万美元的服装只计入其中国内增加值部分,比如 10 万美元;而美国出口 100 万美元的软件,其中计入当年国内生产总值的国内增加值可能高达 70 万美元。在这种情况下,虽然同是出口 100 万美元,对国内生产总值的贡献却大相径庭。这是关键点之一。

出口的重要性在很大程度上取决于我们看问题的视角。如果从宏观经济景气周期来看,出口下降可能并不会对当前的经济增长构成重大挑战,因为出口商品中的增加值所占国内生产总值的比重不算大。在其他条件不变的情况下,即便出口在下降为零,国内生产总值增长率也会维持在较高水平。

但问题的关键在于我们假设了"其他条件不变",也就是说,假定出口下降不会影响到经济增长的其他引擎。这是个在长时期里难以成立的苛刻假设。如果从长期经济增长来看,出口的长期萎靡必将会拖累消费、投资等其他部门的增长,并会严重阻碍中国的技术进步。显然易见,如果没有出口,中国经济的今天是无法想象的。

热门美剧《寻人密探》中有一个理论:要了解一个失踪的人会去向何方,就要先了解他过去都经历过什么。中国过去的经历告诉我们什么呢? 在2000—2001年的高科技泡沫之后,中国出口大幅下降,但经济增长保持了良好的势头。此外,两者的波动方向有时也并不一致。在1990年、1997年出口增速加快,而国内生产总值增长率却出现下滑;2007年出口增速下降,而经济增长仍处在上升通道,这意味着出口变动并不是我国经济增长的主导力量。除历史数据外,中国在金融危机中的表现也很好地说明了问题。危机影响严重的时期,出口持续低迷与经济加速增长形成了鲜明对照。2009年上半年我国经济增长7.1％,出口下降21.8％;二季度经济复苏明显加快,增长7.9％,出口降幅却增至23.4％。这一方面是由于内需尤其是投资的加快增长弥补了外需下降的空白;另一方面也佐证了出口的名义贡献度明显低于其实际贡献度。

值得注意的是,亚洲一些出口/国内生产总值占比更高的经济体也在加速复苏,这进一步表明出口对这些经济体的实际贡献并没有想象那么大。比如,2009年二季度韩国的增长率达10％,中国台湾地区的增长则更快。这些所谓出口导向型经济体在出口萎靡的情况下都领先复苏,表明出口的重要性被普遍高估。

当然,不可否认的是自改革开放以来,中国经济的高速增长同对外开放和出口部门的壮大密不可分,我们的经济成就是不可能在一个封闭环境中取得的。

经济学家似乎特别在意长短有度。1983 年的诺贝尔经济学奖得主德布鲁曾说过,经济学论文应该像女人的裙子一样,短要短到令人感到刺激,长要长到让人感到里面有些实质内容。写论文如此,做研究、看问题同样如此。总体而言,跟随全球经济周期的下行,中国经济基本会有所趋冷,但这不会演化成一场灾难。

近 10 年来,"中国制造"为美国等地区提供了大量廉价商品,同时将国际收支盈余借给了美国政府和消费者。在金融危机的冲击下,对中美双方而言,这种模式都是不可持续的。危机同时显示,当出口显著下降时,我们能够通过扩大内需达到保增长和调节内外失衡结构的目标。鉴于实际的出口贡献度明显小于其名义贡献度,中国完全有能力逐步摆脱对美国过度消费模式的依赖。

# 供给为何没能创造自己的需求？

经济学中有个著名的萨伊定律，即供给创造自己的需求。对照中国情况而言，在物品短缺的时期，这句话是有道理的。那时几乎所有商品都十分紧俏，只要生产出来，就会有市场。但是在今天，许多部门的产能是过剩的，或者供给的弹性很大，这时已经是"需求创造自己的供给"[①]在起作用了。

造成这一转变的根本原因之一是收入分配结构出现了变化。中国经济再平衡的关键不在于投资，也不在于政府消费，而在于居民消费。从表面上看，金融危机中的消费给人一种稳步增加的印象。2009 年前 11 个月，社会零售商品总额增长超过 15%，考虑到下降的物价水平，其实际增长率达 16%。这一速度是同期国内生产总值增速的两倍多，表面上消费在国内生产总值中的比重正在快速提高。

事实并非如此。近年来，社会零售商品总额的增速均以远高于国内生产总值的速度增长，但居民消费占国内生产总值的比重却出现明显下滑。2009 年中

---

① "需求创造自己的供给"，也被称为凯恩斯定理。

国的居民消费与国内生产总值之比为 36％，这一比重自 1990 年以来下降了近 15％。多年来，美国的居民消费与国内生产总值之比为 70％左右，欧洲和日本则在 50％以上。

仔细辨析可知，社会零售总额数据会通过以下途径高估居民消费的增长。社会消费品零售总额包括销售给企业、事业、行政单位的零售额，还包括销售给城乡居民建房用的建筑材料，而这两部分均不在居民消费范畴之内。居民建房支出在统计上属于投资。尽管社会零售总额也包括了一些居民消费之外的项目，但总体来看，居民消费实际增长率要明显低于社会零售总额实际增长率。据国家统计局初步核算，2009 年一季度，尽管社会消费品零售总额实际增长 15.9％，但居民消费实际增长率不到 9％。

众多研究将中国消费率低的主要原因，归咎于中国的高储蓄。近年来，平均每个中国家庭将其可支配收入的 25％用于储蓄，相当于美国家庭储蓄率的 6 倍、日本的 3 倍。中国的储蓄率也比亚洲地区的平均储蓄率（用国内生产总值加权）高 15 个百分点。很多人强调，中国的高储蓄是与经济快速增长相伴随的现象。这个解释同时也在暗示，中国消费率低是因为收入增长很快，而消费的边际倾向是递减的，即随着收入的增加，人们倾向于把更多的钱存起来；还有人强调，中国储蓄率上升还依赖于东亚文化，尤其是强调社会安全网络的不足。

总体而言，这些因素固然对解释中国的高储蓄率水平有帮助，但却难以解释中国消费占国内生产总值比重的下降。值得注意的是，自 20 世纪 90 年代中期至今，中国的储蓄率经历了一个止跌回升的过程，而同期的消费占国内生产总值比重却基本处于持续下滑状态。

实际上，中国消费率走低的最主要原因在于居民收入占国民收入比例的下降。统计分析发现，储蓄率的变动只能解释中国近年来消费率明显下滑的一小部分，更重要的原因在于中国居民收入在国民收入中占比的下降。

居民收入在国民收入占比的下降体现在居民收入的各主要部分上,工资性收入作为居民收入的最主要来源,其比重的下滑尤为值得关注,也是最主要的因素。这一点其实不难理解。中国大概有 1 亿～1.5 亿的劳动人口处于未就业或未充分就业状态。这阻碍了工资收入随着劳动生产率的提高而提高,进而导致了工资收入在国民收入中占比的持续下滑。结果,在初次分配阶段,居民部门在全国可支配收入中的占比,从 1996 年至 2005 年,共下降了 10.7 个百分点,而企业和政府部门则分别上升了 7.5 个和 3.2 个百分点。

此外,投资性收入的比重和政府转移支付的比重均有所下滑。与其他国家相比,中国的投资性收入占国民收入比重明显偏小,纵向比较看,家庭投资性收入占国民收入比重近 10 年来也有显著下滑,这其中利息收入下降是重要诱因。与此同时,中国居民从资本市场上分享公司盈利的渠道也并不通畅。政府转移支付的力度十分微弱,与国外政府在公共部门庞大的支出相比,中国财政支出中医疗教育支出比重过小,并且多年来没有明显改善。在再分配阶段,居民部门占比下降了 2 个百分点,而政府部门则上升了 3.2 个百分点。

金融危机以来,政策面一直将扩内需、调结构与保增长并行列为政策目标,出台了一系列政策,也收到了初步成效。归纳看来,短期政策包括更好地改革市场流通渠道,方便供求匹配,并对家电和汽车消费进行补贴;中长期政策包括推进医疗改革、完善农村养老保险,以期通过构建更好的社会网络来限制预防性储蓄。

鉴于中国经济失衡的严重性以及危机背景下作出调整的必要性,这些措施还显不足。本文分析表明,要提升消费占国内生产总值的比重,最有效的途径是收入结构的调整,增加居民收入在国民收入中的比重。包括马克思在内的多派经济学理论均认为,消费的不足源于社会收入分配的失衡。显然,如果没有剩余劳动力进入正规部门就业,居民收入在国民收入的比重就很难有实质性增加。20 世纪 90

年代的发展看上去和 20 世纪 80 年代的一个不同在于,乡镇企业或中小企业现在所起到的作用已经下降了。政策面应该放开中小企业尤其是服务业的进入门槛,并改革户籍制度,让更多的劳动者能够就业并转移到城市。

加快金融改革是提升消费在经济增长中重要性的关键一环。中国当前的经济增长模式过于依赖大型工业企业,且多为国有或国有控股工业企业。这些大型国有企业在国有控股银行享有优惠的融资条件,在市场中居于强势垄断地位。金融深化不仅能够让更多的企业获得发展资金,还能够减少消费者的资金约束。

# 结构调整的金融深化抓手

全球都在避免因过早退出而再犯错误。众多研究确认,过早退出导致了大萧条时期美国经济出现多次探底,20世纪90年代的日本当局也存在类似失误。联合国等国际组织不断告诫说,主要经济体提早撤除可能激化全球经济中的弱点,扼杀刚刚展开的复苏。

关于继续执行积极的财政政策争议其实并不多。从维护财政平衡的角度主张退出财政刺激方案,并不具有很强的说服力。联合国的模型显示,这可能令全球经济再一次陷入衰退,致使公共债务进一步增加。中国的财政状况相对稳健,4万亿元投资项目将全面展开,财政扩张步伐并未停止。

在适度宽松的货币政策方面,各主要中央银行也还找不到明确的紧缩理由。因为实体经济仍处于潜在产出水平之下,而货币政策最为关心的通胀,尚不构成重大威胁。相对温和的物价环境支持货币政策退出极度宽松的状态,但适度宽松仍然是必要的。新增信贷应该从2009年的高峰回落,但仍将维持在历史较高的水平上。信贷增长惯性使得信贷急刹车的可行性不大。

在政策保持连续性和全球整体复苏背景下,中国的宏观经济势头良好。总体而言,"救火式"宏观调控的压力会有所减轻。在政策刺激之后,最大的不确定性来自通货膨胀,尤其是资产价格膨胀。宏观经济以及企业盈利的持续发展将构成基本面支撑;货币金融环境的相对宽松将构成流动性支撑;而全球范围内的通胀预期和中国的预期或将成为故事性支撑。阿克洛夫和希勒在新著《动物精神》中,把故事列为推动市场出现非理性繁荣的第五要素。

资产价格已经出现相当幅度的反弹,但这还不足以排除继续走高的可能性。其实,在全球范围内,宏观管理的主要矛盾已从一般通胀让位于资产泡沫。伯南克曾以看淡资产价格在宏观政策中的地位著名,甚至凭此观点入主美联储。但在楼市和信贷暴跌出现之后,伯南克终于开始认为金融泡沫或许是这10年来货币政策遇到的最难解决的问题。

推动金融深化或将是抑制泡沫化的有效选择。作为一个崛起中的新兴经济大国,中国资产价格走高的风险可能更大。同时,我们也拥有成熟经济体不具备的优势,就是通过金融深化改善有效供给来抑制资产价格泡沫。

金融深度不足是资产价格走高的主要原因之一。众所周知,中国金融市场的改革和发展一直滞后于实体经济,加之中国又是一个高储蓄国家,相对企业融资需求和投资者投资需求而言,金融部门的有效供给显得相对不足。金融机构和融资渠道的发展受到较为明显的抑制。严重失衡的供求关系造成资产价格的不断上扬。加强管制当然是抑制资产部门膨胀的手段之一,这看上去也是西方国家管理泡沫的最新动向。但就中国国情看,更为可选的策略是更大幅度地推动金融市场的发展,以满足社会公众拥有财产性收入的需求和企业融资的需求。推进金融深化并不违背金融危机的教训。危机显示,传统的金融业务和场内金融市场并不是金融泡沫的主要滋生场所,中国在两方面还有很大的发展空间。

金融深化也是中国经济结构转型的需要。中国有一个谜,就是金融发展滞后,但经济增长很好。这是与中国经济增长模式相联系的。中国是以基础设施和制造业为主的产业结构,不需要太强的市场配置金融的功能。这可能会进一步形成一个概念,那就是没有发达的金融部门,经济也能发展得很好。此前也有相关研究表明,在中国,并不是金融越发达,经济增长就越好。实际上,1987 年以来,中国信贷规模/国内生产总值与经济增长率是负相关系。这与一般金融发展的理论相左。

然而,这反映的只是表象。当我们把国有企业贷款的部分扣除以后,金融发展指标就会显示出促进经济增长的作用,尤其是全要素生产率或劳动生产率的提高。在经济结构向服务型转变的进程中,金融深化将变得更加重要。因为政府手段配置金融资源显得越来越不灵活,很难辨别投资机会和未来收益。

宏观政策应该考虑包括资产价格在内的各种价格。从这个角度说,货币环境应该进行更灵活的调整,这些调整力度应该超过管理一般通胀预期的需要。当资产越来越多地在金融部门流动,这时虽然实体经济没有出现明显过热,但如果资产价格出现上涨,显然也是流动性过剩的结果。

此外,对金融机构经营稳健性应该提出更高的要求。鉴于调整利率会影响到国民经济各部门,传统的货币政策还缺乏针对性。为防范可能出现的资产价格泡沫,并减轻其破灭所带来的冲击,可以更多地利用监督和监管来限制过度冒险,并确保未来资产价格泡沫一旦破裂,金融体系能够复原。

在从危机走向复苏的进程中,保增长的压力已经不大。鉴于通胀形势还不严峻,政策着力点显然应该更多地放在结构调整上。在我看来,金融深化应该成为结构调整的重要内容之一,而这一点却仍未得到应有的重视和充分的讨论。

# 公务员"热"的"冷"思考

招考公务员的口子一经放开,随之而来的是一浪高过一浪的公务员报考热,很快便被冠为"天下第一考"。2009 年全国共 77.5 万人报考,比 2008 年激增 13 万,考试的录取率仅为 1.75%。2008 年考生总数 64 万,亦是创下历史新高,比前一年增加 12%,录取比例约达 46：1,而 2007 年的录取比例约为 42：1,如此蓬勃之势令人咋舌。

我自己的经历是:从大学毕业开始就赶上公务员大规模招考,同学们趋之若鹜;硕士读完,报考国家公务员成了许多同窗的首选;而在博士群体中,公务员依然是炙手可热的就业门路。对于现在的高校学生来说,报考公务员已经成了一种无法抗拒的"潮流",而来自家长和亲朋的热情同样高涨。

认真思考这个热点,我们的第一反应可能是公务员的收入(包括各种显性和隐性收入及福利)过高使然,而这可能会分化收入分配的差距。对于经济分析而言,如果就此打住,似乎还意犹未尽。因为,其实我们更应该关心的是公务员热的"经济效应":更多优秀的人才成为公职人员,对经济增长到底是好事还是坏事呢?

一种乐观的视角是,大学生热衷于公职能有效地提升公务员的素质,提高政府服务于经济的效率,并最终促进经济增长。在俄罗斯开始转型之际,政府聘请了哈佛大学经济学家施莱佛等人作为专家顾问并设计了相关的改革政策。根据他们的观察,转型以来中国和俄罗斯之所以在经济增长绩效上表现出如此巨大的反差,一个重要原因在于中国政府的人力资源更新得很快,政府对经济增长表现出了罕见的兴趣,而转型之后的俄罗斯政府官员与转型之前实际上并无二致。

显然,如果这是问题的全部,我们会感到满意。不过,我还是倾向于强调公务员热的负面蕴涵。

经济学的基本原理告诉我们,当人们可以自由选择自己的职业时,他们将会选择那些能够给自己的能力提供最高报酬的职业。这几乎是不言自明的,并且也适用于中国的现状。

就能力而言,有些人天生具有一些禀赋上的专长,比如"猫王"的歌喉、汤姆·汉克斯的演技或者是刘翔的速度等。这类人才的特点使他们的职业生涯几乎是注定的,很难变换。最近有报道说,离开聚光灯之后,曾经的世界摔跤冠军现在只能在洗澡堂里帮别人搓背,其转业成本之高可见一斑。然而,大多数人才并不是拥有某种突出的专长,而是有较高的智力、坚强的毅力,并善于学习和控制自己。这些品质对于绝大多数工作来说都是重要的,并能够帮助他们出类拔萃。因而,这类人可以选择的职业更加宽广。更重要的是,对于一个社会的发展来说,这类人才最终选择何种职业具有重要意义。

英国人李约瑟为中国科技史理论作出了令人称道的贡献。他问了一个著名的问题:中国的科技水平在古代一直独步世界,为什么后来技术革命没有发生在中国呢?这个问题称为"李约瑟之谜"。这个有趣而重大的问题激发了很多研究者的努力。北京大学的林毅夫教授(现为世界银行高级副行长和首席经济学家)倾向于从中国的科举制度给出答案。在中国绵延数千年的封建王朝中,尤其是在宋以后,社会的智力精英都集中钻研孔孟之道和"八股文"了。可问题是,这些"知识"对科技进步几乎没有任何边际贡献。相反,商旅贾人则被贬为钻营小人,创新发明则成了"行而下"的雕虫小技,这些职业长期以来为贤达士大夫所不齿。由此可见,科举造成的人才配置的严重失当应对中华文明的由盛转衰负相当大的责任。

再回到公务员热这个话题。联系到上面这个故事,仔细想来,我们就很难乐观起来。我的看法是,大学生争相从政,可能意味着类似的人才配置的扭曲。

虽然政府提供的服务对经济发展是必需的,但总体来说,政府部门的活动是不创造价值的,是对社会资源的消耗。也就是说,政府的活动通常不直接增加整个"蛋糕"的规模,而是"社会蛋糕"的消费者。政府的行为模式对一国经济增长固然是重要的,但这主要不是靠全社会优秀人才向公务部门的集中,而是依靠政治体制的转变。

很容易想象,社会最好的人才选择进入政府部门还是成为企业家和技术人员对于创造财富的意义是有明显不同的。有证据表明,一个社会中的律师越多,这个社会的经济增长率越低。律师不可谓不聪明,但反而可能会妨碍经济增长。由于公务员和律师一样都不是想着要生产财富而是想着分配财富,因此我相信,如果政府部门集中了过多的社会优秀人才也不是一个好的迹象。

总结起来,大学生报考公务员热可能对长期的经济增长带来这样几个负面影响。首先,如果一定时期人才的规模一定,公务员热意味着从事生产活动的人才会相应减少;其次,高收入支撑起来的公务员热需要税率的提升来维持,这将导致生产积极性的降低;再次,人才向政府的转移会减少推动技术进步的智力投入。这几方面是我对公务员热所怀有的隐忧。

# 用幸福指数取代国内生产总值能否更幸福？

国内生产总值指标有很多问题，这个大家都没有意见。不过，对于用幸福指数取而代之的建议，我是有所保留的。

国内生产总值这个指标并非完美，国内生产总值多少和社会福利高低也不能画等号。这两者的关系就像是钱和幸福的关系：有钱人可能烦恼更多；钱能买到很多东西，但不能买到所有东西。大家也都知道，资源、环境成本都没有包括在国内生产总值里面。还有一点大家较少提到，就是国内生产总值没有反映出收入分配。同样是1亿元国内生产总值，可以是所有人平均占有，也可以是极少部分人占有，而这两种情况显然是存在极大区别的。此外，国内生产总值高低与就业人数多少也不是一回事。创造同样多的国内生产总值，就业人数可以差别很大。

因为存在这些缺陷，国内生产总值是否就应该被弃而不用？我们都知道刀具有时会割伤手指，甚至也被用作凶器，但没有人建议禁止刀具的使用。刀具会产生好的结果，也会产生坏的结果，这取决于使用刀具的意图，以及是否正确使用刀具。国内生产总值也是如此。国内生产总值就是用来衡量一个经济体在一定时期生产物质财富的多寡，设计它的人并没有奢望它能衡量老百姓的幸福感、资源环境的浪费或者是收入分配的公正度。至于现实中人们将用国内生产总值全能化,用它来代表一切,导致各种问题,错误不在于国内生产总值本身,而是在人们没有正确地使用它,就像没有正确使用刀具伤到自己或别人一样。

现代经济国家,无一例外均非常重视国内生产总值,但这并不必然就会带来与中国类似的问题。我们现行的国内生产总值核算体系是从成熟经济体引进的。1992 年以前我们一直是用苏联的物质产品平衡表体系(简称 MPS,又称东方体系)来核算国民经济,此后才转向西方市场经济体的国民账户体系(简称 SNA),国内生产总值是其中最重要的一个指标。在全世界范围里,是否采用国内生产总值作为综合指标和一国社会经济中出现多少问题,并没有直接的关联。如果有关联的话,那也是采用国内生产总值这个核算体系后,社会经济会有更快更好的发展,因为 SNA 比 MPS 更合理。至少在中国是这样的。

我们真正要反思的是,为什么采用同样的国内生产总值核算体系,中国产生了更多的问题? 问题的关键当然不是因为国内生产总值本身有缺陷,而是因为我们拿国内生产总值挂帅的体制。激励经济学表明,当我们拥有多个相互冲突的目标,而只用一个指标来作为激励标准时,通常就会带来扭曲。计件工资能够提高效率,但对于一些行业就行不通。据说雇人采摘草莓,不会完全将报酬与采摘量挂钩。因为采摘草莓时,用力稍大,草莓就会较快腐烂。同样道理,如果医生的工资完全取决于看多少个病人,那么误诊的概率就会大大增加。

国内生产总值在中国出现所谓的异化,根源正是在这里。国民经济和社会发展有多重目标,而当前只拿产出量或物质财富来作为衡量政绩的主要标准,就会出现为追求国内生产总值增长速度而忽视甚至以牺牲其他目标为代价的种种做法,就像为了追求采摘量而捏坏草莓一样。

如果按现有体制非要用某个指标来挂帅的话,我觉得国内生产总值还是较好的选择。研究显示,国内生产总值与一个社会经济整体发展具有显著的正相关关系。也就是说，国内生产总值不能代表一切，但它的确代表了很多。更重要的是，经过大半个世纪的完善，国内生产总值有了一整套科学严谨的核算体系，这一点是别的指标难以比拟的。幸福指数这个指标主观性很大，何谓幸福完全视个人感受而定。如果我们以幸福指数来统领我们的各项工作，那么改革开放以来的很多成果就不会出现。调查显示，农村居民的幸福指数一直高于城市居民，虽然城市居民享受更高的国内生产总值和其他福利。现在很多人都会想着回到几十年前，那时候山清水秀，民风淳朴，渔谣牧歌。

实际上，人们已经开发出大量的指标来弥补国内生产总值的不足。我们有专门的碳排放指标，空气指数和水污染程度指标、森林覆盖率指标，以及在这些指标上综合而来的绿色国内生产总值指标。绿色国内生产总值显然要比幸福指数要更加严谨可行。实际上，在挪威、美国等地，绿色国内生产总值已经有了几十年的实践经验。联合国还专门开发出了人类发展指数（HDI），这些都能够作为国内生产总值的补充。此外，衡量就业和收入分配的指标体系也是非常成熟完善的。

把这些指标综合起来并非难事，并且远比幸福指数科学合理。问题是，当一个指标过于"综合"之后，其作为激励考核的效率就会下降。如果说我们真的需要一个综合性指标的话，当然希望这个指标是相对客观的、核算相对准确的，而幸福指数离这个标准相去甚远。

提倡用幸福指数替代国内生产总值的观点，有一个隐含的合理性，就是主张淡化综合指标的功能。因为如果启用幸福指数，我们将会没有一个权威的综合指标，也就不再有用谁来挂帅的问题。其合理性体现在，当前主要以国内生产总值为导向确实没有必要，在大多数国家并没有所谓挂帅的指标。之所以说是隐含的，是因为提议者并没有提到要淡化挂帅的重要性，只不过是要改变挂帅的指标。

我认为，我们应该探索变革自上而下考核政绩的传统方式，更多地以自下而上的意见来评价政策的合理性以及官员的政绩。对此，有用手投票和用脚投票两种途径可以尝试。就用手投票而言,应发挥人大、政协的作用,改善代表委员与老百姓的沟通。甚至可以考虑直接提供平台表达每个人的意见,现在电话、网络这么发达,绝大多数老百姓完全可以实现自己意见的表达,每年对施政结果做一次民意打分是可以尝试的。用脚投票是指要素的流动。当前资本的跨地区流动相对通畅,在招商引资的竞争下,工厂搬迁,投资设厂不是特别困难的事。此外,随着户籍改革的推进,人口迁移在一定程度上也代表了人们对各地政府及其政策的意见表达。从长期来看,这些方面力量将会逐步强化,并改善对国内生产总值的依赖。因为老百姓的意见和资本人口的流动并不完全是以国内生产总值为导向的,这就要求政府关心其他方面。

总之,幸福指数这个指标显然不适合作为综合指标,它缺乏客观标准和可操作性。综合指标在当前的中国显得如此重要,一旦选择不当将会带来严重后果。民间编制一下幸福指数做个参照还可以,上升到官方层面则不可取。当前国内生产总值挂帅的体制当然需要改变,但指望幸福指数就于事无补。在短期,我们可以尝试补充更多的辅助指标,来减少对国内生产总值的依赖;在长期,我们更应该让民意发挥更大的作用,因为没有人比自己更清楚自己是否幸福。

# 市场化改革与收入公平：一项经济调查的启示

据说,在中国访问的诺贝尔奖金得主罗伯特·卢卡斯得知将被安排与中国领导人见面时,为了对可能涉及的问题有所准备,这位对中国不甚了解的宏观经济理论大师决定事先向中国的同行们询问一些基本情况。"中国的高增长率近期平稳吗?"卢卡斯问道。当他得到肯定的答案后,他又问:"中国通货膨胀严重吗?"中国经济学家又毫不含糊地告诉他"不严重"。卢卡斯想了片刻:那中国的问题是什么?

是啊,如果仅仅从经济增长和物价稳定这两大度量宏观经济健康状况的核心指标看,自 20 世纪 90 年代初以来,中国经济总体上"高增长、低通胀"的黄金搭档足以让许多国家的宏观调控当局艳羡不已。

伟人有言,风物常宜放眼量。中国的现状和未来远非短期的完美表现可以概括。经济史一再告诉我们:停滞会摧毁经济增长,而经济的高速增长也可以埋葬增长本身。显然,对中国而言,后一种风险要大得多。

笼统地说,经济停滞会带来绝对贫困的威胁,而高增长的潜在危机则是出现"丰裕中的贫困"的可能性。最近,收入差距问题受到全国上下高度关注,一些改革政策陆续出台,更根本性的举措尚在酝酿之中。然而问题在于,持续一段时间以来要求对改革进行深刻反思的呼声表明,如何确定根本的改革方向仍然是一个远未达成共识的课题。

所有的问题似乎聚焦在市场化改革与收入差距的关系上。以市场为导向的医疗改革、教育改革和住房改革等,让很多人看不起病、上不起学、买不起房。这些问题已经引起了广泛的不满。与此对应,很多人指出改革中问题的根源在于改革的不彻底。我在这里想为后一观点提供一些切实的证据。

我注意到,2005年12月1日的《社会科学报》第二版刊发了一篇题为《农民工的工作与生存状况——来自十城市的调查》的调查报告。它是由中国劳动和社会保障部劳动科学研究所就农民工问题在湖南、浙江和黑龙江三省的九个城市以及天津市进行调查所形成的报告。其中有一个调查项目是农民工的收入情况,附加的对比调查是城市居民的收入状况。现摘录结果如下:

1. 农民工(有效回答764人):

500元以下80人,占10.7%;500～600元144人,占19.3%;601～800元189人,占25.3%;801～1000元155人,占20.8%;1001～1200元80人,占10.7%;1200元以上98人,占13.1%。

2. 城市居民(有效回答755人):

500元以下152人,占20.1%;500～600元48人,占6.4%;601～800元119人,占15.8%;801～1000元109人,占14.1%;1001～1200元64人,占8.5%;1200元以上263人,占34.8%。

仔细观察,这其中包含了一个非常有趣的现象:农民工的收入主要是500～1000元,占65.4%。呈中间大、两头小的橄榄形分布。城市居民的收入主要集中在最低档与最高档,占54.9%,中间几档则占45.1%。呈两头大、中间小的收入分化型分布。

为什么两个人群的收入分配会出现如此明显的不同呢？这里给出的一个初步解释是，市场化可能会带来更加公平的收入结果，而体制因素则会拉大收入差距。

我们知道，在双轨并存的转轨经济中，中国城市中的就业部门可以分为体制内部门和体制外（市场化）部门。一方面，农民工完全在体制外部门就业。原因是，城乡之间的劳动力流动是一种市场化行为，并且农村劳动力在城市的就业也是在市场部门就业。因而可以说，农民工的收入分布直接地反映了市场分配的结果，而这个结果通常是因为能力和机会的分布是一种接近正态的分布。调查中发现结果正是这种较为公正的橄榄形收入分配。

另一方面，城市居民同时在体制内和市场化部门就业。显然，在一些垄断部门和容易滋生腐败的部门，以及一些分配体制改革滞后的正规就业部门，农民工是难以进入的，而被调查的城市居民则有一部分参与其中。在市场化部门，如果劳动力的素质一样，那么随行就市的结果是，无论是城市居民的收入还是农民工的工资就应该获得同等的报酬。这样看来，城市居民比农民工收入差距更大的原因正是体制造成的。也就是说，体制因素是拉大收入差距的重要原因。

当然，这其中的一个问题是，把调查中发现的城市居民收入差距超过农民工的部分完全归结为体制因素也有些鲁莽。因为农民工的条件具有相当的一致性：他们没有多少人力资本，都是从事简单劳动，年龄也基本是青壮年。城市居民则不同，他们在教育和所从事的部门等一些方面差异较大，这些是与体制因素无关的，并且同样也是造成城市居民收入差距大于农民工的原因。

即便考虑到这一点，体制因素也是不能抹杀的。在个人收入分配上是这样，在当前最为关注的城乡差距和地区差距上也是这样。城乡之间的二元经济体制和地区分割这两个体制障碍是造成两个差距持续恶化的根本原因。实际上，按照经济学中一般均衡理论中的要素收入均等化原理，如果完全由市场因素决定，同等质量的劳动力就会在城乡之间、地区之间获得等同报酬，差距就不可能这么惊人。

如果上述解释是可信的,那么就会具有重要的启示意义:市场化改革可能是缓解收入差距过大的途径而不是加剧分化的诱因。另外,区分市场因素造成的收入差距和体制因素造成的收入差距具有重要政策含义。经济学原理告诉我们,体制因素造成的收入不均既有损于公平,但也无益于效率。摒弃这些造成收入分配不合理的体制因素能够改进整体福利,也是改革的题中应有之义。困难在于,虽然整体福利会因此而提升,但既得利益会不可避免地受到影响。这也正是改革收入分配体制为何阻力重重的原因。

无论如何,认识上的正本清源是我们进一步推动收入分配体制改革的前提。

# 当心政府的企业家精神

中国的地方政府是富有企业家精神的。为了在以国内生产总值为核心的政绩考核中胜出,地方政府在招商引资、基础设施建设、经营城市等硬件投资上有着惊人的兴趣。这种为经济增长而展开的竞争在很大程度上缔造了中国改革开放以来的增长奇迹。然而,当一个政府主要被企业家精神所支配时,它也极有可能是一个不称职的政府。经济学一再强调,政府的归政府,市场的归市场。本文旨在对地方政府企业家精神的形成、表现和危害,以及当下为了让政府行为归回正位而进行的努力作一点初步讨论。

## 富有企业家精神的地方政府

6年前,国际知名投资银行美国高盛公司首次把巴西(Brazil)、俄罗斯(Russia)、印度(India)和中国(China)四个国家的英文首字母放在了一起,生造了一个词汇"BRICs",它的发音与英文"砖块"(brick)类似。现如今,关于"金砖四国"(BRICs)的话题在世界范围内炙手可热。"金砖四国"包括了世界上正在谋求崛起的四个最大的发展中国家。

大国不同于小国,大有大的好处,大也有大的难处——大国需要有独特的发展模式。发展经济学泰斗张培刚教授在《新发展经济学》一书中把大国发展的难题归为以下五方面:第一,历史遗产和文化传统的重大影响;第二,沉重的人口压力、严峻的就业问题和低下的经济效率;第三,区域经济的不平衡;第四,农业落后与工业协调发展的矛盾;第五,内源发展与对外开放的适度选择。

我们还可以为"金砖四国"找出很多共同点,但不太被人注意到的一点就是它们都实行了分权治理模式。"分而治之"几乎成了所有大国发展的必然选择。从这个角度上说,大国发展道路的一个特征就在于,必须架构一个良好的政府治理模式,以保证地方政府发挥推动经济增长的主要作用。实际上,正是地方政府行为取向是大国经济增长绩效差异的根由,并将中国和俄罗斯、印度的分权区分开来。在一次印度之行后,北京大学的姚洋教授近日在《南方周末》上连载发表了《印度随想》,深感印度分权体制中的"泛政治化"、拉取选票和复杂的民主过程耗费了公共部门大量的时间和精力。

幸运的是,中国的地方政府对经济增长却有着罕见的兴趣。中国近30年的经济增长虽然起源于中央政府根本理念的转变(倡导改革开放),但更重要的是,中央政府成功地帮助地方政府完成了向增长型政府的转变。近10年研究文献的共识是,中国作为财政联邦主义国家的事实是经济增长的重要推力。我们知道,新中国成立以来,中国政府反对甚至取消市场、过度管制的立场非常坚定,并持续很长时间。那么,是什么让中国的政府尤其是地方政府得以转变的呢?而又是什么使得这一转变得可以置信呢?

中国的策略就是分权,把经济决策权下放给企业,下放给农民,也下放给地方。然而,分权并不必然带来增长。同样依赖分权治理的国家,其经济增长绩效可以极为迥异:有的是世界上最富裕的国家(如瑞士和美国),而有的则是较穷的国家(如阿根廷和巴西);中国由此实现了经济快速增长,而类似墨西哥这样的国家则增长乏力。这意味着,需要对中国的分权诉以更为细致的分析。

中国的成功在很大程度上应归结为经济分权和政治集中的中国式分权架构:有效的财政激励让地方政府可以从更快的经济增长中分享到更多的果实,而基于政绩考核的政治激励又鞭策着地方政府官员不能裹足不前,与此同时对外开放所带来的外资使得地方政府再也不能囿于为本地区的现有利益服务。这些因素共同解释了为什么中国的地方政府特别关心经济增长,以及为何如此主动地向增长型而不是寻租型的政府转变。

具体来说,经济分权意味着中国式的财政分权向地方政府和企业提供了经济发展的巨大激励。如果说家庭联产承包责任制解决了中国农村和农民在 20 世纪 80 年代的激励问题的话,城市和非农业人口的激励则是与对地方政府的放权紧密结合在一起的。从 20 世纪 70 年代的放权让利到 20 世纪 80 年代的承包制,再到 20 世纪 90 年代的分税制改革,如何合理划分中央与地方的利益关系、调动地方政府的积极性,不仅始终是我国财政体制改革的要点,也是整个经济和政治体制改革的突破口。对计划经济体制有着深刻研究的经济学家科尔奈指出,政府对国有企业的"父爱主义"导致了经济主体的"预算软约束",即便经营不善也会有政府来埋单。在中国式的分权体制下,地方政府不再向面临破产或经济绩效不佳的国有企业提供援助,大量弱小的企业被当作包袱甩掉;相反,民营经济成了地方经济和财税收入的支柱,受到政府的青睐。市场化进程因而在地方政府的响应下一发而不可收。

经济分权还不足以构成中国经济发展的全部激励。越来越多的人开始注意到中国特殊的政治激励所聚集起来的特殊能量。国际上流行的关于中国和俄罗斯的比较研究,强调了中国的经济分权与垂直的政治治理体制之间的纽带。经历了几十年学习"老大哥"的努力,中俄两国转型前的许多情况几乎如出一辙,然而令人困惑的是,转型之后的绩效却形成反差之势。撇开激进—渐进改革方案孰优孰劣的分歧不谈,分权体制的不同是一个不可忽视的重要因素。中国的经济分权是在政治垂直管理条件下进行的,而俄罗斯则是在政治自由化背景下实施的。在中国,中央政府有足够的权力来对地方进行奖惩,从而使地方追随中央政府对经济增长的强调。而在俄罗斯,分权的背景是蹩脚的民主,中央政府过早地失去了奖惩地方政府的力量,地方政府就很容易被当地利益集团"俘获"以争取地区选票的支持,同时也会设置壁垒追逐租金。①

已经有学者发现,中央政府的确是在按照经济增长绩效的指标来提拔官员。中央政府的这种激励方式就是将地方官员的政治升迁与当地经济增长绩效挂钩,并且在绩效考核时采用相对于邻近省份和前任官员的绩效评估的方式,尽可能地消除评估误差,加大激励效果。在中国,中央政府的"指挥棒"之所以如此强有力,是因为地方官员只有一个"雇主",一旦离开了这个政治市场,就很难再寻找到其他政治机会。

只有从中国式分权的这种独特安排入手,我们才能理解为什么中国的地方政府对经济增长有着史无前例的热情。


## 光鲜的开发区与破旧的校舍

经常在国内走动的人一定会为各地居民生活水平的巨大差异而感慨,也会为城市与乡村之间的隔阂而叹息。然而,你或许同样会注意到,即便是经济条件和发展水平大相径庭,但各地方的政府对经济增长的兴趣仍然是普遍性的。这点在基础设施建设上表现得尤为明显。即便是在内地的城镇,城市规划的动作之大往往让人咋舌。当然,落后地区紧巴巴的财政在以基础设施建设助推经济增长的同时,

---

① 布兰查德和施莱弗在一篇文章中,讨论了中国分权与俄罗斯分权的不同。Blanchard, Oliver and Andrei Shleifer. Federalism with and without Political Centralization: China versus Russia. *IMF Staff Papers*, 2001, 48, 171 - 179.

在教育、卫生、医疗、社会保障方面就显得顾头不顾脚。

在地方政府竞争的多种途径中,财政支出显然是其中重要的一环。由于不同类型的财政支出对推动地区经济增长(尤其是任期内的增长)的作用是不同的,追求"政绩最大化"的地方政府就有激励把更大的比重支出在能够直接推动增长并有助于吸引外商直接投资(FDI)的基本建设上,而相对地会忽视在公共服务上的支出。如是我们有理由相信,财政分权体制以及与之伴随的政府行为将对地方财政支出结构带来显著的影响甚至扭曲。

国际经验是,为了吸引要素尤其是资本的流入,地方政府会竞相削减其所征收的税率,同时地方间的"搭便车"动机和非合作行为也使得公共物品的供给低于最优水平,这两方面都会导致公共支出总体规模的不足。在中国的财政体制下,公共投入的责任更多地落在地方政府身上,不足的现象应该更加明显。然而,至少在基础设施上,中国演绎出了一个罕见的有效机制,大大领先于同水平发展中国家。宽广的马路、超前的市容规划常常令人吃惊。最近中国和印度之间引人注目的比较视角展示了中国在基础设施建设上的绝对优势。不久前《经济学家》的一篇文章也指出,与印度类似,拉丁美洲也存在着基础设施建设的困境,并且与中国形成反差的是,正是这些国家的政府成了基础设施建设的绊脚石。

与此同时,中国政府对人力资本的投资(尤其是教育投入)和公共服务的投入却存在着令人尴尬的不足。这些方面投入的落后同样可以在国际比较中得到清晰的展示。诺贝尔奖得主赫克曼不久前发表的研究指出,1995 年中国(包括各级地方政府)的教育投资大约占国民生产总值的 2.5%,同时国民生产总值中大约 30% 用于实物投资;在美国,相应的数字分别是 5.4% 和 17%,并且此后 10 年来这种投入结构的失衡有增无减。在转型和财政分权的文献中,俄罗斯通常被当作是中国的一个反面参照系;然而,从财政支出的角度,是俄罗斯而不是中国更接近于合理的水平。《公共经济学杂志》[①]提供的俄罗斯 35 个大城市(29 个地区的首府和其他 6 个区域性中心)的数据显示,1992—1997 年教育在财政总支出的比重从 19.4% 稳步上升到 22.9%,在教育、卫生和文化体育三项上的支出一直维持在 40% 的水平。相比之下,中国地方政府同期支出在教育和科教文卫上的比重分别仅为 15% 左右和 25% 不到。由于在中国这些支出主要是由地方政府负责的,因而这两个比重在国家(中央+地方)财政中所占的比重更低。2004 年,国家财政中用于教育和科教文卫的比重分别为 11.8% 和 18.1%。

除跨国比较之外,中国地方财政支出结构的扭曲还有持续加剧的趋势。数据分析显示,1994 年"分税制"改革前后是进一步恶化的开始。这可能暗示,"分税制"改革之后,地方政府竞争的重心从符合经典分权理论的减免税、藏富于企的竞争转向了更加直接地推动经济增长的竞争,地区政府重物质资本投资、轻人力资本投资和公共服务的偏向被进一步强化。其间出台了一系列旨在扭转这种态势的政策,但收效甚微。下面我们以教育为例加以说明。

根据 1986 年施行的《义务教育法》,义务教育经费主要由地方(基本是县级)财政承担,中央财政置身事外。由于支出责任安排的不合理,加之财力拮据,逃避压力、乱收费、挪用教育经费等成为地方政府简单的集体选择。针对这一情况,在 20世纪 80 年代末,参照国际通用的公共教育支出占国内生产总值的比例,国家确立财政预算内教育拨款的目标,在 20 世纪 90 年代中期或到 2000 年应达到发展中国家占国内生产总值 4% 的平均水平,此指标正式列入 1993 年印发的《中国教育改革和发展纲要》,之后又在 1995 年颁布的《中华人民共和国教育法》中作了相应规定。1996 年国家又将"科教兴国"立为基本国策,并要求加大教育投入。然而,仅从 4%

---

① In:Zhuravskaya, Ekaterina, V. Incentives to Provide Local Public Goods: Fiscal Federalism, Russian Style. *Journal of Public Economics*, 2000,76,337 - 368.

这个目标来看，无论是用预算内教育经费抑或是全部财政教育经费计算，这个目标至今没有一年完成过。1992 年以来，预算内教育经费占国内生产总值比重从来没有超过 3％，全部财政性教育经费占国内生产总值比重也一直在 3.5％以下。

最近有一种意见认为，一些初始条件差的地区可能会选择放弃对资本等生产要素的竞争，而将更大比重用在取悦于当地居民的非生产性公共服务支出或是政府自身的消费上面。在中国，广阔的中西部地区不仅在后天的经济发展水平上远远落后于东部省份，其先天的地理位置、人才资源等先天禀赋更难望东部之项背。沿海地区得天独厚的优势对外资和人才引进具有强力磁场。对于远离海岸线的内陆地区来说，放弃或许是一种减负。从经济理性的角度，明知不可为而为之远不是明智之举。但是，中国的政治治理结构可能再次发挥作用。因为中央政府在绩效考核时采用的是相对绩效评估的方式，所以在内陆地区内部存在着激烈的竞争，财政资源的匮乏使其可能发展出更为极端的以经济增长为中心的财政支出结构。注意到这一点，落后地区一边是遍地光鲜的开发区、宽阔的道路，另一边是破旧的校舍、贫困的教师，那么所有这些现象都是可以理解的了。

中国的地方政府就是这样的"二元"政府：它在推动经济增长上不遗余力，而在公共物品供给上却动力不足。地方政府将其在文教科卫项目上的支出一再压缩，国家规定的最低支出标准沦为一纸空文。地方政府未尽其责的结果是公共物品供给的不足和过度市场化带来的不公平。2005 年国务院发展研究中心的一份报告认为，中国的医疗卫生改革基本不成功。同样的质疑也在教育、社会保障等领域不绝于耳。

经济学的逻辑一贯强调：市场的归市场，政府的归政府。中国地方政府的企业家精神为经济增长提供了重要动力，但企业化了的政府还有兴趣关心"非营利"的公共事业吗？

重要的是，我们需要密切关注中国式分权的成本和收益的动态变化，并作出相应的政策调整。现有的主流意见认为应该增加其他的政绩考核标准,以限制地方政府的"国内生产总值原教旨主义"。提倡绿色国内生产总值指标是其中较有代表性的动议。然而在我看来,这仍然是治标之策。

### 路在何方?

首先,应改革中国财政支出体制安排本身。教育投入困境清晰地表明,中国公共人力资本投资和公共服务投入主要由地方政府负责,这使得财政在投入上失去了保障,这也自然成为地方政府投入不足的借口,而中央政府政策规定也因为支出责任分配的不合理而变得难以实施。因而,变革的首要一点就是重新划分各级政府的支出责任,把提供基础教育、基本医疗和社会保障体系作为中央政府的责任。2002年我国开始启动了所得税收入分享改革,将地方所得税的50%上收中央,并将中央全部所得用于不发达地区公共服务的转移支付,2003年继续将这一比例提高到60%。我们的一项研究发现,这一政策使得地方基本建设投资比重在2002年下降了0.88%,科教文卫支出比重上升了1.43%,2003年新增的10%政策调整对基本建设投资和科教文卫投入比重的边际影响分别为1.84%和0.83%。这表明,改变以基础设施投入为主体的西部大开发政策,能够有效地改善公共服务的供给。

其次,确立支出责任之后,要相应地重新调整税收收入的分配办法。现行税制虽然强化了中央对税收的控制,但没有改变原有的支出责任分配,这样产生了一个巨大的垂直向的财政缺口,这必须由转移支付来填补,而如何处理富裕省份的抵制将是中央政府必须面对的难题。此外,虽然政府的财政收入增长迅速,但是整个税收规模依然较低,只占国内生产总值的20%左右。对于一个幅员辽阔、差异性强,以及还需为国有企业改革、银行改革和养老金改革提供大量资金的政府来说,这个数字还是太低了。

再次,应实施全国视角的地区平衡政策。中国地域广阔,各地区条件迥异,发展模式不能单一地追求工业化和产业结构的提升。地区之间的合理分工是优化中国发展绩效的必要途径。按照地区区位和资源分布,在中国形成东部以工业、服务业为主、中部以重工业和种植业为主的格局,而西部以资源开发和牧业为主的经济格局是大势所趋。我们知道,正是区域间的合理分工使得美国、加拿大、法国等国在工业发达的同时,也是农业强国。中国要实现这种分布,重要一点就是要放宽人口流动政策。用长期眼光看,东部地区的人口密集程度还应该进一步增加,而西部一些不太适合经济活动尤其是工业活动的地区,人口应该转移出去。与这种全国性的区域政策相连,就不能对西部在经济发展指标上要求过高。

最后,从某种程度上说,中央政府应该努力减少地方政府之间的不良竞争。政府间的竞争并不是越激烈越好,因而规范竞争秩序显得尤为重要。这中间,改善政绩考核的机制是必然的一步。主流的意见认为不能以国内生产总值论英雄,应该加入其他方面的考核指标。可是,指标多了考核就变得没有效力。其实,更为直接的考核应该是"自下而上"的考核,因为没有人比辖区里的居民对当地官员的表现更关心且更有发言权的了。

本质上,如何保持地方政府的适度积极性,同时实现由生产型(功能型)财政向公共型财政的转型是我们近期必须面对的重大挑战之一。

# 中国经济为何失衡?

几天前,有朋友告诉我,下午有个人来找过你。奇怪的是,我并不认识他们描述的那个人,更奇怪的是据说他要和我讨论经济上的问题。

遇到这种事总能引起人们的好奇,不过我又有些担心。因为,如果没有一个共同的概念框架,是很难有效地讨论问题的。现在,许多政治经济学专业的博士论文是用西方经济学的范式写就的,这样论文送审到一些"正统的"政治经济学教授的手中,通常会很成问题。再者,即便我们有社会学所说的"共同经验范畴",但10个经济学家通常会有11种不同的答案——何况是我这样对经济学参悟不深的呢?所以也不一定能讨论出什么所以然来。

一边这样想,一边打开电脑,还没浏览几个网页,朋友又跑过来说那人又打来电话,听说你回来了,他马上就过来。

来者是位中年男士。几句话之后,他就把讨论的问题锁定在经济增长的效率上了。

问题的背景是包括中国在内的东亚经济增长模式,这个模式是以高储蓄、高投入、高产出为特征的。这一模式曾在一段时间内取得了巨大的成功,但1997年的金融危机动摇了人们对它的普遍赞誉。保罗·克鲁格曼是最著名的质疑者,他因成功地预测到金融危机而声名大噪;另一位具有广泛影响的经济学家是艾伦·杨格,他长期致力于东亚经济增长模式特征的研究。

中国的经济增长与东亚模式十分相似。经济学家几乎一致地认为,中国70%以上的经济增长可以用要素的投入增长来解释。目前,我们的储蓄和投资都达到国内生产总值的40%,FDI(对外直接投资)数量已跃居世界第一,这些在许多国家是难以想象的。而生产的效率虽然在1978年后有明显的改善趋势,但还不是经济增长的主要源泉。并且自20世纪90年代后期以来,效率的增进似乎又走向了下坡路。东亚模式的问题表现为"资本深化",也就是生产一单位的产出所投入的资本越来越多,其结果就是资本边际生产率的下降,从而导致利润率的下降。简而言之,是投资过多带来了增长效率的问题。

这位造访者显然并不同意这样的解释。他认为,今天的投资可以形成明天的生产能力,投资会带来一个经济潜在生产能力的提升;同时,东亚经济劳动力十分丰富,因而经济增长放缓,利润率的下降是因为没能实现资源的充分利用。所以,一个自然的结论是有效需求的长期不足束缚了生产潜能的发挥,出路是只要政府努力提升有效需求,生产就会达到潜在水平,尤其是应该通过消费的不断增加来实现"快乐增进型"的增长。

这样,我们讨论的重心就集中在到底是投资过多还是需求不足,拖累了东亚特别是中国经济以福利为内涵的增长步伐。

我觉得从道理上来说,可以把资本投入过多说成是需求的相对不足(因为如果市场规模足够大,商品的价格不会下降,投资的利润率也就不会下降),并且认为增长的真谛在于实现更多的消费也是无可争议的。

可问题的关键是我们满足消费的方式是有效的吗?东亚普遍出现的内需不足是否与其经济增长的模式本身有关呢?如果低效率的投资并不能形成有效的供

给,再多的生产能力也只能是变成闲置的机器厂房和不断堆积的商品。另外,现实中资源环境的瓶颈约束越来越强,投入推动增长的模式提供产品服务的成本从而在不断上升。而中国地方政府之间的竞争使得产业结构严重雷同,有些投资形成的生产能力可能永远都不会得到充分利用。

和许多人一样,我不认为问题的症结是需求方面出了问题。按照正常的逻辑,投资是经济行为中最活跃的变量,投资通过乘数效应决定产出和收入,收入决定储蓄和消费。因而,消费不足更可能是结果,而非原因。中国长期存在大量剩余劳动力,这不仅是扩大需求刺激经济增长就能解决的。同样,持续的投资膨胀可能真的已经导致增长效率的下降。或者说,从需求的角度,通过高投资形成的供给并不是最有效的,市场还没有给予充分的认可。

我们知道,同样是增加产出,可以通过生产要素投入的增加实现,也可以通过投入固定而提高生产效率实现。到目前为止,中国的模式属于前者。在这种模式下,经济增长对高储蓄和高投资形成强烈的依赖。而按照经济发展的一般模式,高额储蓄率在一段时间之后必然会下降。这将对中国经济可持续性增长构成巨大挑战。

如果是这样,我们还需要进一步解释中国持续高投资的形成根源。我想,这其中强势政府是一个重要因素,这一点可在东亚比较中看出。在东亚,儒家传统的勤俭通常被当作是高储蓄的原因,而高储蓄则形成了高投资。可是,这无疑是说:人的偏好不同造成了经济模式的不同。实际上,更为合理的解释是东亚的政府扮演了推动高投资的重要角色。就拿中国来说,在计划经济体制下,赶超型战略是政府集中资源搞建设的合理理由。而在转轨体制下,地方政府之间的竞争则推动了以基础设施、房地产等领域为主的投资热情。

总之,如果我们注意到中国与整个东亚经济增长模式的共同特征,并从这个视角来审视中国的经济增长问题,我们就应该承认,把投资体制和增长方式带来的问题归咎于有效需求或消费不足无异于舍本逐末。毕竟，即便是在当前，投资方向仍然有相当大的比重是由政府或国有企业选择的，而消费却是私人决定的。经济学一再告诫我们，应该相信的是私人，而不是政府。

资本形成的重要性，在早期的发展经济学中得到了特别的强调。早在 1954 年，诺贝尔奖得主 W. A. 刘易斯就提出，经济发展的中心问题是投资的提高。他说："经济发展的中心问题，是要理解一个社会由原先储蓄和投资还不到 4%～5% 转变为自愿储蓄达到国民收入 12%～15% 以上整个过程。"对照现实，这种看法的指导意义似乎已经下降。

潮流早已转向对效率增进型增长模式的论证。越来越多的证据表明，转变增长方式尤其是投资体制是我们日益紧迫的任务，与这个经济学爱好者讨论后让我更加坚信这一点。这样看来，这次意外的谈论还是富有成效的，虽然我们所做的只是倾听对方的观点，而不是一定要接受。

# 梦想比现实更重要？

如何看待不平等，是一个跨越时空的问题。在 2500 年前，孔老夫子说过："丘也闻有国有家者，不患寡而患不均，不患贫而患不安。"不用多说，孔子的这一"均无贫"观点已被我们自己的经历所证伪：平均主义会造成普遍的懒惰，使整个社会失去进取心，永远停滞在贫穷阶段。相反，在一定条件下，激励经济学家把不平等看作是提升效率的手段，他们倾向于"因患寡，而患均"。

如果抛开公平与效率的维度，在某一个时间节点上，低收入人群对不平等是不是就绝对厌恶了呢？在这个问题上，中美之间最近的情况形成了有趣的对照。

众所周知，衡量不平等程度的通行指标是以统计学家基尼命名的"基尼系数"，其公认的国际警戒线被定为 0.4。可是这一标准受到来自中国的"挑战"。有学者指出，应该用购买力平价来计算各个地区的真实收入差距。他给出的例子是，在北京要卖 150 万元的一套住宅，在西北某个小县城也许只能卖到 10 万元。因而，用"购买力"计算的中国基尼系数，要比用"名义收入"计算的数值小很多，中国的收入差距实际上被夸大了。在他看来，如果只看到这种被夸大的基尼系数将会对改革的进程产生负面影响。

众所周知，购买力平价通常看作是一种汇率决定的经典理论，在同一个国家内部用购买力平价计算基尼系数是否合适还有待讨论。其实,在很多情况下,物价在国内不同地区有不同的价格正是地区间收入不平等的结果。内地小县城的同等质量房子为什么便宜? 我想,大多数人所能够想到的答案就是因为当地经济不发达。也就是说,因为落后,所以房子才便宜。这样看来,北京 150 万元的房子在小县城只能卖到 10 万元正好表明了北京和小县城之间的收入差距高达 15 倍之多。

此外,国家统计局有关负责人近日表示,虽然目前中国的基尼系数超过国际警戒线,但中国不能照搬国际统计口径。因为中国城乡差距大是造成基尼系数较大的原因,而城乡内部的基尼系数都低于 0.4,应该给基尼系数打一个"国情折扣"。

一时间,质疑声风生水起。人们的不满在于:城乡差距为什么不重要呢? 中国二元结构的国情就应该成为脱离"国际标准"的"遮羞布"吗?

出人意料的是,地球另一端的美国也同样面临着收入差距拉大的问题,不过美国人似乎泰然处之。最近的《经济学家》杂志指出,如今美国的基尼系数也超过了0.4,成为整个西方发达世界的龙头老大。美国总统肯尼迪曾说过一句有名的谚语,"上涨的潮水(比喻经济繁荣)将抬起所有搁浅的船只"。在 1995 年以前情况确实如此。那时美国生产率的跳跃性增长,惠及大众。然而在 2000 年以后,情况有所变化。生产率同样还在增长,但是它只抬起了更少的船只。考虑到通胀因素,一个典型美国工人的工资从 2000 年以来仅仅增加了不到 1%。而在 1995—2000 年,增长了超过 6%。相反,只有最熟练工人的钱包在当前的经济繁荣中继续膨胀。这意味着,生产率上升的果实向高收入者严重倾斜。

然而,美国与中国的一个明显不同在于,美国人并没有走向仇富。收入较低的美国人所抱有的想法是:加入富人群体,而不是缩小这个群体。实际上,在美国的任何一个角落,10 个人中有 9 个人相信,即便是白手起家,只要努力工作,遵纪守法,美好富足的生活之门会向每个人敞开。这是美国梦的核心理念,这让普通的美国人更能够忍受经济波动的艰辛,并接受不平等和不安全的现实。

事实正是如此。即便是在贫富分化严重的今天,普通的美国人相信可以由贫到富的比重自 1980 年以来增加了 20％。用社会学的语言来说,美国的社会阶层之间的流动极为通畅。

这种态度直接决定了政策导向。相比之下,美国人更加看重推动经济增长的意义,而不是重新分配财富的作用。这就可以解释为什么对贫富差距的持续扩大并没有增加投票者对阶级政治学的兴趣。美国民主党 2004 年副总统候选人约翰·爱德华兹,曾经不遗余力地倡导"两个美国"的概念,即一个是富人的美国,另一个是穷人的美国,然而营销的效果并不理想。欧洲和日本不平等的程度要明显小于美国,然而社会对社会蛋糕分配不均的普遍不满把政府搞得焦头烂额。

另一个更有力直接的证据是,虽然只有 1％ 的家庭缴纳遗产税,却有超过 70％ 的美国人支持废除遗产税。这也与中国日益高涨的征收遗产税的呼声形成对比。

需要指出的是,"美国梦"式的社会流动性也有一定的狭隘性,一种奇怪的"仇贫"心理正在滋长。美国人虽然不愿意把问题归结到他们富裕的同胞身上,但却把矛头指向了比他们更贫穷的外国人身上。一项针对外交事务的民意调查发现,近 90％ 的美国人担心他们的工作会流失到国外,超过六成的美国人憎恶自由贸易,就连主流经济学的泰斗保罗·萨缪尔森也一反常态地指出自由贸易损害美国福利的可能性。这样的呼声自然而然地传递到政客之中。很多迹象表明,虽然美国经济仍然增长强劲,但是这个国家正在越来越限制自由贸易。

同样面对收入差距超过警戒线并持续加剧的社会问题,人们有可能表现出相当不同的容忍程度,这在很大程度上取决于一个社会阶层之间的流动性大小。我们或许可以说,社会流动性是社会不平等的止痛剂。因为,只要有梦想,明天总是新的一天。

# 中国城镇化：南张楼模式，还是龙港模式？

为了追求和城市居民同样幸福的现代生活，农民是应该进入城市，还是应该留在土地上？或者说，农民应该在自己土地上创造与城市居民同质的生活，还是应迁入城镇？这是我们首先要弄清楚的问题。下面是两个正在中国进行的试验，它们的指导思想是截然相反的。

南张楼村地处山东省青州市北部，距青州城区约 40 千米，全村有 1000 余农户共计 4200 多个村民，原有地 300 余公顷。一不靠城、二不靠海、三不靠大企业、四不靠交通要道、五无矿产资源、六人多地少，是典型的北方平原村落。该村无硬化道路，主要为草顶住房，人均年收入为 1000 余元。正是因为这些条件，南张楼这个自然村在 1990 年作为山东省和德国巴伐利亚州的一个合作项目，德国人把享誉世界的土地整治经验带到中国这个普通的乡村。

这个经验曾在第二次世界大战之后有效解决了联邦德国乃至整个欧洲城乡差距拉大、大量农业人口涌向城市等社会问题。这一计划自 50 年前在巴伐利亚开始实施后，成为德国农村发展的普遍模式，并从 1990 年起成为欧盟农村政策的方向。在目前的巴伐利亚地区，农村地区占州总面积的 80％ 以上，为近 60％ 的人口提供居住、工作和生活空间。

"巴伐利亚经验"在南张楼实施了 15 年,全村的公共设施已经十分完善,创办了 100 多个小企业,农民"白天上班,下班下地",收入和生活水平得到大幅提高。但在部分实现了最初目标的同时,也与中国的现实发生了冲突。比如,南张楼确实把农民留在村里,但更多的是通过兴办非农产业,而这是有悖于"巴伐利亚经验"初衷的。其核心理念是实现"农村与城市生活不同但是等值"。所谓"等值化",就是指不通过耕地变厂房、农村变城市的方式使农村在生产、生活质量上而非形态上与城市逐渐消除差异,包括劳动强度、工作条件、就业机会、收入水平、居住环境等,使在农村居住仅是环境选择,当农民只是职业选择。

龙港位于浙江省温州市苍南县,20 世纪 80 年代中期还是一个只有 6000 多人的 5 个小渔村,工业近乎空白,90% 以上劳动力从事农渔业生产。在短短 20 年时间内,龙港已发展成人口超过 23 万、经济规模接近 100 亿元的明星城镇。目前,总面积 80.7 平方千米的农民城创造了 15 万个就业岗位,该镇从外地雇佣来的农村剩余劳动力将近全镇从业人员总数的一半,且每年仍有 2 万～3 万人涌入龙港打工,是一个有能力将大批农村剩余劳动力向第二、三产业转化的现代城镇。

更加令人惊叹的是,龙港是一座几乎全部由农民集资新建的城市。正因如此,它有两个特别的称呼:"中国第一农民城"(前浙江省委书记王芳的题词)和"中国第一座城市"(来自学者秦晖)。1984 年龙港建镇之初,即打出"鼓励农民带资进城开厂办店"的口号,打破传统户籍制度的壁垒,解除了传统体制对农民进城的各种束缚。在 10 余年时间里,龙港一方面将耕地承包给种粮大户进行规模经营;另一方面从不起眼的小商品起步,放手培育市场。同时,龙港的印刷、纺织等区域特色经济在推动城市化进程的同时,也提供了大量第二、三产业的就业岗位。2002 年以来先后被誉为"中国印刷城"和"中国礼品城"。

然而,在龙港迅猛发展之后,传统城市管理体制也随之被迅速复制,加之人们对行政区划和财税体制等方面变革的不确定预期,龙港未来的发展将面临着"体制之痛"。

## 两种模式之比较

有人认为南张楼模式对于建设一个城乡协调发展的现代社会具有重要借鉴意义,可能预示着某种中国特色的城镇化道路:城市化并不等于非农化,安居乐业不必都往城里挤,农村可以通过城镇化把农民留在土地上。

应该说,上述两种模式的分歧不在于是否要城镇化,因为这两个模式实际上都在进行着城镇化,而在于城镇化应该是在农村普遍推行,还是由市场机制自发生成像龙港这样的城市而实现。德国人在南张楼推行试验的本意是要让农民在留住土地的同时,享受一种与城市居民不同形式但同样幸福的生活。他们心目中的农村生活,是宁静温和、安守乡土、自给自足的,农村居民只是因为欣赏农村的这种生活方式才乐于选择乡村生活。这显然与中国人多地少的国情格格不入。实际上,光靠土地是留不住农民的,南张楼建立了100多个工厂,正是这些工厂所提供的工作机会吸引了青年农民,出国打工致富的人回村后是把钱投进工厂而不是土地上,这些都是德方所不愿看到的。此外,虽然南张楼村民生活水平有了显著提高,但村民大都认为,"即使农村和城市的收入差不多,人们还是愿意往城市里走,城市里的设施毕竟全。再说,为了孩子也要到城里去,孩子还是在那里受的教育好"。村里挣钱多的,都在城里买了房子。这表明,城乡本来就是两种不同的生活方式,而对绝大多数农民来说,对城市生活的向往是难以抛却的。

另外,巴伐利亚的汉斯·赛德尔基金注入了大量资金兴办学校、医院和完善基础设施,并且派出了100名青年出国学习,村民的观念也在一定程度上有了改变。但是可以想象,如果没有这种外部支持,南张楼的变化绝不会如此巨大。而这种支持对别的落后地区则是可遇而不可求的。南张楼在广袤的齐鲁大地上犹如沙漠中的一块绿洲,与其说给人希望,不如说是一个多少有些不和谐的变奏。我相信,南张楼在当地的一枝独秀,必定伴随着排斥他人迁入本村的政策。

相反,如前所述,龙港完全是市场机制催生出来的结果,这种市场机制在传统城乡分割体制松动后释放出了惊人的能量。龙港模式是市场机制突破城乡分割和传统城市化模式的先驱,真正反映了城市化和工业化的真谛,所以说龙港是一座"真正的城市"。虽然目前这两个案例的未来都还没有定论,但我们可以发现两者所面临的困难的性质是不同的。南张楼面临的是人地关系高度紧张的自然约束(所以只有通过发展离土不离乡的非农工业来缓解)以及城乡生活方式难以抹去的差别(富裕的村民对城市生活仍极其向往),这些困难是难以克服的;而龙港受到的却是体制的束缚,正是我们应改革的对象。实际上,解决南张楼困难的根本途径正是体现在龙港的模式之中。龙港的城市化代表了市场的趋势:城乡差距的存在和拉大,本身就说明市场在城乡之间是不平衡的,就应该创造机会让农民洗脚进城,南张楼以农村为立足点的模式终究会受人多地少和传统体制的约束,城乡二元结构终难破除。这种模式或许能在个别地区成功实行,但不应成为政策的立足点,因为,让近8亿农民中的大多数留在土地上是与经济发展的一般规律背道而驰的。

## 城镇化模式之辩

与主张大力推行南张楼模式的想法类似,有人认为,目前上海市的农村居民人均收入已经达到甚至超过了城镇居民水平,因而农民收入提高的关键是立足于农村,大力推动农业产业化和非农产业的发展。这种思路在上海这类城市或许是可行的,但在中国大多数地区是不可能实现的,至少在相当长的一段时期里是不现实的。之所以上海可以,正是因为其城乡人口比重已经相当合理,城乡二元经济结构渐渐消失,而这种情况的出现,在诸如四川、安徽这样的中国代表性省份还遥不可及。

有关研究表明,在中国,将经济发展水平、居民健康、教育水平、环境污染、交通状况、占用土地等指标综合在一起加以比较,人口在 100 万～400 万的城市的综合效益最好,而小城镇的效益是最差的。因此,普遍推行人口在小城镇就业的南张楼模式是不符合我国国情的。可行的战略是逐步破除各种限制人口流动的障碍,在长三角、珠三角、四川盆地中部等地形成城市群、城市带,充分吸收农村剩余人口。

城镇化以及"三农"问题的根本出路在于改革城乡间二元体制造成的制度落差,通过劳动力市场机制的作用,加快农村剩余劳动力的转移。但问题的关键在于,城市居民作为既得利益集团早已形成,并且具有农村部门无法抗衡的政治影响力,城乡间的制度安排具有相当强的稳定性和路径依赖性。在这样的条件下,龙港所代表的市场化城镇模式更加值得关注。

# 谁是全球经济麻烦的制造者？

马克·吐温有句名言：历史从不重复，但是押韵。

20世纪70年代初，在盯住黄金、盯住美元的布雷顿森林体系陷入风雨飘摇之际，美国尼克松总统的财政顾问约翰·康纳利曾当着一群欧洲领导人的面说，虽然美元是美国的货币，但美元币值的失调（misalignment）却是欧洲的问题。现在，美国经济学家德龙（J. Bradford Delong）作出了新的判断，美元（包括欧元）对人民币和其他亚洲货币的失调正在变成是中国的问题。

作为加州大学伯克利分校的名教授，德龙的视角显然超越了当前的金融危机。在不久前发表的文章中德龙认为，美国虽然有可能因次贷危机而陷入衰退，并可能殃及全球范围内的经济体，使得未来五年的全球经济增长放缓，但美国经济硬着陆的风险正在一天天消退。

在德龙看来，与中国有关的两种情形构成了未来全球经济增长的主要潜在危机。一种情况是，中国因人民币升值过慢而导致国内全面通胀。这种情形的结果是，中国将可能陷入滞胀或严重的通货膨胀，危及全球经济。有趣的是，在另一种情况下，全球经济可能会因为中国宏观调控的成功而变得更糟。中国在保持币值稳定的同时也将有效控制住国内的通货膨胀。在这种情况下,现有的国际收支不平衡将被加剧,美元对人民币和其他亚洲货币的汇率可能会迅速崩溃。

哪一种情况更接近现实呢?迄今为止,中国国内的流动性过剩主要影响了资产部门,而一般物价水平基本保持平稳。一方面,中国制造业部门巨大的供给能力是避免出现恶性通货膨胀的屏障。另一方面,通货膨胀是一个货币现象。中国过去出现的高速通货膨胀都是基础货币突然高速扩张时出现的,而眼下这一点尚未发生。自 20 世纪 80 年代中期以来,我国经历了 1985—1989 年和 1993—1995 年两个通胀时期,其间都出现过两位数的通货膨胀率,与此相关联的是货币供应的大幅扩张。1989 年前后,M0(流通中现金)的增幅曾超过 45%,而 1993 年前后,M0、M1(狭义货币供应量)、M2(广义货币供应量)的增幅都接近 40%。现阶段,中国的货币供给增速明显低于上述两个时期。只要货币供应不失控,恶性通胀全面化发生的可能性就很小。

另外,国际经验表明,发生高速通胀的国家通常是财政上出现了问题。在这一方面,中国仍没有风险。随着经济的发展,财政收入快速扩张。财政向央行不负责任地透支并导致恶性通胀应该不会发生。

这意味着,如果中国维持币值基本稳定,当前的经济增长模式可能还会持续下去。也就是说,德龙设想的第二种情形出现的可能性更大。

既然中国能在币值稳定的情况下维持现有的高增长,同时通货膨胀也不会过度恶化,那有什么理由让中国作出改变呢?事实上,把美元币值和美国经济失衡的问题总是归到其他主要经济体上,就有失公允。汇率作为货币兑换率反映的是国内的经济基本面。长期以来,美国每年依靠超过 8000 亿美元左右的资本流入维持着经常出现的账户赤字和财政赤字。美国的双赤字是国内消费储蓄缺口以及社会保障等制度结构造成的结果。解铃还须系铃人,要想调整美国经济的失衡需要其自身作出结构调整。并且,按照汇率理论,美元应该加速贬值,以便恢复经济平衡,就像西方国家依据这个逻辑让人民币升值一样。美元没有作出充分调整,也就没有理由要求人民币立即调整。实际上,无论是对中国还是对美国,都需要时间解决国内的结构性问题。

那么,谁是全球经济麻烦的制造者?是中国还是美国?由于中国与美国的情况正好相对,说一方制造了麻烦,那另一方一定也是。从内外均衡角度来说,长期顺差和逆差都是不合理的,都需要作出调整。可是,有什么理由把所有问题都归到顺差的一方呢?实际上,如果美国经济和美元定位没有实质性的改变,国际主要经济体之间的失衡就不可能彻底消除。1971 年 8 月 15 日,美国总统尼克松单方面宣布停止美元和黄金的兑换,迫使日本和西欧发达国家提高对美元的汇率。这就是汇率史上有名的"尼克松冲击"。1985 年,经美国牵头,西方七国财长和中央银行行长通过"广场协议",要求日元等货币升值。这些事件看上去像是谁发展得快,谁就应该承担全球失衡的责任。然而结果是,所有这些努力都没有改变美国的贸易逆差。

把中国(具体而言,指人民币汇率)当作全球麻烦的制造者,实际上是在说应把人民币当作一个政治问题。既然如此,中国就应从自身的现实自主考量人民币的未来。

话说回来,人民币问题不应服从国际压力并不等于人民币就不应该升值。从宏观经济政策目标来看,维持人民币基本稳定主要是经济增长和充分就业的需要。问题是,这样做可能仍是在支持低效率的增长模式。中国出口竞争力固然得益于廉价劳动力,但同时也得益于廉价的环境和资源成本。人民币升值可以限制投资和出口驱动的经济对环境的透支。同时,延缓升值会将社会财富进一步引向资产部门,资产部门高涨在加大经济风险的同时,也对收入分配造成巨大压力。

曼昆在他畅销的《经济学原理》中有一句企业家说的话:如果行业龙头老大注定是最大的污染制造者的话,我欣然接受这一称谓。作为全球经济增长的主要引擎之一,把中国称为麻烦制造者,或许是其影响力增加的一个副产品。事实上,在过去的一个世纪中,美国不也扮演着这样的双重角色吗?

# 罗马不是一日建成的

　　户籍管理制度所造成的问题一直是社会各界关注的焦点,甚至成为公众情绪的发泄对象。近年来,户籍改革在实践上也得到了部分地方政府实实在在的支持。最近的情况表明,这种支持和改革大有成为全国普遍行动之势,要求在全国范围内通过立法取消现存城乡二元户籍制的呼声不绝于耳。这表明,现代社会对弱势群体的关注越来越多,"三农"问题终于有望走上治本之路。

　　然而,理由充分的诉求不能代替我们的理性思考。我们虽然找到了正确的出发点和目标,但过程和手段同样十分重要。有迹象表明,对于户籍管理制度的普遍取消所带来的巨大冲击,不少人可能还没有充分地意识到。正如"罗马不是一日建成的",我担心,如果通过立法将现存户籍制度"一刀切"取消,会使问题更为棘手,很可能会造成难以预料的破坏性结果,而这是大家所不愿看到的。

　　几年前,北京一位知名教授上书全国人大,认为1958年开始实施的《户口条例》不仅违背了宪法关于保障公民迁徙自由的基本宪义,而且其第三条、第四条、第十条、第十三条等也涉嫌违背现行《宪法》的其他若干具体规定,导致农民在政治、经济、文化教育等方面受到种种歧视和不公平对待,阻碍了农村城镇化的进程。

在这样的背景下,现存的户籍管理制度几乎成了过街之鼠,人人叫废。法理上,歧视性的户籍管理政策的确于理不通,于法无依,把它看作是各种"荒唐政策"的"罪魁祸首"也不为过。然而,户籍改革并不只是一个理顺法制关系、废旧立新的问题。从经济学的角度,限制人口流动的户籍制度在一定条件下仍有其存在的意义,还不能通过立法途径立即废止,而那些试图通过立法一步到位地改革户籍制度的做法在很大程度上只具有象征性的意义。

要想对一个事物有本质的认识,从源头入手常常是一个正确的角度。根据转型经济学的相关理论,户籍制度的确立是人为推行重工业优先发展战略的需要,而户籍制度的维持则是中国转型道路的重要特征。其复杂的历史背景表明户籍改革绝不仅仅是个法律问题。

新中国成立后,确立并推行了一条重工业优先发展的战略。然而要在薄弱的基础上优先发展资本密集型的重工业,必然面临资金原始积累和粮食原料来源的问题。这些问题的解决只能依靠农业部门。实践中我们采取了一种较为"含蓄"(和苏联相比)的做法:通过工农产品的价格"剪刀差"来汲取农业剩余价值。与此同时,由于重工业吸收劳动力的能力较弱,为了限制农村劳动力向城市迁移,保证城市居民充分就业以及避免其他福利外溢,户籍制度应运而生。1958年政府颁布了《户口条例》,以法律形式严格控制农村人口流入城市。由于能够有效地把农村人口排斥在城市体制之外,城市居民所享有的福利诸如全面就业、住房、医疗、教育、幼托、养老等制度也就可以随之建立了。

1978年开始的改革开放实际上表明政府已经放弃传统战略。中国以市场为导向的改革发轫于农村,在迅速推广的承包制下,市场机制在农村得到确立,农民的生产积极性得到极大提高,城乡差距在20世纪80年代前期一度显著缩小。此后,改革重心迅速转向了城市,国有企业改革以及价格闯关成为主要着力点。然而,市场化改革在农村和城市部门内部大力推进的同时,城乡间的二元体制作为存量保留下来。农村早先的制度创新潜能很快受限于人地关系的高度紧张，城乡差距在城市现代部门的迅速发展中逐步拉大。

因此，可以认为城乡体制是转型中最大的存量部分，这是中国式道路的一个重要特征，同时也导致了社会经济中最严重的问题——"三农"问题。

从社会学和法学角度，户籍是歧视的起点，也是歧视的根源。我们都注意到，这一系列排斥农民的政策无一例外都是以户籍制度为基础的，只有通过它，才能严格区分和分割城乡人口，并实行歧视待遇。所以，户籍制度实际上是处于基础和核心的地位，从这个角度来说，把改革的矛头指向户籍制度似乎是切中要害的。

按经济学中的收入均等化理论，人们有一种向他们能够获得最高收入的职业或地理位置流动的趋向，而流动的结果是抹平了同质劳动力在劳动收入上的差别。也就是说，只要完全放开城市进入门槛，城乡彻底一体化，"三农"问题就不复存在。与此同时，劳动力市场的统一将实现对劳动力要素的优化配置，从而增加社会总产出。因此，户籍制度的取消似乎可以在促进社会公平的同时，带来效率的改进，何乐而不为呢？

但事物总有两面性，户籍制度客观上也起到了一定的积极作用。我们知道，在20世纪六七十年代，发展中国家的普遍现象是，城市失业问题越来越严重，与此同时，人口从农村流入城市的速度持续增长。城市混乱拥挤、贫民窟林立的"城市病"一直困扰着发展中国家尤其是印度和拉美国家的发展。中国作为世界第一人口大国和农业大国，之所以没有出现类似的城市弊病，正是因为户籍制度限制了人口城乡流动，把过剩的农村人口锁在农村。即便现在，户籍制度这一功能仍然必不可少。

更重要的是，户籍问题并不在于户籍管理本身，世界上实行户籍管理制度的国家也不在少数。中国户籍制度的独特之处在于依附在户籍之上的各种权利和福利在城乡居民之间的区别安排，这才是不合理的真正所在。实践已经证明，取消城乡居民的户籍差别很容易,但要保证进城农民享受同等的权利和福利却难上加难!

我们必须直面的事实是,可供突然新增城市人口分享的城市公共资源十分有限,城市开放必然导致城市不堪重负。请仔细想想大城市的教育资源、医疗保障、失业救济、保障性住房、公共绿地——这些在农村几乎是一片空白。可以肯定,这些福利和保障在未来 5 年甚至更长的时间内不可能覆盖到每个人。呼吁公民人人平等并不会改变现实的短缺。有人说,问题在于"不患寡而患不均",然而,这也不仅仅是一个公平问题。因为对有限的公共资源自由开放,会导致"公共牧地的悲剧"。也就是说,公共财产将遭受毁灭性的滥用。户籍取消后,进城人口的就业压力将不堪重负。

务实的路径应该是户籍放开渐进完成,走增量调整之路。这是我们宝贵的改革经验之一,在户籍问题上,相信同样是有效的策略。

首先,我们应逐步降低城市户口的含金量,缩小城乡差距。改革现有户籍管理制度是必需的,但需要注意改革的力度和次序。虽然户籍制度是其他制度安排的基础和前提,形成于其他制度之前,但改革的次序应该是反向的。也就是说,应先逐步取消各种城市居民享有的优惠待遇,降低城市户口的含金量,然后才能完全废除现存的户籍管理体制,归还农民宪法所赋予的迁移自由,实行国际通行的登记户口制。在减少城市居民特有福利的同时,增加农村的社会保障,逐步减少城乡落差,从而减少城市放开的冲击。在开放户籍的过程中,应在一定时期内保留转移人口在农村的权益。这样,一旦进城农民找不到工作或失业,农村可以起到蓄水池作用,避免大量失业人口留滞在城市,造成城市社会问题。

其次,现有的劳动力流动是个市场过程,城镇化也应该是个市场过程,必须通过劳动力市场的供求决定。放开户籍制度的前提必须是城市有能力吸收愿意转移的剩余劳动力。为此,应该保持经济的稳定快速发展,特别是劳动力密集型产业的发展,逐步取消民工就业的歧视,千方百计地增加就业。更重要的是,应增加农村教育投资,完善职业技能培训,从供给面改善转移劳动力的素质,扩大就业面。

最后,应推行城镇化的双轨模式。我们可以把中国目前的城市大致区分为以下几种类型:

1. 特大型城市,如北京、上海、广州等;

2. 二元就业体制并存的混合型大中城市,如中东部的省会城市南京、福州、杭州等;

3. 传统体制占主导的城市,如长春、太原等;

4. 新兴城市,长三角的中等城市带和珠三角的城市群;

5. 政府推动建立的小城镇。

容易发现,人口控制政策强度在以上五类城市中是依次减弱的。这种控制强度是由城市规模及其就业体制的结构决定的。城市规模越大,城市就业人口中一般劳动力所占的比重越大,农村流动人口对城市居民就业的压力就越大,城市政府对劳动力市场保护力度越大,反之亦然。

对于前两种类型的城市而言,体制内外落差很大;这些城市的地位显要,社会稳定尤其重要;城市居民中大部分就业于劳动密集型产业,农村劳动力对其构成较强的替代效应。由于这些原因,这两类城市的改革成本较大,不可能迅速推行改革措施。在第三类城市中,市场部门发展缓慢,城市居民主要就业于国有企业,农村劳动力对城市就业的冲击较小,因而放松管制的阻力较小。但由于市场就业机会少,对剩余劳动力转移的意义不大。在一些城市确实出现户籍制度放松后,农村人口却对此"无动于衷"的现象。而且随着城市国有经济的改革重组,会不断游离出大量富余劳动力,劳动力市场保护可能会反复出现。

因此,对于这些开放城市人口难度较大的城市,仍可以根据户籍控制来调节。我们相信随着新兴城市迅速发展和农村剩余劳动力的转移,这类城市的就业压力就会逐渐减小,而且城市间的竞争会加快城市的调整步伐。

　　而对于长三角、珠三角等地区以中等规模为主体的新兴城市和不断涌现的中小城镇,城镇化的阻力小,城镇化的积聚和规模效应显著,因而是增量改革的源泉。这种城镇化是以劳动力市场为基础的,对劳动力的需求来自城市本身的发展和竞争力的提高。即使不存在任何城乡分离障碍,劳动力市场的自发作用会通过城市失业率的提高,降低农民流动的预期收益,从而起着调节城市规模的作用。因而,户籍放开必须因地制宜,渐进完成。

　　总之,户籍改革是必要的,但我担心是否会通过立法将现存户籍制度"一刀切"式地取消。一旦问题上升到与法律甚至宪法抵触的高度只会使问题变得更为棘手。郑州曾在 2003 年 8 月完全放开户籍,然而当年 9 月紧急叫停。沈阳、成都等地也出现类似情况。这不都是最具说服力的实例吗?

第二部分

宏观经济之问
——高增长低通胀：馅饼还是陷阱？

# 导 言

2010 年 11 月,CPI 上涨 5.1%。社会上久违的通胀担忧又开始抬头。政策面也是如临大敌,各类政策手段鱼贯而出,甚至宣布将在必要时启动价格管制。

尽管如此,中国近 20 年的经济波动事实上放缓了很多。拿通胀来说,在"开发热"蔓延的 1994 年,CPI 涨幅达到 24%;而在"价格闯关"的 1988 年,CPI 也上涨了 19%。同样,近 20 年来,经济增长的波动率也放缓很多。总之,与之前相比,这段时期,可以说中国经济总体上处在"高增长、低通胀"的格局之中运行,而这差不多是新中国成立以来的第一次。

那么,金融危机之后的这轮周期呢? 在我看来,微型"滞涨"的风险显然有所增加了,"高增长、低通胀"或将被"较高增长、温和通胀"的组合取代。尽管如此,从大的格局看,中国经济基本面还是被人看好的。

然而,与此同时,在过去 20 多年里,我们还是时刻感到如履薄冰,各类或大或小的危机不断。这轮国际金融危机也是发达经济体长期繁荣背景下,几乎突然爆发的。那么,"高增长、低通胀",到底是馅饼,还是陷阱?

从 2009 年 1 季度开始,中国经济率先实现了 V 形复苏。这超出了大多数人的预期,但却完全落在了政策视野之下。以 4 万亿元为主的一系列政策,以惊人的气概推动了中国经济率先反弹。然而,毋庸置疑的是,这其中也包含了诸多后遗症。通胀、通缩,还是滞涨,这些争论从未停止过。

在"宏观经济之问"中,我在第一时间给出了我对宏观经济走势的想法和判断。宏观经济过山车式的运行对经济研究者是一个极大的挑战,但也让这一领域变得魅力无穷。危机爆发伊始,我曾认为中国的经济地位将会有较大的提升。中国受到的正面冲击较少,在金融领域尤其如此。相反,中国政策在危机管理中显得更加果断有力。

这要求我们应该从更宽广的视角考量眼前发生的一切。当作经济分析时,我们实际上有大量的历史事件和数据可供借鉴。世界的发展从来就是不平衡的。中国经济尚处于高速发展阶段,增长动力正在喷薄而出。就整体而言,中国经济还没有到达增长瓶颈,继续以较快速度增长的阻力还不大。

在政策保持连续性和全球整体复苏背景下,后危机时期中国的宏观经济有望总体上保持"高增长、低通胀"的良好态势。总体而言,救火式宏观调控的压力会有所减轻。未来最大的不确定性不在于经济二次探底,而在于通货膨胀和资产价格膨胀。宏观经济以及企业赢利的持续向好将构成基本面支撑;货币金融环境的相对宽松将构成流动性支撑;而全球范围内的通胀预期和做多中国的预期或将成为故事性支撑。

就宏观经济而言,中国的确存在严重的结构性问题。产能过剩、消费不足、国际账户巨额盈余,这些矛盾在危机应对过程中进一步激化。从这个角度出发,也有人不愿意为中国的救市政策打高分。当然,持这些观点的人,不是不看好中国经济的前景。他们中间,有很多人对中国的崛起抱有很大的热情,倾注了大量的研究精力。他们像对待自己的孩子一样,觉得它好,但总希望能更好。

在未来一段时间里,经济运行有望全面回归正常化,与之伴随的是宏观政策的退出。这个过程还谈不上阵痛。宽松政策的退出当然会是缓慢渐进的,以保证有内生性的增长动力能够跟进填补退出的空白。因而,在一定意义上可以说,如果有退出政策的出台,大致等同于经济运行出现了新的复苏或过热迹象。如果把刺激政策等同于药量的话,刺激政策的减少就类似于病人病情缓解后用药剂量的缩减。

# 经济的问题，还是经济学的问题？

金融危机在重创市场体系的同时，也必将掀起思想世界的变革。经济金融模式正在迎来一场巨大的变革，人们的思维理念也是如此。即将到来的思想革命不仅仅是茶壶里的风暴，它源于现实的教训和需要。

在某种程度上，诚如哈佛大学经济学家丹尼尔·罗德里克所说，当前的问题不是经济的问题，而是经济学家的问题。综观最近40年的宏观经济学理论，它要证明的是，经济周期如果没有被成功驯服的话，其破坏力也不足为忧。短期经济波动似乎被当作一个彻底解决了问题而被搁置起来，越来越多的精力投入到了令人着迷的长期增长研究中去。

在理论上，看似全面的经济周期理论没有为剧烈经济波动留下应有的空间。20世纪60年代中后期以来的宏观经济学革命，不是把来自货币名义的扰动赋予过高甚至是唯一的权重，就是认为经济波动源于外部的真实冲击。理性预期革命实际上排除了因经济行为人的错误决策而导致经济波动的可能性，经济波动主要是源自意料之外的货币政策。宏观经济被看作是大量经济个体的总和，个体是理性的，作为理性个体行动结果的宏观经济即便有什么波动的话，也是合理的，并且是短暂的。而自 20 世纪 80 年代以来，真实经济周期的理论家将经济周期归因于来自供给面冲击，比如技术革新或战争等，经济波动是经济行为人应对这些冲击的结果。

总之，多年来的宏观理论认为，经济周期的诱导因素来自意料之外的政策干扰或者经济体外部。这些理论认为，经济波动其实是经济行为人最优决策的结果，不需要政府作出干预。

宏观经济波动性的下降，不断助长着政策当局的信心。就货币政策而言，弗里德曼在 1963 年将大萧条归咎于货币政策，这在证明"货币的确重要"（money does matter）的同时，也给世人留下了一个简单的政策处方，即管好货币。弗里德曼在 1968 年进一步作出结论：货币政策保持稳定可以为经济运行营造良好环境，保持货币供应量适度增长就可以为经济稳定作出重要贡献。格林斯潘的政策实践与之呼应。在经济出现波动的早期，货币政策立刻实行了强有力的反向操作，市场信心得以提振，结果经济之舟平稳地驶过了高科技泡沫和"9·11"事件危机。

在创新上，包括电子通信在内的技术进步，推动金融创新层出不穷，使得风险看上去被充分分散，经济运行的基础和结构看上去发生了降低宏观经济风险的有利变革。引人瞩目的是，MIT 的经济学家达伦·阿瑟莫格鲁指出，数据分析也准确无误地显示：随着一国人均收入的提高，该经济体的波动也将减弱；并且的确也有大量证据表明，自 20 世纪 50 年代尤其是 80 年代以来，宏观经济的波动有所减弱。

理论和政策两个层面上的进展和发现，进一步催生了民众对股票和房地产市场的普遍乐观情绪。如果经济收缩是轻微而短暂的，那么金融机构、企业和消费者就会更容易淡化对资产价格大幅缩水的忧虑。

事实证明，大规模的宏观金融动荡显然没有消失。标准的宏观经济学不仅没有预测出我们正在经历的这场明显收缩，也很难给出合理解释。导致金融危机的诸多因素都被排除在现有的分析框架之外。金融危机显示,高智商高科技组成的经济体,其宏观经济表现可能并不理想。市场和金融机构的相互勾连也促使风险更容易扩散。在微观层面,我们都被告知应该相信经济主体尤其是大企业的运行和选择,它们理性决策,并对自己的决策负责,但巨型企业的破产倒闭粉碎了我们的观点。当前的宏观理论已经过于完美,以至于无法容下这些在一般均衡框架中被当作前提假设而排除掉的元素。

　　这场危机需要很多学术研究来进行根本性转向。是否拥有完美的微观基础已经变得不那么重要,危机显示,理性的微观主体并不是宏观稳定的基石。此外,宏观经济学需要更好地将实体经济的结构特征与金融领域结合起来,深入分析实体问题是如何被金融工具掩盖并放大的。房地产市场泡沫被认为是金融危机之源,中国尚未发生美国式的危机,但在经济快速发展和本币升值过程中的房价过快上升也值得我们特别关注。在大量精力投入长期实体经济增长的同时,金融部门也需要进行重点研究。

　　变革和修补宏观理论框架的一个渠道在于重新拾起那些被主流理论丢失的智慧。在危机发生后,很多人想到了奥地利学派,特别是哈耶克的经济周期理论。此外,如果我们没有忘记熊彼特的话,就不会想当然地认为经济周期正在收窄或消失。在熊彼特看来,经济周期是资本主义的内在特征之一,是资本主义创造性毁灭的表现。他一再指出,如果经济周期消失,那么一个社会就将停滞不前,陷入一个封闭的循环流转之中,而只有创造和毁灭才能突破这个封闭循环,将经济带入一个更高的平台。

　　经济周期的火苗深藏在人性之中。凯恩斯作为数学科班出身,却非常排斥经济学的数学化。当崇拜者将他的理论诉诸精美的模型分析后,他作为一代卓越投资家的诸多闪光点也就被遗漏殆尽。后人把凯恩斯关于经济周期的论述概括为真实的有效需求的下降,但却没有强调这种下降的突然性以及其背后的人性心理分析。现在凯恩斯有关"动物精神"的提法已再度流行。对于这场危机，如果我们不从人性中非理性的层面出发，就难以给出完整解释。

另一个有望赢得声誉的人性分析概念，是索罗斯首创的"反射理论"。反射理论是指投资者（及其行为）与金融市场间相互决定的互动关系，投资者根据自己获得的资讯和对市场的认知形成对市场的预期，并付诸投资行动。这种行动改变了市场原有发展方向，就会反射出一种新的市场形态，从而形成新的资讯，让投资者产生新的投资信念，并继续改变金融市场的走向。由于投资者不可能获得完整的资讯，他们投资所依据的是"投资偏见"，这些"投资偏见"是金融市场运转的根本动力。当"投资偏见"零散的时候，其对金融市场的影响力是很小的；当"投资偏见"在互动中不断强化并产生群体影响时就会产生"蝴蝶效应"，从而推动市场朝单一方向发展，最终必然反转。

理论界还没有对现实的调整作出积极回应，理论的改变需要一段时间。国内外的主流教科书不可能很快作出改变。这固然有时滞问题，但更重要的是，主流经济学仍然占据着大学校园。《纽约时报》近日也指出"象牙塔未受经济衰退影响"，研究生之所以不学习凯恩斯或者明斯基（美国非主流经济学家，"明斯基拐点论"是索罗斯"反射性理论"的重要思想来源）的经济学，是因为它们不像真实经济周期那样处于学术"前沿"领域。正如有学者所说，这些数学模型是无聊的前沿。

或许，要想让宏观经济学重获活力，或许还需要实体经济出现更长时间的萧条。在经历2~3年的萧条期之后，那些坚持经济不会自己出现剧烈收缩的学说，自身也将面临剧烈的市场萎缩——其在学术市场上的竞争力将随之削减。

# 自由贸易像天堂，都想去，但都不想去得太早

诺贝尔奖获得者萨缪尔森曾经说过："如果经济学理论可以选美的话，李嘉图的比较优势一定会摘得桂冠。"的确，该理论令人信服地证明，不管是发达国家，还是发展中国家，只要遵循"两害相权取其轻，两利相权取其重"的原则积极参与国际分工，都会无一例外地增进本国福利；相反，任何限制自由贸易的做法都会损人又损己。因此，没有谁会对开放贸易有所保留。

崇尚自由贸易的主张由此成了这位"世界小姐"的主要垂青者。

然而，世界似乎并没有像理论家那般地痴迷于她的优美。据新近英国《金融时报》报道，从 2001 年 11 月开始，一路蹒跚而来的"多哈回合"贸易谈判陷入无限期中止状态。这意味着，此前主要参与国为挽救谈判而作出的最后努力在互相责难之中宣告失败，并使成立于 1995 年旨在推动国际贸易自由化的世贸组织（世界贸易组织）坠入自其成立以来最黑暗的日子。

中国自身的遭遇更是最直接的明证。从"入世"谈判到"入市"之辩（指是否承认中国市场经济地位），我们一路走来，道路并不平坦。大到家电和工程项目承包，小到纺织品、鞋子甚至打火机，针对中国商品的反倾销此起彼伏，我们这个世界上

最大的发展中国家也成了世界上遭受贸易投诉最多的国家。由此可见，"中国制造"在世界各个角落攻城略地的同时，也备受贸易限制的"围追堵截"。这表明，即便是在世界贸易组织框架下的后配额时代，国际贸易的自由天空也并不明朗。那么，比较优势这样"美"的逻辑到底出了什么问题呢？

世界上没有绝对真理，比较优势理论也不例外。后来有人指出，该理论的完全成立必须满足多达16个前提假设！比较优势理论虽几经发展，但总的说来，一个重要的假设要是可以被接受下来，即假定国际市场是完全竞争的市场，而且价格竞争是唯一的方式。这无疑为比较优势理论抹上一层"田园诗"式的色彩。除了成本价格因素以外，跨国公司还有众多的市场势力来源。更重要的是，国际贸易还是国家利益博弈的载体，直接商品交换的好处很多时候还会受到政治、军事等其他因素的干扰。

以下几点理由将进一步表明自由贸易很难从经济交换这一个视角推演得到。

首先，自由贸易虽然能够实现"双赢"甚至"多赢"，但实际交换比例并不和谐。假定面包和帽子的交换比例只要在1：5和1：10之间，贸易双方都可获利。但是最后的价格到底如何却不是无关紧要的，因为它涉及贸易两国之间的财富分配问题。也就是说，谁应该更多地享有贸易带来的好处。这无疑是一个煞费苦心讨价还价的过程，最终的结果往往要取决于双方的谈判能力，这要由各国的相对实力来决定。而限制商品自由进口就成了谈判的前提条件——如果别国商品已经长驱直入，商品价格就完全由两国的市场情况决定，政府也就没有干预的余地。

其次，对于富裕国家来说，自由贸易在增进本国福利的同时，也可能削弱自己的领先地位。我们知道，通过国际贸易，各国的要素收入有一种均等化的趋势，这是资源在世界范围优化配置的结果。换言之，自由市场经济类似于一种连通器：在不存在任何壁垒的情况下，各国的人均收入将会出现大致趋同。这表明，虽然各国按比较优势进行国际交往并可实现互利，但发展中国家将会在此过程中向发达国家"靠齐"。

从理论上说,自由贸易确实可能实现世界"大同",然而,这是发达国家愿意看到的吗?答案无疑是否定的,虽然它们也会从中受益。总而言之,我们可以认为一个国家的目标有两个:一个是本国居民收入的绝对提高;另一个是相比于其他国家的相对提高。国家之所以关心本国在国际上的相对地位,是因为保持对别国的相对优势是谈判能力的源泉,而谈判能力是确定价格、优化本国贸易条件的关键。

这样看来,对于发达国家来说,自由贸易显然是把"双刃剑":可以增进本国的福利,但也会给落后国家提供学习的榜样,从而使它们获得"后发优势"。先行一步的发达国家当然不愿与大家平起平坐。毕竟,大多数人都愿意做一个手握大权的封建君主,而不愿做一位现代公民,虽然前者没有家电、汽车,但却享有至高无上的权力。所以,国际贸易永远存在,但永远不会完全自由。

再次,贸易虽然能增进国家整体福利,但可能会损害一部分人的利益。从中国进口鞋子和服装,欧盟可以将相应的劳动力和资源转移到其他部门,比如去酿造更多的葡萄酒,而用产量增加的葡萄酒能换到更多的鞋子和服装。但是对本国生产鞋子和服装的工人来说,可能就要面临一段时间的失业;特别是对企业主来说,可能会破产倒闭,至少是缩减生产。通常而言,他们当然不愿为增进一般消费的福利做嫁衣,政府就可能会受到他们的游说并限制鞋子和服装的进口。自由贸易政策由此再次被束之高阁。

再有,自由贸易还可能陷入臭名昭著的"囚徒困境"。在刚刚陷入巨大困境的"多哈回合"谈判中,美国仍要求大幅削减农业进口关税,以向美国农民开放市场;而欧盟、日本和印度却强烈反对这一要求,表示美国必须首先进一步削减农业补贴。这表明,即便贸易两国都知道实现自由贸易对双方都有好处,但谁先迈出"友好"的第一步呢?假设两国达成双边开放协议,A国打算废除各种贸易壁垒,但是谁又能保证B国会信守诺言呢?当然,B国也会有相同的顾虑。最后,贸易的自由化只能试探性地亦步亦趋地"爬行"。

麻烦的是,随着谈判国家的增多,达成一致的难度也就呈指数般放大。结果,世界各国就像一团互相紧紧钳制的螃蟹,在自由贸易的光明大道上寸步难行。

最后,很多国家担心,片面遵循自由贸易的原理来进行分工,大有掉入"比较优势陷阱"的危险。在某个时点上,发达国家和发展中国家处于国际分工的两极,前者从事复杂而附加值高的行业,后者则从事简单而初级的行业。如果按照比较优势理论进行贸易,这个格局永远都得不到改变。发展中国家就将始终处于国际分工的底层。因而,从本质上说,比较优势理论仅仅是静态的,并没有考虑比较优势是如何变化的。现实是,诸如20世纪六七十年代的日本和七八十年代的"亚洲四小龙",它们通过在一段时期内对幼稚产业实行一定保护,从而成功提升了它们的分工层次。

总之,实现自由贸易就像上天堂,每个人都想去,但都不想去得太早!

这样看来,中国融入世界经济的道路仍布满荆棘,要分享自由贸易的甜美果实,所需要的不仅是勇气和智慧,还有时间。

# 管制能管出和谐物价吗?

2008 年初,面对节节攀升的农副食品价格,有关部门宣布,对包括粮食、食用植物油、肉类及肉制品、牛奶、鸡蛋、液化石油气等重要商品实行临时价格干预措施:提价需申报政府批准,调价需备案。这一政策使得受价格管制的商品范围,从能源和公用事业进一步拓宽到了食品。

政府的初衷显然很好,限制涨价后,老百姓将来至少能够买到和现在一样多的限价商品。这些商品关乎老百姓的衣食住行。因而,价格管制政策的民生意义不言自明。并且,管制物价的一个结果是物价水平的确能够得以控制,考虑到限价商品在消费物价指数中所占的比重,价格干预的效果会很快在消费者物价指数指标上得到反映。

价格管制值得期待之处还在于,有望打破物价体系螺旋上涨的恶性循环。当公众预期未来物价将进一步上涨时,就会提高自己所能索取的价格。比如,工人会要求加工资,厂家会要求提价,以对冲生活成本和原材料的提升。价格管制通常会在一定时期内抑制住老百姓对通胀的预期,割断结构性物价上涨蔓延成全面通胀的风险。

当然,不同于计划经济时期的全面物价控制,当前的价格管制是临时性的。面对各方的质疑,有关部门出面澄清说,一旦物价上涨压力缓解,价格管制就将取消。自 1949 年以来的半个多世纪,我国实行全面物价管制的时间大约占了一半,那是一段痛苦的记忆。显然,此一时彼一时,将两者等量视之是不合时宜的。价格管制也不是哪一个政府的专利。无论是在国内外,面对因物价迅速上涨之势而鼎沸的民声,政府直截了当地规定关键性价格不能上涨,是最容易想到也是最容易采取的办法了。美国在尼克松总统任内,冻结价格是标志性的经济政策之一。

从经济学的角度看,价格管制一旦启动,就将面临长期化的风险。除非在管制期,政府能够鼓励供应或者寄希望于需求有所下降。否则,价格管制会让一切看上去得到控制,但实际上只是掩盖了矛盾。物价和谐的政策目标或许会部分达到,但那只是表面上的。从长远来看,光靠价格管制,很难对民生起到多少改善的功效。

统计数据显示,消费需求多年来首次超过投资成为中国经济增长最重要的引擎。在 2007 年 11.4% 的国内生产总值增长中,有 2.7 个百分点是由出口贡献的,4.3 个百分点是由投资贡献的,剩余 4.4 个百分点都是由消费贡献的。其实,让消费扮演更重要的角色,是各方都乐意看到的。因而,为抑制物价上涨而压制消费需求是不现实的,也是不合理的。

既然在价格管制期,消费需求不可能明显下降,那么就应该将政策着力点放在扩大供应上。否则,价格管制就很难成为临时性的。因为在压低价格所导致的短缺局面下,放弃管制会导致物价的"报复性"反弹。让我们来看看其中的经济学逻辑。

政府规定比市场均衡价格低的物价,对消费者这方面来说,低价格增加了对限价商品的需求;那些原来买不起高价物品的人现在能够以政府规定的低价买到了。对生产者那一方来说,那些以较高成本生产的生产者就亏损了,因为政府规定的价格低于他们的成本。非公经营的厂商不可能长期承受亏损,因此他们会停止为市場提供限价商品。

这样，政府对价格的干预就将导致限价物品比以前更少，同时需求相对更大。一些准备支付政府规定的价格的人就可能买不到商品。另一个结果是，人们急忙去商店抢购。等在商店门口的长队，总是政府规定了它认为重要商品的最高价格时城市里常见的现象。

这是谁都不希望看到的结果：政府力图更好地满足老百姓，但实际上，老百姓的不满可能增加了。因为老百姓能够消费到的副食品不是更多而是更少了。政府干预之前，物价很昂贵，但是人们能够买到。政府干预之后，价格限制了，物品供应却短缺了。

政府采取的下一个措施就是配额制。但是配额制仅仅意味着一些人有特权得到限价商品而另一些人得不到，而不是商品盘子的增大。谁该谁不该得到限价物品总是十分随意地决定的。长期的计划经济体制留给我们的记忆尚未模糊，老百姓的生活资料全都由国家凭票证定量供应，这就是短缺经济下的配给制。

其实，钱不值钱了，价格上涨也就成了自然的事情。当前的流动性过剩，实际上就表征了货币的过剩，即货币贬值。就表现上来看，房价、股价都一个劲儿地往上蹿，贵重物品、资源能源型物品也是如此。其实，钱不值钱的一个最直接的表现是长期负利率的维持。因为，利率是资金（指借贷资金）的价格。作为世界工厂，中国在很多领域的生产能力令人惊叹，但商品的增长仍赶不上流动性的增加。那么，一般生活品价格的上涨也就是自然而然的了。

古今中外的诸多事例一再说明，价格管制可以有相当程度的短期效应，但无法实现长期效应。在限制涨价的同时，政府还应该加大对生产领域的补贴，以便顺利扩大商品供应。这其中的道理很简单，对涨价的控制，使得生产者缺乏扩大生产的动力，这反而会延续生活品的短缺和物价上涨的压力。

# 马尔萨斯幽灵重回地球?

纪念马尔萨斯的时刻到来了。

最近两年间,国际米价和小麦价格已经翻倍甚至上涨到 3 倍。粮价暴涨相继在喀麦隆、塞内加尔、菲律宾和埃及等 37 个国家和地区引发抗议和骚乱,食品骚乱让海地总统普雷瓦尔面临下台的危险,甚至在中国香港特别行政区和美国这样的成熟经济体,也出现了抢购大米的风潮。更可怕的是,节节攀升的粮价正在成为真正的杀手。世界银行警告,全球超过 1 亿人口面临因高粮价而陷入赤贫,健康水平急剧下降。

然而,在马尔萨斯看来,这个杀手在做的仅仅是一种必需的矫正。

1798 年,马尔萨斯的小册子《人口论》问世。书中悲观的结论在人口和食物两者增长速度的差异上展开:人口增长没有限制,而食物增长受制于土地的有限性;或者说,人口按几何级数增长,而食物按算术级数增长。结果,人类必须依靠"积极的矫正"来让人口增长和食物增长重新回到平衡。这些矫正的手段包括:饥荒、疾病和战争。这些残酷的手段之所以是必要的,是因为只有这样才能让人口数量与养活他们的粮食的数量相匹配。

在 1803 年的第二版中,马尔萨斯引入了道德限制,弱化了他最初的残酷判断。道德限制是通过降低出生率而不是此前强调的提高死亡率来起作用的。如果人类推迟结婚并养更少的小孩,人口和食物供给之间的张力也得以缓解。这些道德限制被马尔萨斯称为"防御性矫正"。

如果马尔萨斯是正确的,那么对于现在因粮食而起的动乱和人道主义灾难,我们也只好一声叹息,无计可施。

然而,马尔萨斯的幽灵只属于工业革命之前的丛林世界。一方面,当马尔萨斯创作《人口论》时,他忽视了已经在英国发生的人类发展史上的一次重大转变,即工业革命。工业革命蕴涵的技术革新,空前推动了生产发展,人类养活自己的能力远远超越了算术级数式增长。马尔萨斯的结论充其量也只能说是工业革命之前人类艰苦挣扎的一个悲观总结。

另一方面,马尔萨斯的人口预言也不成立。从欧洲开始,越来越多的国家经历了人口结构的转变。出生率和死亡率均大幅下降,并且,人口增长最终在一些国家开始下降。

无论如何,马尔萨斯都没有预见到这样一种情况:在粮食空前丰裕的背景下,饥饿和争夺正在贫穷国家蔓延,在富裕国家引起抗议。

据联合国粮农组织估计,2007 年国际谷物产量达到创纪录的 21.08 亿吨,并在 2008 年创下约 21.64 亿吨的历史新高。其中大米产量增加约 730 万吨,小麦产量增长约 4100 万吨。

既然近年世界粮食产量处于历史峰值,为何全世界仍有大规模人口正不断陷入饥荒,遭受食物危机呢?

问题不在于马尔萨斯所论证的粮食的相对匮乏,而在于政治方面,在于国际粮食市场的紊乱,在于人类之间的不信任。这有点类似于凯恩斯所说的"丰裕中的贫困"。

政府常常会让事情变得更糟,尤其是当有多个政府参与博弈的时候。在我看来,粮食危机的逻辑是这样:因为无法控制海湾局势,美国等少数国家不得不另辟蹊径以降低对进口石油的依赖,因而通过法案对用粮食生产乙醇等生物燃料进行补贴,这种非正常需求未能改变油价高涨的现状,却将粮价打入恶性循环的怪圈。

用于生产生物燃料的粮食所占比重虽然不大,但对国际粮食市场的破坏却是巨大的。粮食的这种"创新"用途让人们看到一个无底洞,并赋予了粮食更多的战略色彩,粮食不光是能直接、间接地变成食物,而且还能够变成 SUV 的燃料;粮食问题不仅是人与人之争的问题,还是人与机器之争的问题。"机器吃粮"的时代已经初露端倪了。

在美国,有 1/5 的玉米作物用于乙醇生产;而在欧洲,一些菜子油被用做生物柴油。显然,这些欠妥的政策诱导农民将大量耕地从小麦种植转向玉米、大豆和油菜子的生产。欧美人士也许会说,制作生物燃料不是问题所在。因为,国际小麦产量仍然从 2006 年的 5.965 亿吨上升到 2008 年的 6.473 亿吨。另外,由于种植条件的差异,玉米制乙醇也不会导致大米的减产。

然而,问题的关键在于国际粮食市场原有的脆弱平衡被打破了。2007 年,全球被用作生产燃料的粮食超过 1 亿吨。恰恰是这 1 亿吨,打破了世界粮食市场维持多年供需平衡的关系。2007 年,全球粮食储备总量已经下跌到 3.09 亿吨,仅仅相当于 54 天的全球消费量,而 1999 年全球粮食储备水平相当于 115 天的全球消费量。

预期更是悲观的。美国最新的《能源法案》显示,到 2022 年美国的生物能源使用量将达到 360 亿加仑。有分析称,美国通过玉米提炼出的乙醇量能为其节省的汽油不到当年存储量的 1%,却让全球粮价上涨了近四成。

起初,生物燃料问题引起粮价攀升,随即引发了市场恐慌、出口保护主义抬头以及商品期货的投机行为,这些因素才使价格飙升愈演愈烈。为了保护本国消费者免受世界价格高涨的影响,许多国家的政府都对大米和小麦出口实行了管制,这些国家包括阿根廷、巴西、俄罗斯、中国、印度、乌克兰、越南、柬埔寨、巴基斯坦、埃及和印度尼西亚。

粮食出口管制正在全球流行,而出口管制导致可供国际贸易的大米和小麦数量减少。据世界粮农组织估计,2008 年世界大米贸易量从 2007 年的 3470 万吨减少到 2870 万吨,小麦贸易量则从 1.13 亿吨减少到 1.06 亿吨。而随着越来越多的国家开始实施出口管制,粮食贸易最后的实际减幅可能更大。在全球粮食获得历史性大丰收的背景下,若无这些限制措施,谷物贸易的萎缩和粮价暴涨就是不可思议了。

粮食出口国实行限制出口会稳定国内市场,但是国际粮食市场却会变得日趋紧张,减少了可供国际间交易的粮食总量,并通过替代效应波及其他粮食品种,结果是每个国家都进口不到自己需要的其他粮食品种。

马尔萨斯在过去 2 个多世纪中,都被证明是错误的。然而极为讽刺的是,在全球谷物产量将达到有史以来最高值的今天,却有更多的人在挨饿。或许,马尔萨斯的幽灵正以另一种变体重现地球。

# "窖藏"转换：流动性是如何过剩的[①]

在刚刚过去的一年里，我在"流动性过剩"问题上花了不少时间与大家探讨。除了其本身的重要性之外，部分原因在于它构成了我的研究工作的主要内容之一。可以预言，流动性过剩还将是今年最火热的经济词汇之一。今天借这个机会，我想与各位读者分享我对此的一点心得。

首先，流动性过剩必须从更宽广的意义上理解。几乎所有人都会说，流动性代表各类资产变现的难易程度。即便如此，它仍是个十分模糊的术语，没有一个标准的度量标准。从学术的角度，1959 年英国财政部牵头发布的《拉德克利夫报告》首次引发各界对流动性的关注。该报告指出，应该用流动性取代货币概念，因为在大量非银行金融机构存在的现代金融体系中，传统的货币概念已不足于涵盖整个金融部门。

这一提法虽然赢得了广泛认同，但就中国而言，一直未能真正付诸实践。当前中国的货币政策主要盯住的是广义货币供应量 M2。M2 包括流通的货币、银行的

---

① 本文写于 2008 年 1 月 10 日。

活期存款、定期存款、储蓄存款以及非银行金融机构持有的客户保证金（2001年开始纳入 M2）。可是，如果仅仅从广义货币供应量 M2 来看，中国的流动性并没有一个显著的跳跃。1998—2006 年，M2 的增长速度依次为 14.8％、14.7％、12.3％、17.6％、16.9％、19.6％、14.9％、17.6％和 15.7％。而在这近 10 年里，中国的经济金融环境起伏明显。从这个角度来说，最近有学者提出应将货币政策目标由 M2 转向 M3 是富有洞见的。货币供应量 M3 则是指在 M2 基础上加上非银行金融机构的存款（非客户保证金的部分）以及金融机构发行的证券。

因而，流动性过剩应该将资产价格包括在内，而不能仅仅将资产价格看作是流动性过剩的结果。虽然，是否应该将资产价格纳入到货币政策调控的视野历来充满争议，但当资产价格在极端通道中运行时，货币政策不可能不为所动。因为资产价格的泡沫化迟早必将作用于实体经济，而货币政策不应该等到损害真正发生时才去亡羊补牢。显然，如果将股价房价考虑在内，中国的流动性过剩的确令人担忧，而仅仅关注银行部门是得不出这一主流结论的。

其次，输入型流动性并不是流动性过剩的直接原因。央行在外汇市场上购入外汇的同时，也放出等值的基础货币。中国在 2008 年拥有 1.5 万亿美元的外汇储备，也就是说，这构成了将近 11 万亿人民币的外汇占款。很多人都注意到，外汇占款实际上已经成为近年来中国基础货币的最主要的投放渠道。从规模上看，外汇占款的确创造了充沛的流动性。

但问题是，央行通过各种手段基本回收了外汇占款所带来的流动性。比如 2008 年上半年，通过发行央行票据、提高存款准备金率等措施共收回流动性约 1.9 万亿元。由外汇储备增加导致的基础货币投放，基本上通过对冲操作收回。因而，从一定程度上说，流动性过剩的根本原因不在于外部的"双顺差"，而在于内部的储蓄盈余；也不在于增量的扩张，而是在于存量的活跃化。实际上，中国长年拥有庞大的居民储蓄，但是在近 10 年的通货紧缩时期，并没有出来兴风作浪。

　　最后,资产部门膨胀源自"窖藏"的转变。与此相关的一个有趣问题是,所谓"中国之谜"的存在。越来越多的研究和事实表明,中国进入 20 世纪 80 年代中后期以来,货币供应量与物价的变动并未呈现正向关系。我想很多人记忆犹新的是,自 1998 年下半年开始的通货紧缩周期,低利率和充沛的货币供应在很长一段时间里未能扭转物价走低的态势。从这个角度说,出现一定程度的通胀压力或许让货币经济学家松了口气。按照货币学派的经典表述,物价上涨无论何时何地都是一个货币现象,总是过多的货币追逐过少的商品所致。可是,中国长期扩张性的货币投放却并没有出现应有的涨价反应。

　　对"中国之谜"的一个解释是,货币供应被"窖藏"了起来,具体而言,是被老百姓以储蓄存款的方式放在了银行,变成了储蓄而不是消费,同时银行本身也在"惜贷",因而并没有转化成有效需求。银行系统的流动性过剩只是账面上的,实际沉淀在了银行部门。

　　当存银行不再是一个明智选择的时候,老百姓窖藏的对象就发生了转变,从以前"货币窖藏",变成了现在的"金融窖藏"。货币窖藏是指流动性过剩主要以储蓄存款的形式存放在银行系统,金融窖藏则表示当前的过剩流动性则主要依附在资产价格上力图实现保值增值。于是,长期累积的过剩流动性终于喷薄而出,在银行存款、股市和房市间流窜,正在制造自日本"广场协议"以来规模最大的资产价格膨胀。

　　当我们用更宽广的视角打量流动性过剩时,可以发现其实它并不陌生。至少从定义而言,流动性过剩在中国是长期存在的。所不同的只是流动性过剩的表现方式而已:以前是储蓄存款的堆积和银行的惜贷,而现在是资产价格的上涨。前者对应的是通货紧缩,而后者对应的是结构性通货膨胀。

　　针对应采用更广的货币供应指标以便更加关注资产价格的建议,有关部门认为时机尚不成熟,但这显然不是对这一方向的否定。就货币政策而言,为控制房价的高涨,央行联手银监会出台并落实二套房贷新政就是一个明证。

# 中国在输出通胀吗?

与中国积极拥抱全球化形成反差的是,越来越多的发达国家对全球化持保留态度。一方面,在中国打开国门参与国际分工已冲破藩篱,成为主流意识形态;另一方面,在西方"发达国家可能会从自由贸易中受损"的论点一再被主流经济学家证明。一方面,在中国除了一些国家战略性的产业之外,几乎所有的产业,从零售、物流、机械,甚至金融等,都有跨国巨头的身影;另一方面,在西方,即便在奢华的"中国溢价"背景下,中国对国外优质资产仍只能望洋兴叹。

是的,世界不是平的,全球化也远非对称性的。最近的一个明证是,"中国输出通胀论"的讨论又渐渐风生水起。在韩国媒体日前报道称中国从"稳定世界物价的一等功臣"变为"破坏物价稳定的主犯"、中国向全世界提供廉价商品"已成过去"之后,加拿大央行刚发布的秋季报告称,中国对石油和矿产的需求将在未来几年持续推升世界商品价格。前一阶段,国际舆论曾出现称"中国输出通胀"的苗头,但没有炒作起来,此番又现新的动向,值得关注研究。

首先应该看到,这种议论出现有一定的必然性,并且在未来一段时间升温的可能性很大,强调国际市场上的"中国因素"表征了中国经济影响力的提升。所谓能力越大,责任越大。中国目前的通货膨胀不仅影响着国内老百姓的衣食住行,也影响着国外居民的生活起居;不仅是国内政策决策部门关注的对象,也是国外政府头疼的来源。作为崛起中的开放型大国,中国物价的风吹草动日益受到关注已经不足为奇。进一步看,中国输出通胀论有所抬头的背景是中国国内通货膨胀压力的高企,既然这一压力在未来并不会明显缓解,有关"热议"就不会轻易消弭。

其次,这些议论通常是在转移国内矛盾,并没有多少坚实的依据。考虑到中国出口商品在国际低端产业中的比重,国内商品价格上升导致出口价格上升几乎是顺理成章的解释。然而,这样的逻辑实则经不起推敲。从别国的角度看,中国商品价格是否会导致其国内价格的上涨并不取决于中国商品价格本身的变化,而是取决于中国商品价格相对于其他产地商品价格的变化。中国商品能够抑制世界通货膨胀,不是因为中国商品的价格一直在走低,而是与其他替代国的商品相比,中国商品的价格更低,并且市场的份额也在增加。

这样看来,即便中国出口商品的相对价格开始上升,只要绝对价格仍低于世界同类商品的平均价格,同时中国商品市场份额仍保持上升,那么,进口中国商品就能够压制世界的通胀率。

国外相关利益机构应该明白,本国通胀的真正威胁并不是来自中国商品价格的微弱上升,而是那些实施贸易保护主义政策的短视行为。这些行为的结果将导致本国无法购买到物美价廉的中国商品,这意味着国内民众生活水平的下降,以及国内通货膨胀压力的增大。这无疑是搬起石头砸自己的脚。

仔细分析可以发现,中国出口商品价格上升的真正原因在于人民币相对于美元的升值。近年来,美元步入疲软周期,与此同时,至少自去年开始,美国从大多数国家尤其是从欧洲进口商品的价格都在持续增加。2005年7月汇率改革以来,人民币对美元已累计升值9%,对于那些利润单薄的服装玩具等出口产业,中国企业不得不抬高以美元标示的价格。雷曼兄弟公司最近公布的研究显示,2007年上半年中国服装出口的美元价格同比上涨了 4%，这与同期人民币升值的幅度大体相当。实际上，中国制造业的成本和出口价格在扣除人民币升值的影响后，总体上仍然是下降的。也就是说，以人民币计算的中国出口商品价格实际上并没有上涨，以美元计算的价格之所以上升完全是因为人民币升值的原因。

迄今为止，中国消费者物价指数的走高主要是因为食物价格的高企，而食品在出口中的比重微乎其微。这是中国物价上涨不会影响到国际市场的原因。国外为何如此关注中国的物价变化？答案恐怕还是在其本身。比如最近一两年，韩国经济增速并不抬高，但交通、水电、房价等直接影响人们生活的物价却在不断上涨，老百姓对此怨声载道，韩国急需为此找到替死鬼。然而，这些非贸易部门价格的上涨到底与中国有多少联系呢？很明显，中国肉价翻倍不会影响到韩国公共部门的价格，就像中国理发费的上升不会影响到国外一样。

最后，国外对中国的指责缺乏逻辑性。国外普遍认为人民币被低估，并声称这是对出口商品的补贴，从而提高了中国商品的竞争力，制造巨额顺差，因而人民币应该大幅升值。然而与此同时，被低估的人民币实际上相当于对国外消费者的补贴，因为生活用品的价格更低。在谈论人民币汇率问题时，人们通常又会忘记这一点。可以推断，如果人民币大幅升值，即便是中国国内物价不变，劳动力等成本优势不变，那么出口商品的价格也会顺势调高。显然，无论中国作何种调整，对国外有关利益来说，这两种诉求都难以两全其美。

另外，一个矛盾之处在于中国的竞争力优势也曾被认为是全球通货紧缩的根源。格林斯潘在其回忆录《动荡岁月：一个新世界里的历险记》中声称早已预见了今天金融市场的动荡结局。"我们是想排除出现破坏性通货紧缩的可能性。"格林斯潘写道，"即便我们可能因通过降低利率而催生出我们最终必须承担的某种通胀泡沫，不过我们愿意这样做。那是正确的决策"。

那么，在格林斯潘的眼中，骂名应该由谁来背负呢？显然，问题的关键在于解释低利率的成因,因为低利率对泡沫的产生负有不可推卸的责任。答案是 20 世纪后期的社会主义体制的动荡和剧变。20 年前,苏联、东欧国家放弃社会主义制度。在此背景下,中国也更加坚决地摒弃计划体制,转而放开管制,发展市场经济。由此带来的影响是在全球劳工市场上释放出数以亿计的低成本劳动力,将工资和物价拉下,并长期将利率拉低。剩下的故事当然就顺理成章了。低利率刺激了股市、房地产等资产部门的泡沫,是泡沫当然会破灭,金融危机当然也就会随之而来。

综上所述,中国应习惯在各种指责和议论下从容应对,以我为主,从经济发展的大局出发制定符合自身利益的政策。正如我之前所提到的,游戏规则的制定者并没有做到"己所不欲,勿施于人"。1971 年,美国总统尼克松单方面宣布停止美元和黄金的兑换,迫使其他主要货币提高对美元的汇率,那时外国持有的美元不能从美国购买黄金;而现在,同样是面对疲软的美元,中国令人生畏的外汇储备和国民储蓄连像样的美国资产都不能购买。

国学大师胡适说过,历史是任人打扮的小姑娘。如果我们的贸易伙伴一再误读中国经济崛起对全球化的影响,那就是在曲解现实了。

# 金融史脱去黄金储备的神秘色彩

各界对黄金战略意义的强调由来已久。在外汇管理局宣布增持黄金储备并提升了黄金在国家储备中的比重之后,这种声音愈加强烈。然而,如果我们对近现代金融史稍作回眸,就会发现黄金在国际经济金融体系中地位已发生了历史性衰落。黄金战略地位的势微并不支持把增加黄金储备提升到国家战略的高度。

对当前的中国而言,增持黄金储备的好处显而易见。一是优化外汇储备结构,对冲中国外汇储备中美元比重过高的风险;二是为人民币国际化提供支持。

在我看来,这些好处主要源自我国外汇储备中黄金比重过低。近 10 年来,我国外汇储备快速增长,黄金储备作相应调整乃是正常之举。国际黄金协会数据显示,即使在近期增加黄金储备量之后,中国的黄金储备仍然只占外汇储备总额的 1.6%,低于 10% 的国际平均水平。从边际和财务意义上看,中国将来还可以继续增持黄金储备。

但在当前讨论中,黄金被赋予过多的战略意义,甚至被认为是刺破美元霸权的一阳指。我认为,这一观点不符合历史所向。

20 世纪见证了黄金战略地位的没落。第一次世界大战开始时,各国中止了金本位制,战后又努力重建了这一制度。到 1929 年,金本位制已经在各市场经济国家得到了普及。然而,全球货币体系恢复到古典金本位时期并没有带来预期的好处,大危机很快尾随而至。到 1931 年,金融恐慌和汇率危机施虐不已,大多数国家在当年就放弃了金本位。1936 年,法国和其他残存的"金本位集团"成员要么贬值,要么放弃严格的金本位制,于是这一体系历史性地土崩瓦解了。

更值得注意的是,有证据表明,那些放弃金本位制的国家比坚持金本位制的国家从大萧条中复苏得更快。事实上,没有一个国家在坚持金本位制的时候表现出明显的复苏。在 20 世纪大萧条中,一些国家的反应是迅速放弃金本位制,而另一些国家则选择不惜代价地固守金本位制。放弃金本位制的国家可以增加货币供应提高价格水平,而坚持金本位制的国家被迫陷入更严重的通货紧缩。

这段历史固然说明了汇率制度的变迁,同时也说明了黄金战略地位的衰落。在金本位时期,黄金储备占国际储备比重曾经超过 90%,中国也是一样。中国货币金融史权威专家洪葭管先生提供的材料显示,在放弃银本位制之后的 1946 年,中国有近 9 亿美元的外汇储备,其中包括约 3 亿美元的黄金储备。

然而在 1971 年布雷顿森林体系崩溃以后,尤其是 20 世纪 90 年代和 21 世纪初,各国国际储备中黄金储备的比例不断降低,外汇储备占比不断上升。

另外,很多人注意到,我国外汇储备中黄金的比重低于发行主要货币的经济体,并认为增加黄金储备能够加快人民币国际化。数据显示,截至 2008 年 9 月,美国黄金储备为 8133.5 吨,按照当时的价格占其国际储备的 76.5%;欧洲央行的储备为 533.6 吨,占比为 20.1%。

可是,黄金在各国央行的分布更可能是现行国际货币体系的结果,而不是其形成的原因。美元是最主要的国际货币,拥有铸币权,其储备中几乎不需要外汇储备。人民币的国际化需要一定数量的黄金储备,但除非人民币成为主要国际储备货币,否则不需要大幅度地提高黄金储备的比重。就对外偿付而言,黄金是美元、欧元、英镑、日元之后的第五大通货,在流动性和可接受程度上,并没有特别优势。

如果黄金的多寡能决定一国货币的地位和吸引力的话,那么我们或许应该持有非洲某些国家的货币。全球主要经济体拥有大部分黄金储备在很大程度上是其经济实力的反映,而不是说一国拥有了足够多的黄金,别人就会接受其货币。

在极端情况下,黄金会成为有效的避嫌工具,但这种极端情况不应该成为当前决策的主导因素。为应对不确定性,人们会去买保险,但不应该把绝大部分资金用于投保。

马克思说过,受恋爱愚弄的人,甚至还没有因钻研货币本质而受愚弄的人多。但金融史能为我们提供些许暗示:浮华过后,黄金的神秘色彩将会一层层淡去。

# 如何才能阻止鸡的死亡？

## ——经济增长的理论与政策

  农民请教祭司如何才能挽救那些奄奄一息的鸡。祭司建议他祈祷,但鸡还是在不断死去。然后祭司又建议他向鸡舍播放音乐,但死亡并没有减少。在默默地想了一会儿之后,祭司建议农民立即给鸡舍刷上明亮的油漆。最后,所有的鸡都死了。祭司告诉农民:"非常遗憾,我还有好多好主意呢。"

  这是哈佛大学经济学家杰夫瑞·萨克斯(Jeffrey Sachs)在为《经济学家》杂志撰写的一篇文章中讲述的一个古老故事。萨克斯的这个故事是在针对缓解非洲贫困的政策。当时是 1996 年,遗憾的是,整整 10 年过去了,他自己的建议也未能有效阻止非洲的战乱和停滞。同样在这份《经济学家》杂志上,最新刊登了世界银行的年度报告,报告中再次将非洲(尤其是撒哈拉以南)列为世界上发展最困难的区域。

  的确,在消除贫困、促进经济增长的问题上,人们历来主意很多,但成果很少。实际上,国际货币基金组织(IMF)和世界银行没少为非洲经济出谋划策,可是在 1978—1987 年,非洲人均产量下降了 0.7%,而 1987—1994 年又下降了

0.6％。虽然自 2000 年以来,非洲经济增长率得以稳定在 4％以上,但是这主要是由于债务消减。

　　经济因何增长？如果我们把劳动生产率定义为一个工人在单位时间内所能生产的物品和劳务的数量,那么,潜在国内生产总值增长的原因就只能是因为人口的增加或劳动生产率的提高。同人口相比,劳动生产率显得更加重要。拿中国来说,在改革开放前的农业合作社时期,近 20 年时间里人口增加了数亿,而且人们的工作时间很长,可是我们仍然被发达国家和新兴国家越甩越远,其原因在于劳动生产率低下。因此,要回答为什么一些经济在生产物品和劳务方面比另一些经济要强许多,就必须从生产率方面找原因。总的说来,决定一国生产率的因素可归结为自然资源、物资资本、人力资本和技术知识四个方面。

　　在人类的认识史上,物质资本的积累可能是首先得到强调的一个因素。在现代经济增长理论的开创模型"哈罗德—多马模型"中,资本积累率或者储蓄率是决定经济增长的唯一因素,这种思想反映了当时普遍的看法。诺贝尔奖获得者、发展经济学家阿瑟·刘易斯提出,经济发展的中心问题是资本形成率的提高,他说:"经济发展的中心问题是要理解一个社会由原先储蓄和投资还不到国民收入的 4％～5％转变为资源储蓄达到国民收入 12％～15％以上的过程。它之所以成为中心问题,是因为经济发展的中心事实是迅速的资本积累。"

　　而在 20 世纪 50 年代后期由麻省理工学院(MIT)教授罗伯特·索洛等人开发出的新古典增长模型中,技术进步得到前所未有的强调。索洛通过研究实际资料发现,在经济增长中扣除劳动增长和物质资本增长的贡献之后还有一个"剩余",索洛把除去要素投入之外对经济增长起着更大作用的这部分归因于"技术进步"。目前,发达国家技术进步对产出的贡献达到 80％左右,而我国只有 40％,这是我国生产率较低的主要原因。

　　在过去 20 年时间里,"新增长理论"异军突起,它使得我们能够更好地理解技术进步与经济增长之间的互动关系。事实上,"新增长理论"的视角更为广阔,创新、研究与开发(简称研发)、人力资本投资以及基础设施建设等都得到了深入讨论,这些方面是实现"规模报酬不变"甚至"规模报酬递增"的保证。因而,新增长理论为经济增长描绘出了一个更加乐观的前景。

同非洲大陆相比,中国之所以增长得更好并不仅仅是源于丰富的劳动力和物质资本。而中国要想比非洲走得更远就必须倚重经济增长的其他源泉。

我国数以亿计的剩余劳动力表明我们是世界上劳动力资源最为丰富的国家,在这一点上谁也比不上我们;另外,我们的储蓄率和投资率长期高达40%以上,与此同时我们每年还吸收了大量的外商直接投资(英文简称 FDI)。总而言之,我们在要素投入上的问题不大。实际上,经济学家几乎一致地发现,中国惊人的经济增长率中有70%以上可以用要素投入的增加来解释。虽然,劳动和资本对我国经济高速增长功不可没,但是从 20 世纪 90 年代后期以来投资效率已经进入了下降通道。这是要素边际产出下降的必然结果。眼下,中国已经成为世界上首屈一指的能源消费大国,环境问题也越来越不容乐观,这些都暗示转变经济增长的方式势在必行。也就是说,我们应该更多地依靠经济增长的其他源泉。

现在,人们日益认识到人力资本投资尤其是教育投资的重要性。到学校上学或者参加各类培训不仅能让自己找到更好的工作,也会给社会带来好处。比如,一个受过教育的人会产生一些新思想,这些新思想将进入社会的知识宝库,从而使每个人都可以利用,这种效应称为教育的外部性。增加人力资本投资在我国还有更好的理由。我国人多地少,农村有大量的剩余劳动力,城市也有越来越多的下岗工人;而与此同时,熟练技术工人和具备专业知识的人才严重短缺。这表明在普通劳动力市场上,供给远远大于需求;而在具有人力资本的技术劳动力市场上,供给却小于需求。缓解这种结构性矛盾的关键在于增加人力资本投资,从而增加技术劳动力的供给,同时减少普通劳动力的存量。

经过人力资本投资，本来没事干的农民可以更顺利地在城市就业，这使得同样多的劳动力可以创造出更多的产品和劳务，所以这也是技术进步的一个表现。不过，技术进步更直接的源泉来自创新的研发。问题是，由于很多的研发成果很容易被别人模仿，私人投资研发的积极性通常受到限制。因此，政府通过实施鼓励研发的政策能够加快技术进步。

此外，中国的优势还在于可以充分利用自由贸易这个法宝。日本资源匮乏，但却国富民强，其秘诀何在？答案是国际贸易。通过发展外向型的政策，一国可以从别国进口稀缺资源，并将产品销往世界各地。在某些方面，贸易好似一项技术，当一个国家出口淡水并进口石油时，这个国度就获得了"把水变成油"的奇妙法术！我们看到，世界上实行对外开放的国家或地区，例如韩国、新加坡和中国台湾地区，都有很高的经济增长率，这绝不是偶然的。因而，中国有理由期待从自由贸易中获得更广阔的增长空间。

对中国来说，打开国门做生意的好处不仅仅是能够利用国外的资源和市场，我们还可以学到国外先进的技术和管理经验，这意味着中国有机会获得一种"后发优势"。我们知道，中国落后的原因关键是在技术上，只要能够直接获取先进的技术，我们就能够节约大量的研发费用，少走很多弯路，从而迎头赶上，实现跨越式发展。简单地说，"后发优势"类似于"最佳进步奖"，通常只有那些开始学习成绩较差的学生才有机会获得。

正是在这些方面，中国（包括印度）虽然在人均上仍然是相对贫穷的国家，但是却已经通过市场化和改革开放成功地阻止了"鸡"的死亡。对此，经济学家应该感到欣慰，因为这与他们的理论预测完全一致。然而，对于如何才能走上市场化和开放的道路，经济学家所能提供的指导却少之又少。

## 消费者物价指数应该包括房价吗？

每隔一段时间，房价与消费者物价指数的关系就会成为争论焦点，尤其在当前这样的房价上涨时期，这种争论更是不可避免。最开始的争论集中在，是否应将房价计入消费者物价指数。按经济学研究方法论，这是一个规范性问题，就像该不该废除死刑一样。涉及个人主观判断，不同人可以有不同看法，没有一个标准答案。

很多人认为，房价对居民生活影响巨大，而消费者物价指数覆盖的范围太窄，因而房价应该反映在消费者物价指数里。不过时至今日，主流意见还是主张不应该把房价计入消费者物价指数统计中。编制消费者物价指数的目的是反映一定时期内居民所购买的生活消费品价格和服务项目价格的变化，以便衡量城乡居民日常生活成本的变动。房价在统计上属于投资品，不在日常消费之列，各国的消费者物价指数都是不包括房价的。我国消费者物价指数中"住房类"项目包括建房及装修材料、房租、房屋维修费、物业费、自有住房贷款利息、水电燃气以及其他与居住有关的服务等的支出。此外，我国消费者物价指数统计中还包括"家庭设备用品及服务"一项，在有的国家也列在了住房项目下。总体来看，我国消费者物价指数不包括房价是说得过去的。住房类在消费者物价指数中的权重是否过低是另一个问题。

还有一个争论是，虽然房价不是消费者物价指数的一个组成部分，但房价上涨必然会带动消费者物价指数上涨。据说房价与一般物价间存在一个比价机制。房价上涨后，其他物价就相对变低了，但最后也会跟着涨上来。与房价传导到一般物价则恰恰相反。更为流行的观点认为，在通胀预期推动下，人们会争相买房，从而导致房价上涨。把这两种关系掺和在一起，房价与一般物价间好像存在着"鸡生蛋，或是蛋生鸡"的关系。

其实，房价和一般物价并不存在鸡与蛋的关系。房价和消费者物价指数的联系越来越松散，这是导致人们批评消费者物价指数统计不完整的原因。如果两者是正相关的，那也就不会出现上述房价与消费者物价指数关系的讨论。

中国的情况很好地说明了这一点。自1998年房改启动以来，房价历经几轮牛市，但这中间并没有严重的通胀周期。2003年的物价上涨并不十分显著，但是在1998—2003年出现了一轮严重的通货紧缩。次贷危机以来，消费者物价指数与房价走向背离更加清晰可辨。现在一线城市的房价已创下历史新高，但消费者物价指数同比仍是负数。

其实中国并不是个案。现在我们都知道，2000—2001年高科技泡沫破灭后，美联储大幅降低了利率并长期实行危机宽松政策，即便实体经济出现明显复苏也没有退出。其原因就在于，20世纪90年代中期以来，在经济高速增长、资产价格高歌猛进的同时，消费者物价指数尤其是扣除食品和能源价格之后的核心消费者物价指数一直保持在很低水平。日本20世纪80—90年代的情况也是如此。当时，日本大城市的地价和房价上升到令人难以理解的高位，但是一般商品价格却波澜不惊。

消费者物价指数不应该承担它不应承担的功能。硬是把房价与消费者物价指数联系起来不仅没有必要,也难以自圆其说。消费者物价指数的作用是衡量居民日常生活成本,房价是一次性的长期投资,两者不应相提并论。房价变动的确影响巨大,政策面应该加以重视,但这不代表就需要把房价加入到消费者物价指数的统计中。如果需要衡量可以考虑编制一般覆盖资产价格和一般物价的物价指数,但这个指数肯定不应该再叫消费者物价指数。

所谓房价上涨的比价效应会拉升其他商品价格的理论过于笼统,看不出其具体机制。如果比价效应总是存在的,那么就不会存在相对价格的变化,这显然是不符合现实的。现实中,房价比很多一般商品价格涨得更多。房价有可能相对制造品价格上升是因为住房供给有一个更长的周期,并且土地供应更加稀缺,而在很多产业却存在着明显的产能过剩。

当通胀预期抬头,资金会流向供给短期很难增加的商品,以求保值增值。房地产就具备这样的投资属性。不过,就像已经指出的那样,在很多时候房价与一般物价不存在密切联系。从这轮房价上涨看,存在通货紧缩预期时是买房的更好时机。

金融部门和制造业的发达,是造成资产价格与一般物价脱钩的主要原因。制造业的发达抑制了一般物价上涨,而金融业的发达吸收了货币供给。制造业的繁荣增加了一般商品的供给,而金融业的发达创造了货币需求。货币供给很大程度上仅仅在金融部门流转,而不是像传统理论认为的那样,会主要流入实体经济。这就使得在当前货币政策放松背景下,出现了无通胀下的房价上升。

中国有可能比成熟经济体更容易出现房价与一般物价的脱钩。中国货币供给主要作用于投资,而投资会增加一般商品供给的能力,进而在一定程度上抑制消费者物价指数的上升。在成熟经济体中,货币供给增加部分是消费信贷增加的结果,因而会刺激消费,并导致通胀压力。

# 适度通胀有好处①

在 2009 年上半年的时候,越来越多的人在谈论通胀,并对各国正在实行的宽松货币政策提出质疑。这些声音将是避免货币政策出现重大失误的重要牵制力量,但这并不意味着,央行现在就应该行动起来与暂时还看不见的通胀做斗争,保持当前的宽松政策同时做出微调或将是合理选择。

在与经济金融危机的长期战斗中,央行意识到,必须更加积极主动地充当各类金融机构(不仅是商业银行)的最后贷款人角色,并努力激活信贷市场。尽管白芝浩早就阐述过这一理念,但央行最终坚定地将其运用到实践中却经过了漫长的探索。在此之后,央行似乎还没有成功应对的挑战是,如何完成从制造流动性向回收流动性的转化。这必将是央行下一项巨大挑战。

大萧条之前的美联储主席斯特朗指出,"对于这类危机,你只需要开闸放水,让金钱充斥市场"。英年早逝的斯特朗未能等到大萧条发生来实践他的真知灼见。大萧条时期全盘政策的理念是:在经济领域,让银行、企业、农民、家庭自行出清;

---

①　本文写于 2009 年 5 月 20 日。

在政府部门,面对急剧下降的财政收入和大幅增加的政府支出,政府也试图保持预算平衡。而在货币政策领域,美联储内部也陷入了激烈地争论。在利率、贴现率下调之后,并且观察到银行维持了一定水平的超额准备金之后,大多数的美联储官员都相信他们的工作已经完成。结果在 1929 年 8 月到 1933 年 3 月间,美联储坐视货币供应量下降了 35%,9800 家银行倒闭,大量存款无法兑现。

这个时代已经一去不复返了。从格林斯潘成功应对 1987 年的股灾开始,央行真正开始发挥了积极的危机管理职能。1987 年 10 月 20 日星期二的早晨,美联储大量购买政府债券释放货币,其直接后果就是在市场上增加了大约 120 亿美元的银行储备。紧接着,联邦基金利率大幅度下调 0.75 个基点,市场的流动性得以恢复,市场恐慌很快消除。这个策略也让全球经济迅速度过"高科技泡沫"和"9·11"事件所带来的冲击。

这段时期是货币政策的黄金期。经济周期似乎已经被成功驯服,直到 2007 年这轮危机的到来。货币政策因此而得到的最大教训是已经由发生危机时实施果敢有力的救市措施,转向如何判断经济复苏周期的回归,并逐步拧紧货币供应的水龙头。在 2001 年以后,美国宽松的货币政策在为股市泡沫收拾残局的同时,却在不经意间催生了另一个更大的泡沫——房地产泡沫。

放出流动性实际上比回收流动性要艰难得多,但这将是危机过后必然的一步。对当前的危机有各种解释,但长期过度宽松的货币政策绝对难辞其咎。来自中国和中东的资金流入了美国,但如果美联储意识到这是个大问题,回收这些流动性一切都还有挽回的余地,但它没有这么做,继续维持了高科技泡沫后的宽松政策。

现在全球经济已经达到底部,并不断萌发出复苏的绿芽,此时还离不开宽松货币政策所营造的温暖环境。熟悉日本 20 世纪 90 年代经验的人会同意,政策的反复是经济顺利走出危机的绊脚石。美联储膨胀的资产负债表和美国政府高企的财政赤字需要一个相当长的消化过程,经济复苏需要很长的时间才能完成。这意味着,美联储有充足时间来缓慢调整流动性。

　　长期以来,财政政策有一个误区,就是希望每个财年都能做到预算平衡。这个理念其实是不需要的并且是有害的。因为在危机时期,保持一段时期的赤字是合理的。财政政策应该放在一个相对完整的经济周期里考察,危机时财政赤字,繁荣时财政盈余,总体而言是能够基本平衡的。货币政策也是一样。当经济出现一个较长周期时,货币政策也需要保持一定的连续性。当前出现的就是这样一个经济周期。这个周期不同于1987年或2000年单纯的股市泡沫可以很快过去,但那时的货币政策也应该及时调整。从这个意义上看,宽松货币政策的持续时间应该视经济金融形势而定,而当前仍未出现明显信号要求货币政策作出改变。

　　中国的情况与此雷同。高速增长的信贷规模包括票据融资总体上是利大于弊,不仅有力地满足了实体经济尤其是投资增长的融资需求,还有效地打消了有关通货紧缩的预期。并且,现在适度宽松的货币政策看上去还没有作出明显调整的必要性。这主要是因为,中国经济虽然正在领先主要经济体企稳回暖,但中国经济还可能面临新的不确定性。在全球经济明显扩张之前,中国经济很可能会维持一个缓慢回升的态势。而在这个过程中,保增长的警报仍无法解除。

　　在总体宽松背景下,适度微调正变得越来越重要。有研究显示,相对于完成保增长的目标而言,当前的信贷增速显得有些过快。实体经济的表现与信贷和货币的增速是不对称的,这意味着现有投放的资金还没有发挥应有的生产效率,需要一段时间的消化。审计署最近的调查也显示,部分贴现资金被存入银行谋取利差,而未注入实体经济运行中。适度微调要求理顺利率体系,避免套利空间的长期存在,同时也要避免银行资金被用于投机炒作。此外,财政政策和产业政策也应该加强对扩内需、调结构的扶持,引导资金流入实体经济部门。

几个月来,石油等商品价格以及部分资产价格出现全球范围内的反弹,我国的房地产市场有所活跃,但这些还不构成通胀威胁,不应该被看作是支持政策转向的信号。这些领域是有可能在实体经济疲软的时候,产生局部泡沫,这要求宏观政策作出适度微调,而不是转向。从长期来看,货币政策面临回收流动性的难题,格林斯潘已经留下了前车之鉴。鉴于经济基本面不大会迅速反转,央行不会面临在短时间内需要集中收紧银根的压力,这就增加了其成功退出的概率。

# 中美经济刺激方案最好互换

尽管表述不同,中国领导层事实上提出了一个中国版脱钩的预言:中国经济应该实现率先复苏。也就是说,经济要领先美国等西方国家出现好转。近期的数据和市场情绪已经显示了这种苗头。与中国陆续见底的先行指标相反,美国房市就业等数据仍在下降。对比中国很可能保住的8%,我们可以暂时忘记正在苦苦挣扎的美国。

之所以有必要忘却美国,是因为美联储给出这个悲观估计时,已经考虑到了政府刚刚推出,以及将来可能继续推出的大规模刺激经济和稳定金融的方案。经过漫长的讨论修订程序,奥巴马政府的经济刺激方案已丧失了提振市场的效力,并被预期充分考量。

虽然不少人看好美国政府层出不穷的财政金融救助创新方案以及稳定房市的针对性举措,并认为它们正越来越接近问题的核心,但这不会改变美国经济衰退的命运。没有这些新政,美国的衰退会更严重,持续时间会更长,但这不意味着有了它就能消除衰退。

其中的关键点在于,奥巴马看似宏大的经济刺激方案,事实上还是过于渺小。

这一点在同罗斯福新政的比较中显而易见。

罗斯福新政的实施使得政府支出急剧上升,从 1916 年的不到 7 亿美元增加至 1936 年的 90 亿美元,占 GNP 的 10.2％。美国政府财政负债上升至前所未有的水平,从 1932 年占 GNP 16％上升至 33.6％,其后又超过了 40％,这一水平一直维持到第二次世界大战爆发。

从支出规模占财政收入的比重看,奥巴马方案的支出占 2008 年财政收入的 1/3,但罗斯福新政的支出则占当时政府收入的 165％,5 倍于奥巴马方案占财政收入的比重。

从支出规模占国内生产总值的比重看,奥巴马方案占国内生产总值比重将近 6％,而 1933 年罗斯福设立的公共工程署支出 33 亿美元,便已经占到当时国内生产总值的 6％。此外,新政第二阶段中的工程振兴署雇佣了 200 万个家庭,支出 48.8 亿元更占到 1935 年国内生产总值的 6.7％。这两项开支占国内生产总值比重已是奥巴马方案的两倍。

从就业效应上看,1933—1935 年约有 250 万人参与了国民资源保护队(CCC)的计划,接受教育或找到工作;市政工程署(CWA)至 1934 年通过建造公路、学校和机场创造了 400 万个工作岗位。这些项目对失业及家庭的救济及创造就业工程的覆盖率在 1941 年达到 93％。奥巴马方案根本无法与之相比。

经济刺激方案无法阻止美国经济进入一段时期的衰退。当前的衰退尚没有达到大萧条时的程度(1929—1933 年,美国失业率从 4％上升到 25％,国内生产总值下降了 1/3),同时奥巴马方案的力度也比 76 年前弱得多。即便将刺激方案效果考虑在内,美国经济仍然要经历一段明显的衰退期。未来两年的就业形势也不容乐观。自 2007 年 12 月经济高峰以来,美国的就业人数已减少了 260 万人。如果没有经济刺激计划,将还有 300 万~400 万人失业,这意味着总共至少有 600 万人左右的新增失业。在这种情况下,旨在创造或保住 350 万人就业的经济刺激方案无力迅速恢复到充分就业。到 2009 年底,失业率预计为 8.5%～8.8%,到 2010 年末,失业率仍将达 7%～8%。从这个意义上说,经济刺激方案还不足以熨平经济周期。

正是基于这样的比较,2008 年诺贝尔经济学奖得主克鲁格曼多次建议,美国政府应该将刺激规模扩大到现在的两倍以上。

忘却美国是因为我们还无法指望美国的消费者能够继续购买大量中国商品。虽然中国等顺差国仍在购买美国国债,但美国的金融产品已经失去市场,国际资金的回流也就丧失了一个关键渠道,美国家庭自然再也无力透支消费下去。

最近在接受采访时,斯蒂芬·罗奇认为中国同样会遇上大麻烦。他认为,没有一个国家能够免于这次自 20 世纪 30 年代以来最严重的金融危机的影响,包括中国这个长期保持高适应力的经济体。有着“末日博士”之称的鲁比尼教授对中国也持类似悲观观点。罗奇和鲁比尼在一定程度上当然是对的。中国当前的经济增长率已经从最高峰时的 13%下降到 7%以下,跌幅接近一半。

问题在于,既然中国生产并借钱给美国消费的模式已经难以为继,我们就更应该忘却美国,而更多地依赖自给自足。

考虑到经济总量规模的差距,中国刺激的力度要远大于美国。如果把地方政府庞大的投资计划计算在内,美国政府就更是难以企及。这是我们可以不顾美国率先复苏的重要支撑力量。从理论上说,绝大多数政府刺激措施都会面临低效率问题,但在危机时刻,凯恩斯主义注定会成为我们的救命稻草。只要政府能够调动起足够的资源,经济就能避免深度衰退。在这一点上,中国拥有显而易见的比较优势。这也是让我们可以忘记美国衰退,保持经济适度增长的底气来源。

中国经济过去从美国学到了很多,现在老师出了问题,但没有必要惊慌失措。至少在当前应对危机措施的力度和时效性方面,中国走在了美国的前面。面对危机,中国的选择首先是救经济,而不是简单地救机构或救市场。美国花了很长时间,才将刺激经济提到议事日程上来。

不难看到,在刺激方案的细节方面,中美还是存在相互学习的空间。

在美国接近 8000 亿美元的刺激总额中,只有四成左右的资金用在了基础设施建设等投资上,除了大规模减税,还有大量资金被用在转移支付、公共卫生、社会救济以及信息技术等方面。减税是在试图维持美国鼓励消费的经济模式,从长期来看是有问题的,而列在转移支付中的大量开支,则是为了确保这个方案能够顺利通过。为了赢得选票,用于投资的规模一再缩小,这抑制了刺激方案本来应该发挥的效力。

投资对经济的拉动力总是大于减税和转移支付。在美国,家庭的消费率很高,这意味着投资乘数会相当大,所以增加投资和公共工程的投入才是美国刺激方案的重点。

我国经济刺激政策的短期效应会远大于美国,有望保障我国经济实现率先复苏。首先,在总量上,考虑到经济总量规模差距,中央 4 万亿元投资的力度要远大于美国。如果把地方政府庞大的投资计划计算在内,美国方案更是难以企及。其次,在结构上,我国的刺激措施主要以投资和产业振兴为主线,短期效果较为显著。最后,在时效性上,中国首先实施的就是救经济,提前美国 3 个多月出台一系列刺激经济的措施。当美国的经济刺激方案还在国会反复论证时,我国已经审批并启动了一系列建设项目,拉动效应也开始显效。

美国的刺激方案可能更适用于中国,而中国的方案则更适用于美国。中国从上到下,对投资的热情高涨,但公共服务和社会保障领域却没有争取到必要的发展资金。这一点在过去长期存在,也是当前刺激方案给人的突出印象。众所周知,中国经济模式问题在于投资相对消费过多。政府应该将资源更多地下放到家庭,提高居民收入,改善社会保障,就像美国的刺激计划那样。

尽管如此,考察美国的经济刺激方案还是能为国内政策带来若干有益启示。其一,应注意刺激政策的长短期目标相结合。美国方案短期效果较弱的一个原因是,它没有把短期经济反弹当作唯一目标,它还试图重建国民经济长期发展的基础。在这种导向下,只有不到1/5的资金被用于基础设施建设,大量的资金被投入到减税、教育、卫生、再生能源、环境、对弱势群体的转移支付等项目上。如果美国的刺激方案把更多的资金用在投资上,今年和明年的经济会有更好的表现。从这个角度,我国的刺激政策在把保增长作为重心的同时,也应该强化从中长期考量政策的设计。

其二,应将刺激总量与结构调整相结合。美国的刺激方案把增加消费放在重要位置,并在教育卫生等领域投入巨大。长期以来,与基础设施投资相比,我国公共服务和社会保障领域没有争取到必要的发展资金,家庭消费积弱不振。在以投资和产业振兴为主线的刺激政策出台之后,旨在优化经济结构的政策应加快推出。

其三,应注意将刺激增长与增加就业相结合。美国刺激方案的短期目标是以增加就业为导向,而中国明确提出的是保增长。如果经济增长和就业增加不完全一致,对经济结构的影响也不尽相同。我国的刺激政策应更加注重就业效应。

其四,应更多考虑弱势群体的利益。美国方案对企业的减税对象主要是中小企业;同时,将减税分解之后,对弱势群体的转移支付占据了支出总额的最大比重。中国在促进中小企业发展和提高社会保障也有较大的努力空间。

其五,应兼顾地方财政的承受力。美国方案对地方政府的财政救助占到了相当大的比重。我国的投资计划对地方配套资金作出了明确要求,此外地方还申报了庞大的投资计划,这将对本来就相当紧张的地方财力进一步造成压力,或将产生诸多负面影响。为配合刺激政策的实施,可考虑加大中央向地方转移支付的力度、调整分税制尤其是省级以下分税制的设置,并考虑建立地方发债的长效机制。

其六,应注意增加刺激政策的透明度。经过反复讨论,美国的刺激方案相当明细,所能达到的目标也经过充分评估,每笔支出的时间和去向将及时公开。同样,增加透明度也将提升我国刺激政策的执行效率。

# 中国会加入高通胀俱乐部吗？

新兴市场在经历率先复苏之后,也正先于发达经济体遭遇高通胀的考验。尤其值得关注的是,越南和印度均已宣布出现了较为严重的通胀。2009 年 12 月,越南的消费价格指数同比上升了 6.52%。印度食品批发价格指数的涨幅在 2010 年初达到近 11 年来的最高点,一度徘徊在 20% 左右的高位。对此,越南央行多次提高基准利率,印度央行也已经展开升息之旅。

这两个邻国案例显然对中国具有较为直接的启示意义。那么,中国会是下一个通胀率急升的国家吗? 现在来看,这种可能性较小,但不能完全排除。

虽然中国经济增速更为强劲,但总体通胀形势会好于越南、印度两国。新兴国家的通胀主要不是实体经济复苏的结果。越南经济 2009 年三季度增长了 5.8%,印度当前增长率在 8% 左右。尽管两国经济增长已恢复到历史较快增长轨道上,但考虑到金融危机拉低了 2008 年下半年的基数,很难说两国经济活动水平已经达到或超过潜在产出水平。因而,当前两国通胀率的高企并不表示经济运行已经处于过热态势。

中国当前的经济增长率比两国都要高,但通胀率都要低。这一格局很可能将在未来一段时间内持续，未来一段时间是指不少于半年。我相信，中国经济基本面有望重新回归"高增长、低通胀"的大格局。中国正在经历的高增长还不足以将整个国民经济带入过热区间。

与中国一样，越南、印度两国通胀形势的决定因素是食品价格。受季风减弱等因素影响，近期越南的大米，以及印度的蔬菜等食品价格均出现了急剧上升。这不仅直接推高了消费物价指数，还提高了其他行业的生产成本，强化了通胀预期，导致其他商品价格上升。

在食品价格上，中国的一个不确定因素是春节前后的冰雪天气。恶劣的天气会严重降低蔬菜、副食品高需求时期的供给能力。如果影响到了小麦等粮食作物的生产，将会带来更大、更持久的影响。

显然，中国发生持续严重的自然灾害的可能性很小。从越南、印度两国来看，粮食食品供给下降只是诱发高通胀的导火索。从数据上来看，粮食部门供给的下降还无法完全解释越南、印度两国高通胀的发生。

新兴经济体通胀高企的背景是货币快速增长下的通胀预期，通胀预期形成后，在部分物价异常上涨时，容易引发相关物价的恐慌性上涨。而就这一点来看，中国可能已经初步具备了出现通胀快速回升的基础。

如果我们从越南、印度两国高通胀的发生机理来推断中国出现类似情况的可能性，那么中国发生较高通胀的可能性就难以完全排除。即便发生极端恶劣天气的可能性很小，但未来一段时间内，还是很有可能出现某种程度的影响食品生产和流通的自然灾害。这类自然灾害有可能与业已积累的通胀预期相互强化，诱发较为明显的物价上涨。

总结来看，越南、印度两国的高通胀不是经济超快复苏导致的，因而中国较高的经济增长率并不是出现较高通胀的充分条件；但从两国高通胀发生的机理来看，中国至少不能完全排除相关可能性。

如果中国通胀形势提前出现恶化，为避免局部物价上涨向更大范围扩散，相关政策将被迫收紧，这将对经济增长带来意外冲击。这种物价上涨主要不是经济过热引发的，但政策收紧却会对经济增长造成影响。

夯实农业农村发展的基础是保持稳定物价的基石。印度虽然可耕地面积超过中国，但农业一直是印度经济中最薄弱的一环。中国的粮食生产和食品供应形势好于印度。尽管中国近年来粮食价格也有起伏，并时常对通胀构成主要压力，但价格波动总体小于国际价格波动水平，这也是我国物价总体稳定的重要原因之一。

应将资产价格尤其是房价放在物价调控工作中更重要的位置上。与越南物价快速上涨相伴随的是，越南的房地产市场日趋火爆，房屋需求和房价都呈加速上升之势。有关资产价格和一般物价的关系争议较大，但越来越多的证据显示，资产价格本身应该成为通胀预期管理的组成部分。

当前经济有快速向危机之前回归的趋势，其中一个特征是外部输入的流动性规模明显增加，而且这一趋势有可能持续保持。考虑到这一额外因素，政策收紧的节奏应该有所加快。

从根本上来说，控制通胀压力还需要从经济增长绩效上下工夫。总产出的增加，即经济增长有两种源泉：一是增加投入，如投资基建和（或）增雇员工；二是提高效率，如更新技术和（或）创新管理。从通胀压力这个角度来说，如果经济增长主要是靠要素投入来推动，那么就会导致要素价格的上升；如果更多地依赖效率提高来推动，就不会导致要素需求的明显增加，同时却能增加商品供给。

自1978年经济改革启动以来，中国小步渐进的改革策略在推动经济上取得了令人瞩目的高增长。与此同时，关于中国经济增长效率的讨论日益增多。苏联（包括金融危机前的东亚）的经验表明，经济增长的关键不在于实现了一段时间的高增长，而在于实现的是什么样的高增长，增长能否持续。

研究显示，尽管中国经济增长效率近30年来提升较快，但与发达国家相比，我国经济效益提升对经济增长的贡献率仍有较大的提升余地。在我国的经济增长中，资本投入的贡献率比效率提升的贡献率更大。农村和国有企业的改革红利乃至人口结构红利已消耗殆尽，资源环境问题日益突出，中国经济要实现更好更快地增长需要完成动力转换。

美国等经济体的通胀率在 20 世纪 90 年代保持了相对平稳，其中一大背景就是信息网络技术提升了经济增长的效率，使得经济高速增长的同时保持了物价平稳。这要求我们从更宽广的视角考量中国的通胀管理。

## 灾难经济学的灾难

每当灾难降临的时候，总会出现"灾害有利"的说法，并且带来这些"好消息"的通常是经济学家。

扬长而去的"卡特里娜"飓风卷走了 2000 亿美元，使美国失去了 40 万个就业机会，虽然"卡特里娜"可能使美国当年下半年经济增长率下降 0.5％～1％。但据 CNN 报道，J. P. Morgan 财团的高级经济学家 Anthony Chan 相信，对于长期而言，飓风将刺激整体经济发展。因为受灾城市需要大量的清理和重建工作，这意味着未来 12 个月内，将产生大量的职位空缺，而这对经济有利。另有经济学家指出，"从个人的角度看，人身伤亡是悲剧；但从经济影响的角度看，我们的研究表明飓风将转变成经济发展的天赐良机"。

在政策面，美联储再次加息，全然不顾飓风屡屡肆虐对经济造成的紧缩影响。

有趣的事，此类主张并不完全是经济学家善意的安慰，他们个个煞有其事、严肃认真，而几乎所有的依据都在于所谓的"破窗理论"，它构成了灾难经济学的主要逻辑。

故事是这样的。话说一天有个小坏蛋打破一家面包店的一块玻璃后偷偷溜走。路人见状开始争辩，说这一破坏行动将带给玻璃业者生意机会，玻璃业者赚了钱去买可乐又带给可乐生产者生意机会,可乐商又可能去买鞋,如此推论下去,这小坏蛋的破坏将带给社会许多的生意和就业机会。结论是:社会应该表扬这小坏蛋对社会的"贡献"!

这应该是一种谬论,可是一眼望去却很难找出破绽。更加不幸的是,"破窗理论"与凯恩斯宣扬的乘数理论(始作俑者是英国经济学家卡恩)如出一辙。凯恩斯雄辩地指出,政府增加一笔购买,就像投到湖里的一粒石子一样,将引起一连串生产和收入的增加,结果国内生产总值将会扩大若干倍。当然,企业增加一笔投资,消费者增加一笔支出也会产生同样的效果。

因此,假如凯恩斯先生看到飓风吹倒房屋、洪水冲坏桥梁,我们似乎完全有可能看到他脸上出现笑容。比如,在其巨著《就业、利息与货币通论》(中文版)第134页,凯恩斯先生写道:"如果财政部把用过的瓶子塞满钞票,并把这些塞满钞票的瓶子放在已开采过的矿井中。然后,用城市垃圾把矿井填平,并且任由私人企业根据自由放任的原则把钞票挖出来。那么,失业问题就不会存在。而且在此推动下,社会的实际收入和资本财富很可能要比现在多出很多……挖窟窿总比什么都不做要好。"在下一页,他甚至说:"如果我们的政治家们……想不出更好的办法,那么,造金字塔、地震甚至战争也可以起着增加财富的作用。"

战争和地震真的能增加财富吗?接受这个观点确实让人感到特别难受。可是,问题到底出在哪儿呢?

让我们再回到小坏蛋的例子。问题的关键在于,在窗子被打破之后,面包店老板原先计划用来买西装的那笔钱现在必须去买玻璃。于是,西装业者少了一笔生意,类似地推论下去,社会将减少许多的生意和就业机会。这些减少刚好抵消小坏蛋的"贡献"。简单地说,如果西装业者能够增加收入,他仍然去买可乐,那么即使小坏蛋不出现,可乐商的生意也没有减少。总的看来,社会本来是可以拥有一块玻璃和一件新西装的,而现在只拥有一块新的玻璃。

这清楚地说明：灾害就是灾害，并不会演变成天赐良机。值得注意的是，虽然凯恩斯的乘数论和破窗理论有相似之处，但是若将两者等同起来又难免有断章取义之嫌。

凯恩斯针对的是萧条期的经济，此时人们预期悲观，国民经济的有效需求不足于让民众达到充分就业。假设经济的萧条使得面包店老板打消了购买西装的念头以节省下 200 元，此时上述一连串的收入增加事件就都不会发生，200 元还是 200 元。如果这时小坏蛋出现，从而让面包店老板不得不取出那 200 元更换玻璃，并且假设乘数是 5 的话，那么整个社会财富将因此增加 1000 元，而这远远超过那块玻璃的损失。

可是话说回来，如果面包店老板的消费倾向没有下降，那么打碎玻璃只能造成破坏。理解这一点十分重要。因此，在凯恩斯笑容的背后，是对萧条的强调。当一个经济体陷入家庭不愿消费、企业不敢投资的惨淡境地，一些破坏性的事件或许能让死水微澜。

灾难能造福经济吗？简单地说，有时可以，但绝大多数情况下是不可能的。这种模棱两可的回答或许正是经济学的一贯逻辑。要知道，就连杜鲁门也曾经被经济学家的含糊其辞折磨过。杜鲁门总统曾经恨恨地说："我希望找到一个只有一只手的经济学家。为什么？因为经济学家在提出经济建议时总是说，一方面（one hand）……另一方面（on the other hand）……"

从灾害有利还是有弊这个案例来看，经济学家的"圆滑"解释正是其准确性的体现，如果注意不到经济学理论适用的特殊条件，就很难理解经济学的妙趣所在。而如果注意不到凯恩斯笑容背后的含义，我们就会为其幸灾乐祸而感到气恼。

# 靠"动物精神"实现泡沫化生存?

## ——评罗伯特·希勒教授在上海交大的演讲

中国的高房价和股市的高市盈率,引发了大量的讨论。很多人都相信这些资产价格中间存在泡沫,也有人不断预测泡沫崩溃的时间表。

身处这个时代,任何一个普通人都无法回避泡沫问题。但这的确是个很难解答的问题。经济学家曾一度抽象掉了泡沫问题,认为这只是市场短暂出现的失衡现象。由大量参与者组成的市场将会很快发现并消除这些失衡。

现在,耶鲁大学的希勒教授和他的合作者阿克洛夫教授,提出另一种解释泡沫和经济波动的视角,即动物精神,他们从凯恩斯那里找到这个灵感和术语。我在几个月前读到他们的《动物精神》一书。他们认为,人的行为会受到很多因素的影响,是情绪化的,并且会相互影响和传染,这使得人类行为会出现非理性和非经济特征,体现在资产市场上就是泡沫和崩溃的反复交替。

此前不少经济学家也证实了人的非理性行为。比如,人们通常会愿意为节约10元钱到另一个商店买菜,但在购买汽车这样的大件时,则会把这样的"小钱"忽略不计。不过总体而言,还很少有人从非理性行为来解释大的经济现象。

那么,希勒教授的著述对于理解当前的中国现状有何帮助呢？可能读者都会关心股市、房市,希勒教授在这次圆桌会议上的演讲和讨论内容主要就是关于资产价格的,其中重点谈到了对中国股市、房市的看法。

我的理解是,希勒教授认为,当前的中国资产市场上存在着泡沫,但很难说这个泡沫何时会破灭。希勒特别展示了中国股市的波动,并认为美国股市的上涨相比于中国股市,简直就是小巫见大巫。从市盈率的角度,他也认为,中国股市有虚高成分。

但希勒并未就此预言中国的资产价格泡沫将会很快崩溃。相反,希勒谈到中国人的信心仍然高涨,认为经济还会持续向好。也就是说,有关中国奇迹的故事还会继续。我个人觉得这里的潜台词是,中国的泡沫还会持续。对房价走势的分析也类似于如此。希勒一方面注意到了上海房价的高企；另一方面也特别强调了上海城市的高成长性。

我认为,希勒指出了很重要的一点,就是资产部门出现泡沫是一个正常现象,并且泡沫可能还会持续一段时间。我们不能一说到泡沫,就理解成是不正常的现象,是高风险的、不可持续的。

此外,我还想进一步强调以下几点：

首先,有了泡沫之后是会出现调整,但更重要的是调整之后会怎么走。中国、美国、日本是一个很好的比较。美国泡沫破灭后通常要经过一段不短时间的负增长,经济才能重拾升势；日本在 20 世纪 90 年代之前也经历过多次泡沫破灭,但经济会很快反弹,而 20 世纪 90 年代的股市、房市崩溃后,直到现在也未真正走出困境。最近日本又出台了新一轮的大规模经济刺激计划；中国在这次危机中经济只有极短的下滑(但仍是正增长的),随即便出现了快速复苏。

这可能是由经济发展的阶段所决定的。美国经济一直是处在世界经济最前沿,它主要依赖创新来推动增长。这使得其增长相对较慢,但由于其技术不断进步,经济最终还是可以继续向前。日本在高速成长时期,通过模仿取得了很快的发展,但一旦成为一流经济体,创新未能跟上,其经济繁荣也就难以持续。中国就目前来看,主要还处于日本20世纪90年代之前的发展状态,此时即便泡沫破灭,也会很快反弹起来。

其次,希勒教授认为,从长期来看房子是不值得投资的。个人觉得,就中国现在而言,对这个结论应该保持谨慎,至少应该辩证地来看待。希勒教授的一个论据是,1890年在美国买了一套房子,到100年之后的1990年房价没变,赚不到一分钱。

这中间有两个问题需要分析。一是他所说的价格指的是扣除通货膨胀之后的真实价格。也就是说,美国100年来的房价上涨与其他物价上涨幅度一致。换句话说,房子具有完全的抗通胀功能,实现了纸币的保值。要知道,能够在100年时间里实现这一目标的商品并不多。二是房地产泡沫的周期可能会持续很长,不是所有人都能等到泡沫破灭的那一天。希勒也认为中国经济还有15年左右的高增长期,并认为这中间即便会出现问题,动物精神还会鼓励泡沫的膨胀。

由此来看,如果因为看到泡沫就看空,也不是一个明智的选择。

## 附录

### 动物精神:人的心理如何驱动经济和影响全球资本主义

演讲者:耶鲁大学经济学讲席教授 罗伯特·希勒

今天我想跟大家讲一讲经济危机,具体讲一些经济的理论。这些经济理论怎么来帮助我们理解这次经济危机的发生以及应对的策略。我们今天要提出一个很深层次的问题,就是为什么经济发展会出现这样的波动?为什么会在一段时期的繁荣后会出现衰退?

一位学者写了一本书是分析经济波动的,他当时是《经济学人》杂志的副总编,他说很多人都感到不明白,为什么经济看起来很繁荣但一下子就衰退了,随后就萧条了。100多年来人们一直在讨论这个问题,人家都搞不明白为什么会是这样,因为好像人们的行为没有什么变化,这个经济也发展得好好的,但忽然就泡沫了,后来泡沫破裂了,最后就萧条了。在1867年的时候经济学界的人们就已经开始讨论这个问题,直到今天大家都没有找到答案。所以,我和我的同事乔治·阿克洛夫就写了一本书,这本书的名字叫《动物精神》,试图来揭开这个谜团。我觉得要改变人的思维模式,这样才是最重要的。

大家都知道过去30年间中国经济发展突飞猛进,可以说是发生了一场革命。环境本身没有太多的变化,而真正使这个经济飞速发展的原因就是因为人们的思路发生了变化。所以我们可以看到经济学的思想界进行了几番革命,其中一个称为有效市场的革命,差不多是20世纪六七十年代的时候。这个理论可以追溯到芝加哥大学,基本观点就是市场是完美的,所以市场的价格是能够显示参与这个市场所有人们的智能,这个市场比任何个体的投资者都要聪明。这是一位教授在芝加哥大学提出的结论。弗里德曼也是倡导这个理论的。这个理论对我们的思维方式以及行为方式有很大的影响,所以这对经济危机的发生也是会有影响的。

第二个是自由市场的理论。邓小平在1978年党的十一届三中全会就说过:"在中国我们会允许人们做投资、做生意,然后保留他们的理论,这样慢慢向这个自由市场经济转型。"我觉得这是历史的一大转折点。我是把有效市场和自由市场两个理论完全分开的,这是两个不同的经济哲学理论,所以我更赞同自由市场经济,而不是有效市场经济。最近又有一个新的理论是行为经济学,这个理论是在20世纪80年代提出的,一直到90年代才完全成型,是一个新兴的理论。行为经济学在过去10年有长足的发展,已经包括经济学、心理学、社会学,同时也是代表着对于有效市场理论的一种驳斥。也就是说,市场并不完全有效,因为人的心理行为也会干预市场，才导致了这个市场的泡沫，这个是有效市场理论的反面。我们看到行为经济学已经发展起来了，但是目前还是没有达到最鼎盛的时期。我们在1991年成立了一个研究所，一直在从事行为经济学的研究。

还有一场革命我想先讲一下，对于真实经济周期这个理论，我不是很赞同。经济学界有些人非常喜欢有效理论，他们试图解释说市场是会发生波动的，市场是有效的，比如说像技术的变迁就会发生应对的行为，所以会出现这个波动。他们试图证明表面上看起来对这个理论是不利的证据，实际上是支撑了他们的理论。我们可以看到不同的流派对于经济的影响是不一样的，同时对于监管部门的领导人来说也是有很大影响的。我想这些理论都很重要，了解这个理论之后我们才会知道经济的发展将会怎样。

其实这场危机在很大程度上就是由于有效市场导致的，为什么呢？因为国家领导人忽视了市场上泡沫的发生，他们觉得这个市场本身是有效的，不应该发生泡沫，如果有泡沫也可以自动纠正，所以才会导致现在这个不可收拾。

今天我想讲的金融市场不是有效的，很多人的心理、社会学的因素会导致这个市场的波动。从我和乔治·阿克洛夫合作的这本书《动物精神》说起，"动物精神"这个词是罗马时代的一位哲学家提出的，指的是动物的本能、本性，或者说是动物的精神，不过现在一般讲到动物精神首先想到的就是凯恩斯。

这本书的题目摘自约翰·梅纳德·凯恩斯1936年的《就业、利息与货币通论》一书。我觉得在20世纪《就业、利息与货币通论》是经济学界最重要的一本著作，因为凯恩斯在这本书里讲解了经济学的一些基本理论，同时他也提到现在在美国、中国以及世界各地看到政府推出刺激政策背后的理论。这本书一出版就引发了一场经济学的革命，这场革命到现在都还没有结束。虽然这本书不能完全让人感到满意，可以说不是很全面，但实际上更重要的是，你要找到这个理论的一些信息，你不能按照这些信息自圆其说这个理论，关键是找到方法。它讲的这些道理都是非常正确的,有一个章节提到这么一段话:"很突出的事实是,我们预测收益的知识基础极为不稳定。我们往往在决定做一些积极的事情时,因其后果将在日后很久才全部显现出来,只能被看作按照动物的本性,即按照一种自发的冲动来行动而非无所作为。"凯恩斯讲的都是一些概念,普通人的常识是很难来理解的。凯恩斯的意思是说,我们并不知道将来会怎么样,所以我们就会有这样一种动物的本能冲动,倾向于按照一种自发的冲动来采取行动。也就是说,我们不知道将来到底会怎么样,但是我们会倾向于根据我们自己主观的判断来采取行动,其实我们并不知道这种行动会有一个什么样的结果。比如说,你可以这样问那些创业者:你为什么要创业?其实大多数人并不知道现在做的事情是不是有一个正面的效果,会不会成功,但是人们还会采取这个行动。这是动物的本能,一种精神,就算在前途尚未明朗的时候,它还会往前冲,而不会无所作为。尽管它采取的这些行动可能会带来很严重的后果。

我列出了这本书前面五章的题目,这是我们理论的一些内容。第一章是信心及其乘数。我们知道信心是很重要的变量,它会直接影响到经济的发展,当大家比较乐观时都会去创业,去做投资,同时也会有一些比较冲动的计划。但是有些时候人们是缺乏信心的,这样也会对经济造成影响。商业信心就是对这个环境的判断。有些人觉得比较乐观,那么他们的信心就会大涨,未来就会非常好,可能就会做很多投资。他们会去创业吸引别人去投资;但是在悲观的时候很多人都会觉得这个情况不好,我现在做任何事情肯定都不能赚钱。我如果生产产品也不会有人来买,大家都会收紧自己的消费,这就是你对市场的信心,这也会直接导致市场经济的起伏波动。

信心其实也类似于一种社会传统疾病,我们大家生活在这样一个环境当中,在感情上是互相依存的。比如说,球员在踢球的时候肯定是希望有队友的帮助,然后他们同时进行合作。也就是说,当你作为球迷看到他踢球的动作,你头脑中也会在构建他和他的队友下一步的进球动作,实际上大家的思想是会联系在一起的。我们都知道每个人多少都受到流感病毒的威胁,很多国家都发现流感病毒了,其实我可以把这个信心或者人们的情感依存想象成流感病毒,互相依赖度是共有的。

第二是公平。这其实也是应该在经济理论中去研究的,我们觉得过去有一些非常糟糕经济的情况,其实与人们的某些愤怒相关。比如说,当有些人遭遇到减薪,他们不允许这样的情况发生,就会做一些抵抗的举动,社会一动乱反而会有更糟糕的情况发生,这些经济情况往往是由人的情感引发的。

第三是诚信不足,或者是没有诚信,事实上也是一种很不好的做法。你在家里和你的家人、兄弟姐妹往往是不会发生这种没有诚信的情况,因为家里人都相互信任,但是在做生意的时候经常也会发生一些缺乏诚信的情况,这样也会影响到经济的发展。另外,如果在经济环境当中腐败和缺乏诚信的情况比较多的话,大家都会照样子去做,这样的话就会损害经济,大家对整个的经济也会失去信心。这样就会产生一个经济的崩溃。

有一些经济学家现在也是希望能够做一些研究去了解如何构建人们之间的互信。有位学者做了一个调查,这个调查是普通的社会调查,旨在比较不同的国家衡量互信的尺度,他问了这些问题:"一般情况下,你是不是觉得大多数人都是可信的,还是说你应该很谨慎地对待别人?"他们就这个相同的问题问了各国的人,最后发现往往是那些更成功的国家,或者是更发达的国家,人们对其他人的信任度会高一些。我给大家一些数据,瑞典有66%的人表示大多数人是可以相信的,我提出这个数据,因为我知道中国也有60%的人表示大多数人是可以相信的,美国也有比较高的比例,但是没有中国这么高,大概有51%,当然还有其他的一些国家,这里就不一一列举了。因为有一些国家经济非常差,人们互信的程度比较低,所以这个结论就比较有意思。它对于我来说就意味着这一点,即经济当中的起伏其实也是人们互信之间的起伏,这是呈正相关的。如果你不相信周边的人,觉得大家都在骗你,人家也觉得你在说谎,这样你就没办法做生意了。我也说过,谁做生意都没有百分之百的把握,这样就会有风险。但如果你相信你的合作伙伴,愿意承担这个风险,你们就会达到合作,我觉得这样非常有意思。

最后讲故事这一块。之前讲的社会心理学,首先研究的是思维精神。人的精神是由神经系统构成的,有位经济学家说可以使人脑受到刺激和动力最强的一个元素就是数字。你光给人们看数字的话不能激励他们,你给他们讲故事就会让他们受到激励,很多人看了一些新闻报道会产生很大动力。如果光跟那些读者讲这些理论,那肯定没人听。但如果你用一个故事来解释整个过程、解释一些做法的话,大家就会比较感兴趣,就会看得进去,人脑是很容易受故事吸引的。事实上,经济的发展与故事是息息相关的,我们都知道经济学者总是想把他们的工作做得专业一点,搞一些抽象的理论。事实上,大家都知道央行做了很多工作,如果央行把这些工作用故事的形式传达给大家,大家就能更容易了解央行到底在做什么。我们都知道中国在所有人眼中都是一个发展的神话,在过去30年里中国的确发生了革命性的巨变,很多伟人在领导中国的发展,听到这么多成功的故事、成功的经历,大家都非常高兴,对未来充满信心。当然也存在一些关于腐败、欺诈的故事,但总体对世人来说,就是中国经济发展的故事,大家看了之后对经济发展更加有信心、有动力。大家都知道中国人民银行可以摧毁经济,但是中国人民银行没那么坏,他们当然是希望把经济发展得更好。他们可能会有一些政策性的调整,这不会改变中国整个成功故事的发展,所以整个成功故事对大家是很有鼓舞作用的。

# 1.5万亿美元的豪赌？

美国对外关系协会的两名研究人员将中国持有1.5万亿美元的资产看作是一场"豪赌"。根据他们的测算，截至2009年3月底，中国各类机构总共持有2.3亿美元左右的外汇资产，其中1.5万亿以美元的形式持有。可是，我实在想象不出中国在赌什么，他们的文章对此也没有给出只言片语的解释。

更多的提法是说中国掉进了"美元陷阱"。这个提法道出了中国的处境进退维谷这一事实，但同时也带有某种阴谋论色彩——好像是中国人中了美国人的套。

中美两国首先要摒弃阴谋论困扰，宣扬阴谋论无异于冷战思维。中美失衡已经对双方造成了伤害，这种模式对任何一方来说都是不可持续的。就像这两名研究员Setser和Pandey所指出的，中美之间的这种失衡史无前例，从没有像中国那样穷的国家成为一个像美国那样富的国家的"钱包"，也从来没有一个像美国那样高度重视独立性的国家在金融上如此强烈地依赖于单一国家。

中美两国走到今天，不是因为中国想要赌赢什么，也不是美国有意请君入瓮。它是与中国崛起和美元国际货币贬值等大背景相联系在一起的。日本的崛起也曾产生过类似问题。日美之间的贸易摩擦曾困扰着全球经济关系，日本还利用其雄厚的储备大举投资美国,三菱地产甚至买下了洛克菲勒中心。

美国白宫经济顾问萨默斯将这种关系形容成中美之间的核恐怖均衡。既然是核恐怖,那中美的明智选择就是开诚布公,联手削弱各自的"核武库"。这要求中美两国各自调整自己的内外部失衡。中国应将发展的重心放在国内,对出口导向的发展模式作出调整。美国则应提高国内的储蓄率,同时还需要严肃财政纪律,及时削减财政赤字,美联储也要避免将财政赤字货币化。

就中美失衡问题而言,找到解决方案要比指出症结所在困难得多。要阻止这个失衡以悲剧收场,就需要中美之间增进互信。美国应取得中国这个最大债权国的信任,否则这个平衡将难以为继。

对中国而言,不存在一个简单的解决方案。前段时间有一番很热烈的讨论,就是如何能将庞大的外汇资产服务于国内经济。有人建议,干脆把外汇储备按人头分给老百姓,以增加国内消费。答案是不可能这样做。外汇储备要在国内适用,就得兑换成人民币。问题是在形成外汇储备时,外汇持有者已经兑换过一次人民币。

从长期来看,中国不大可能从美元陷阱中全身而退。其风险不在于美国国债膨胀本身,而在于由此引发的美元贬值和通货膨胀。

中国所能做的只能是小步微调。首先,从增量上限制外汇储备的膨胀。Setser和Pandey也提到,由于外资流出,中国的外汇储备增速大幅下降。这在客观上缓解了外部失衡膨胀的压力,但这却不是政策面努力的结果。进口额下降快于出口额下降的幅度,结果外贸顺差依然维持高位。为了避免外部需求下降对国内经济的冲击,当前人民币对美元的升值事实上已经停止,政策面也在通过各项政策维护出口的企稳。在很多人眼里,中国现在已经离不开出口,离不开顺差,在经济放缓期更是如此。这意味着,中国外汇储备增加的基础仍然存在。

其次,剩下的就是外汇资产存量的管理。政策面现在做的,一是微调外汇管理体制。外汇管理局2009年5月出台了一系列资本项下部分审批权限、程序简化的举措。对投资者来说,相关审批过程将更加便利省时,有利于加强境内外企业投资的意愿,进一步促进资本跨境流动,内资企业进行海外投资的行业也有望多样化。

在坚持鼓励出口的同时,政府似乎更看重在资本项目下想办法。不过总体上,资本项目完全放开还有很长一段路要走。

二是调整外汇储备结构。外管局日前宣布,黄金储备在国家储备中的比重有了一定的提高,不少人也建议应继续增持黄金以对冲美元贬值风险。这当然是一个正确的方向,但黄金市场容量有限,只能有边际上的改善。研究报告也显示,在美国国债之外,中国外汇储备也在进行更加积极的投资,比如增加股权投资比重。有些经济学家也主张逃离美国国债,转向美国股市,尤其是投资于标准普尔500指数的上市公司。这也是一个不错的选择。但相对于美国债券市场,美国股市容量要小得多,当前总市值只有15万亿美元左右。另外,大规模增持美国公司股票很可能面临人为助力。

相比而言,将中国的金融市场推向纵深发展,并推进人民币国际化将会成为一个更具战略意义的选择。人民币国际化意味着人民币汇率更加容易浮动,这很可能是一个人民币升值的过程,这将降低经常项目顺差,缓解外汇储备积累的压力。人民币国际化还将彻底改变我们看待外汇储备的理念。自东亚金融危机以来,鼓励出口、积累外汇是亚洲发展中国家的共识。人民币国际化意味着我们对外汇储备的需求会大幅下降。现在美国和欧洲几乎都没有外汇形式的储备。

当然,人民币国际化会是一个长期进程。不过,中美失衡的缓解也将是长期而缓慢的。一切还不算太晚。

# 高油价、国际福利分配与宏观经济理论演进

## ——读管清友博士《石油的逻辑》

2009 年底去世的经济学家萨缪尔森曾有句著名的调侃：当一只鹦鹉学会说供给与需求时，它也就成了经济学家。然而，对于分析许多商品来说，仅仅依赖这个框架会带来许多困惑。石油就是一例。石油问题难以用简单的经济学原理作出充分的解释和预测，但高油价却反过来对现代宏观经济学的发展起到了催化剂的作用。

在宏观面上，石油的生产和消费总体上是较为平稳的，但油价却大起大落。在第二次世界大战后的 20 多年时间里，全球的石油消费处于一个快速上升通道。与此同时，石油生产同步大幅增加，结果在 20 世纪 60 年代，国际油价呈现下降态势。20 世纪 70—80 年代，全球石油的生产和消费增速均有所放缓，但这段时间却是典型的高油价时期。其背景是欧佩克的成立、数次石油危机以及中东局势的动荡不安。20 世纪 80 年代中期以后，全球石油消费一直处于温和上升通道，石油产量大致也是稳步增加，但石油价格却出现了巨幅波动。尤其是"9·11"事件之后，国际油价从 2002 年初的 20 美元，用了 6 年的时间攀至 140 美元以上。金融危机爆发

后，油价又上演了高台跳水的戏剧性一幕。油价跌宕起伏的这段历史清楚地表明，来自实体经济的供给和需求基本面无法给出充分的解释。

在微观面上，中国从未获得与其购买力相匹配的石油定价权。在欧佩克对石油市场的控制力有所减弱之后，国际石油供求市场大致是一个垄断竞争状态。然而，在这个市场上，各石油进口国的议价能力并非简单地由其消费量决定。英国大致能够做到石油的自给自足，但英国在油价博弈中却占有重要地位。近20年来，中国石油进口量迅速增加，但在油价上基本还是个价格接受者。铁矿石市场是一个更极端的明证。这表明，油价绝不仅仅是供求之间数量匹配的结果。

2002年以来，国际油价出现了巨幅波动，这一波动显然挑战了此前的石油经济学。这一段时间，国际石油的生产和消费波动很小，主要产油国也没有爆发重大的地缘危机。美元指数在金融危机之前经历明显下降，但这一下降幅度还不足以解释国际油价的高涨。实际上，石油与其他大宗商品以及贵金属一样，已经成了国际金融市场泡沫化的重要组成部分。我们都说，国际金融危机源于房地产领域的泡沫，但发达国家的房价与油价等商品价格的上涨相比，简直是小巫见大巫。与此同时，国际资本在石油市场上的杠杆率也要远高于房地产市场。

高油价会产生显著的福利效应，上帝是公平的。中东拉美等发展中国家尽管军事政治力量难成世界一级，但却拥有发达国家需要的石油资源。在某种条件下，产油国为了共同的利益能够达成一致减产行动，以便对西方国家构成牵制，同时也是为了能更加合理地开发石油资源。当然在油价高企的时期，欧佩克有时也会决定增产以平抑油价。曼昆在他的《经济学原理》中解释说，产油国不愿意持续减产抬高油价的一个原因是，石油虽然重要，但当油价保持在高位时，一些替代能源和节能技术就有了市场，这将降低未来对能源的需求以及国际油价，最终结果会损害产油国利益。因而，从长期来看，高油价对产油国来说并不总是好事。

不过在2002—2008年的高油价时代，产油国还是获得了丰厚的收入，这些收入差不多都是以美元计价,即石油美元。石油美元是全球经济失衡的一个重要组成部分。产油国(当然还包括中国这样的贸易盈余国家)代表了储蓄过剩的一方,而美国代表了负储蓄和过度消费的一方。石油美元通过主权财富基金和其他渠道,又会流回美国。在格林斯潘以及伯南克眼中,这是长期利率保持低位的主要原因。长期利率并不在美联储的控制之下,但却是房地产泡沫的主要诱因。从这个角度来说,高油价不仅是国际流动性过剩的一个产物,还是国际流动性过剩的一个来源,两者之间存在某种正反馈机制。

在这个正反馈机制中,产油国多少可归入受益者一方,它们由此积累了庞大的财富。一些国家的王室富可敌国,而迪拜甚至在沙漠中创造了超级城市的奇迹。美国凭借其国际货币发钞国的地位,有效规避了高油价的负担。在高油价时期,美元供给保持宽松状态,美元指数走低。在国际金融危机中,这两类国家都遭受了一定损失。但随着庞大的救市资金注入到全球各个角落,油价已经从危机谷底有了像样的反弹,在通胀预期和国际资金的推动下,高油价的故事还可能重演。

简单的经济学框架不仅无法解释石油的逻辑,相反石油问题在相当大程度上改变了现在宏观经济学的面貌。石油在经济学理论发展史上,可以说占有重要地位。20 世纪 70 年代的高油价曾对经济学开了一个不小的玩笑。在此之前,人们曾经无法理解滞涨的出现。然而,高油价所带来的供给面冲击,一方面增加了企业成本进而推高一般物价;另一方面也减少了产出。这使得高通胀和高失业并存。经典的凯恩斯经济学是需求管理的经济学,对供给面的忽视使其在滞涨面前一筹莫展。

在一定程度上,高油价不仅催生了供给经济学,还让新古典经济学成为主流。1985 年以后,全球主要经济体的宏观经济波动明显收窄,在产出和通胀两方面均是如此。这被伯南克等人称为"大缓和"(great moderation)。在解释"大缓和"的三大主要流派中,有两个与油价相关。一是货币当局经过 20 世纪 70 年代的高油价拷问，更好地理解了经济运行机制，尤其是采取了更好的货币政策。二是"大缓和"仅仅是因为幸运，1985 年后，国际油价波动出现明显收敛。现在看来，第二点解释看起来比较牵强。危机之前，国际油价的上升幅度是史无前例的。而在此背景下，全球主要经济体依然保持了一般物价的平稳。

收到管清友博士的大作《石油的逻辑》有一段时间了。我一直把它放在手边，有空就翻阅一些章节。这种非系统性的品读，似乎总能在不同的时间，激起我不同的遐思迩想，书中的一些段落和图表给人相当大的想象空间。该书涉及了油价决定机制的各个层面，并对石油市场的历史发展着墨甚多。清友不仅讨论了我在这一领域所感兴趣的绝大多数问题，还让我的视野由此拓展开去，感到从石油这样的特定视角，或许能够更加深刻而全面地认识我们生活的这个世界。正如我在推介这本书时所写："清友博士证明，国际油价背后完全由其经济学和国际金融资本游戏规则的逻辑可循，阅读此书会升起一股冲动，即中国或许有能力改变其作为油价博弈的看客角色。本书并不是经济学帝国主义的又一产物，它始终站在地缘政治、大国战略的高度俯瞰石油市场的风物变迁。"

# 美国国债膨胀会诱发全球通胀吗？

## ——考量国债—通胀机理

在糟糕的情况下，中国的美元资产将出现灾难性的缩水。这种可能性有多大？美国国债膨胀本身不是关键所在，它在多大程度上会诱发全球通胀和美元贬值风险，取决于美联储的行为，以及美国经济的复苏和结构改革，还取决于投资者对美国政府的信心。

### ‖ 通胀机理 ‖

通胀有很多类型，但归根结底是货币现象。所谓成本推动型和需求拉上型通胀，总是伴随着货币的扩张，否则物价上涨无法持续。

首先，供给方面无法单独制造通胀。生产成本的上涨会导致供给减少，商品价格走高，带来滞涨风险。同时发生的是，经济在潜在产出水平之下运行。所谓潜在产出水平，就是指在现有技术资源条件下，一个经济体的正常产出。当实际出产低于潜在产出时，产能过剩，意味着经济存在紧缩压力，物价上涨也就不可持续。

其次，只有总需求的持续增加才能制造通胀，而只有货币扩张能做到这一点。

财政扩张可以推动总需求增加，进而拉高物价，这会导致工人要求增加工资，从而进一步推升物价。但这种物价上升是一次性的，并不会引发明显通胀，因为受制于融资能力和政治压力，财政支出不可能持续增加。只有当印钞机开动为财政扩张融资时，总需求才会连续扩张，通胀也才会有基础。

之所以会出现通货膨胀式的货币政策，原因主要有两种：一是追求高增长和低失业目标；二是为政府融资。在第一种情况下，货币扩张会导致总需求膨胀，目标是使产出持续高于潜在水平，失业率低于自然失业率。在第二种情况下，货币扩张是为了给不堪重负的财政赤字埋单。这在战争时期极为普遍。

### 国债—通胀循环

美联储有权力拒绝通胀式的货币扩张。美国财政部长盖特纳在北京的声音似乎还没有散去。为了安抚中国对美元资产的忧虑，他强调："我们拥有强大而独立的美联储，美国法律规定它应保持物价的低水平稳定，我完全相信它有能力完成法律赋予的工作。"

问题在于，货币政策太重要，以至于它还承担着其他职能。虽然美联储的独立性有制度保障，但美联储的目标并不完全在于控制通胀。它还追求经济增长和金融稳定。这就意味着，如果经济复苏乏力，就需要保持低利率。

这就会产生一个为赤字财政化的机制。如果美联储认为有必要将利率保持在低位，以降低融资成本，刺激投资消费，就不得不进入国债市场，为赤字融资。当政府债券供给增加时，债券价格会下降，利率会上升，并会带动各种中长期利率的整体上升。美联储能够做的是，为债券市场托市：增加购买，压低利率。在这个过程中，可能没有人要求美联储必须这样做，但它实际上执行了通胀式的货币政策。

财政政策与货币政策之间具有无法割裂的关联。在 2009 年 3 月，美联储和财政部结成盟友，宣布将购买多达 3000 亿美元的政府债券。这个联盟似乎正在解体。伯南克日前表示不会将政府债务货币化,这或许表明,他无意在3000亿美元的基础上再购买更多的政府债券。

这一承诺有多大可信度,还要视整体经济金融环境而定。如果美国经济恢复可持续的正增长,那美联储就能够守住上述底线。否则,其资产负债表将不得不再次扩大。

美国国债的规模无疑还将继续膨胀。在今后5年里,财政部发行的新债券可能多达3.8万亿美元,而这仅仅是冰山一角。达拉斯联邦储备银行行长菲舍尔最近公开表示,除了财政部发行的那些新债券之外,美国政府还有大量的、久拖不决的福利开支缺口,例如联邦医疗保险和社会保障的资金缺口。据他估计,这些缺口现在约为104万亿美元,而财政部在2009—2014年即将积累的新债务,只有这笔资金的1/12左右。如果这些财政负担显性化,财政部和美联储的压力都会增加。这将为美国乃至全球经济的长期繁荣蒙上阴影。

微妙的是,如果包括中国在内的盈余国家不再信任美国国债,灾难将提前到来。美联储不可能坐视美国国债市场崩溃(其实也就是美国政府垮台),其结果是,美联储将放出巨量货币来维持美国财政的运转。这将加速美元的崩溃和全球通胀的到来。也就是说,当前的美元格局虽不合理,但还会受到支持。

## 可能性有多大?

美联储的行为无疑是国债—通胀机制的关键一环。看看美联储做过什么,会帮助我们预测它将做什么。总体而言,美联储的信用记录还算过得去。美联储曾推行过通胀政策,但除了战争时期,美联储尚没有为财政赤字进行大规模融资。

20世纪70年代称为大通胀时代,美国通胀率竟达到过两位数。石油危机导致的供给冲击被认为是一个重要原因,但通胀总需要以货币扩张为基础,这段历史当然也不例外。只不过就动机而言,当时的美联储不是为赤字融资,而是为了追求低失业率。当时的美国国债余额和国内生产总值的比重处于较低水平且没有明显上升，也就是说，货币扩张的财政压力不太。与此同时，美国当时的失业率长期被压制在自然失业率之下，这意味着美联储主要是为了高就业而投放了过多的货币。

另外一个好消息是，即便是在国债膨胀期，通胀也不一定就如影相随。1980年以后，美国国债与国内生产总值比重开始进入上升通道，但幸运的是，通货膨胀并不严重。这很可能是因为，由反通胀斗士沃克尔担任主席的美联储顶住了为赤字融资的压力。

国债—通胀机制的隔断主要得益于美国有一个运转良好的债券市场。美国政府能够通过庞大的国债市场以较低的利率借到钱，其对象包括国内外的私人投资者以及贸易盈余国。这个市场过去一直高效运转，因而美联储为财政融资时毫无压力。根据美国外交关系学会的两名研究人员的研究，2008年中国购买了将近4000亿美元的美国国债，这超过美国维持当前财政赤字所需净流入的一半。

当前市场的担忧主要来自美国国债的膨胀，但历史告诉我们，如果美联储不积极为赤字融资，通胀风险就有可能被回避。此外，经济复苏后，美联储会面临着追求高就业而推迟收紧银根的诱惑，但美联储应该不会被一块石头绊倒两次。在2001年以后，美联储曾为救助股市泡沫破裂而放任楼市泡沫膨胀。

## 新情况

美国赤字和国债的空前膨胀也让货币政策面临空前压力，历史并没有确切地告诉我们这种压力是否已过大，但这似乎不是关键所在。只要美国政府能继续在债券市场融资，美联储就不必为债券市场托市。这也表明，对于当前投资者尤其是新兴发展中国家对资产安全性表达出来的担忧，美国政府必须给予有效安抚。美国政府信誉已有所下降，应该就国内结构改革作出可信承诺，并给出可行的财政平衡框架。

美联储自身的资产负债表是另一个不确定性。央行资产负债表的扩张意味着基础货币的扩张。由于货币流通速度明显下降，广义的货币供给量还没有显著放大。一旦信贷市场恢复，杠杆率重新上升，市场上的货币将成倍增加，美联储的杠杆率就必须下降。这是一场严峻的考验。

此外也有人认为，世界已经发生变化，只要有通胀预期就会制造通胀。金融资本已经利用货币政策空前放松的背景炒高金融产品价格，这也带动了现货价格的走高，商品价格和资产价格的走高会形成社会性的通货预期，工会活动就会活跃起来，要求涨工资，这样无疑会加大滞涨的风险。不过，如果财政和货币纪律透明而严厉，通胀预期就不会失去控制。

考虑到这些，相对温和的通胀或将出现并持续一段时间。不过，除非爆发战争等重大事件，在可预见的将来，加速通胀的可能性还没有大到让我们寝食难安的程度。

# 农业补贴的政治经济学

近年来,多哈回合谈判举步维艰。观察家指出,影响全局的直接焦点是:发展中国家激烈反对以美国为首的发达国家对农产品尤其是棉花实行高额出口补贴的政策。

一个经常使人困惑的问题是:在发达国家,农业通常并不是国民财富的主要来源,为什么它们不顾国际压力,长期执著于农业补贴呢?这个问题对理解当今全球贸易至关重要。

首先想到的答案或许是,因为发达国家的比较优势不在农业部门,所以才需要对其特别照顾。可是了解现代农业的人都知道,现今的农业生产早已不是"刀耕火种"式的劳动密集型产业了,反而成为资本和技术密集型的产业。因而,即便没有补贴,发达国家的农场主也不会在国际市场上吃亏。事实上,几乎所有的发达国家都是农业强国。

看来,要了解为什么发达国家如此"偏爱"农业部门,还需要寻找别的视角。其实,最重要的是要深入了解国际贸易政策的决策过程。虽然农业补贴政策的鼓吹者总是声称补贴是对整个国家有利的,但是观察一下现实的贸易政策制定机制的实际过程就可以看到：其实不存在所谓的国家福利，只有个人的欲望和集团的利益。被很多人忽视的问题是，国际贸易政策其实还是一种收入分配政策，在影响国家之间福利的同时，还会对本国各阶层的利益产生不同的影响。下面需要对这一点作简要的说明。

首先，应该注意到，出口补贴会抬高国内农产品的价格，这会对不同利益群体造成正反不同的影响。因为如果国内农产品价格不上升，农场主就会倾向于出口而不是在国内销售。所以，农业生产部门将是补贴政策的最大赢家：在获得数额不菲的补贴的同时，产量也得以扩大。另一方面，政府必须用国家税收支付这笔补贴，并最终由纳税人"埋单"；另外，广大消费者还需要忍受农产品价格上升之苦。其次，综合起来，经济学原理清楚地告诉我们：后者的损失必定大于前者的获益。从全社会角度来看，补贴绝对不会增加发达国家的整体福利，而考虑到广大发展中国家的受害者，农产品补贴就更是损人不利己的了。

然而，发达国家愿意这样做的一个考虑可能是在衡量补贴政策的成本收益时，给了农业生产者一个更大的权重。也就是说，同样是1元的得益或损失，对于不同利益集团，在政府看来是不一样的。这样，虽然补贴总体上会带来损失，但由于政府把农业部门的利益看得更重，所以经过加权之后的总福利仍然可能是正的。这就解释了农业补贴政策的顽强生命力。

此外，我们可以从集体行动的逻辑中得到有力解释。美国经济学家曼库·奥尔森曾指出，虽然有些个人或企业有共同利益，但他们的利益并不是完全相同的。因此，影响政策的行动或者说集体行动，虽然对一个集团是有益的，但它并不一定对集团中的每个成员都有利。结论是，只有集团较小或者组织得较好时该集团才会在政治上采取有力的行动。与此相对照，中国庞大的农业部门却使农民的基本权利长期得不到满足。宪法规定的自由迁徙权自1958年就被剥夺；世界贸易组织规则下可使用保护农产品的黄箱政策远远没有被利用……这就是所谓的"数量悖论"，集团越大，行动能力和话语权反而越弱。

具体到农产品补贴这个案例。虽然消费者的损失肯定远远大于生产者的得益，但是消费者的损失平均起来每人每年不超过几美元，因而很少有人会注意到这件事。特别是大部分农产品是作为其他食品中的成分被购买而不是直接出售的。事实上，只有很少一部分美国公民知道美国实行农产品出口补贴，并确实提高了他们的生活费用。相反，农场主都非常清楚地意识到配额对他们的影响。对于任何一个农场主来说，补贴可能就意味着几万甚至几十万美元的收益。而且，农业生产者是一个有组织的集团，他们有能力团结起来进行集体行动，游说国会议员作出政治贡献。因此，一项无论怎么计算都是成本大于收益的补贴政策几乎在政治上不受挑战也就不足为奇了。

了解到上述发达国家国际贸易政策的决策机制之后，显然增加了我们对"香港会议"甚至全球贸易发展的担忧。不过，观察到发达国家在农业补贴上的"顽固"，我们又不得不承认这种机制确实在起作用。

## 美国感冒，新兴经济体打喷嚏

美利坚合众国在其崛起初期，曾将孤立主义奉为自己在国际舞台上的最佳姿态。在称为美国世纪的 20 世纪中，美国已将自己的影响力延伸到世界的每个角落。其结果是，美国打喷嚏，世界就会感冒。

而当 21 世纪到来时，越来越多的人认为世界唯美国马首是瞻的时代过去了，新兴国家自身已经具备相当强的免疫力。一个例证是，许多观察家急切地将新世纪以新兴国家冠名。诸如"中国的世纪"、"印度的世界"的说法不胫而走，更为保险的一种预言是将未来近百年时间称为"金砖四国的世纪"。金砖四国是指巴西、俄罗斯、印度、中国，这四个发展中大国英文首字母缩写即"BRICs"的中文直译。

那么，美国出了乱子，世界经济尤其是新兴国家是否就不再步履蹒跚了呢？这次美国次级债券危机提供了一个检验新兴国家经济对美国依赖程度的好机会。目前，这个问题的最新答案是：美国感冒，新兴经济体打喷嚏。

当前的次贷危机带有明显的"美国制造"（Made in USA）的标志。次贷危机从美国的房贷市场萌发，作用于资金管理机构，震撼着美国的股市。现在，世界主要担忧的焦点在于金融动荡是否会影响美国经济增长的前景。美国金融市场的动荡和对美国经济增长的悲观预期是美国传导其经济影响的两个渠道。因而在这场危机中，新兴国家将会很快发现，一个金融动荡和经济势衰的美国到底会构成多大的影响。

现有的事实表明，这种影响依然重大，但已不像五六年前那么严重。

显然，金融危机是美国过去几年金融领域过度乐观的后果，投资者一度视风险为无物。这与曾经的互联网经济泡沫膨胀时一样。钟爱信贷消费的美国人在次级按揭贷款市场活跃时可以享受"无钱也可买房"的轻松惬意，现在终于惹出了麻烦。而像贪吃蛇一样吞下以这些贷款为抵押的投资公司，则集中并放大了这种风险。机构破产或亏损的原因是市场资金链的流动性出现了问题。正如法国巴黎银行冻结其旗下三只基金时所说的："市场某些环节的流动性完全被蒸发了。"

这的确是很可怕的事情。因为，这可能会顺着债务链引发一连串的危机。如果甲金融机构无法卖出以按揭贷款抵押的证券，也就没有钱来还其欠乙机构的债务，乙机构也就没钱还丁机构的账。事实上，丁机构可能真的有钱，但却紧紧攥在手里。因为，他们不相信其他人会归还贷款，情况因此变得更加糟糕。

流动性危机的真正可怕之处在于：政策制定者很难应对。理论上说，美联储和其他央行有两种选择：一是降低利率；二是向银行注入流动性，就像现在所做的那样。在目前的环境下，注入流动性确实是较好的选择。事实上，注入流动性正是美联储主席伯南克的嗜好。我们还记得，伯南克曾在 2002 年的一场演讲中表示，如果一个衰退的经济已经将利率降到零点，那么，他会建议使用直升机向金融系统抛撒钞票，以保持经济和金融系统得以运转。在解释大危机的著作中，伯南克也认为，如果美联储及时提供足够的流动性，就有可能避免众多银行的破产，因为在大危机中挤兑者让银行的资金变得空空如也。

但是，一旦流动性枯竭，这些名义货币政策工具将丧失大部分功效。如果没有人愿意贷款，降低资金的成本对资金短缺者来说没有什么意义。向银行注入流动性也是这样，即便银行有大量资金，但如果惮于信贷风险而将大把大把的钱放在银行的地下室也于事无补。"你可以把牛拉到水边，但是无法强迫它饮水。"这几乎是所有货币政策的共同难题，央行出手化解流动性危机也是一样。

次贷危机本质上属于流动性危机，因而谁是世界流动性供给的主导者谁就在这场波及全球的危机中占据有利地位。许多观察家、投资银行和国际组织的经济学家们却一直认为，全球货币供应状况完全由发达国家的中央银行左右，进而得出全球流动性紧缩势将严重影响新兴国家经济增长的结论。

事实上，在危机之前，世界广义的货币供给量中的 3/4 是由新型国家提供的。2006 年，中国的广义货币供应量上升了 20％，俄罗斯的货币供应增长甚至达到了 51％，而印度为 24％；相形之下，欧元区、美国和日本的这一指标分别仅约为 10％、5％和 2％；从整体上看，新兴国家的广义货币供应在去年平均增加了 21％，这至少是发达国家的 3 倍。这个速度显然是惊人的。2006 年，新兴国家扣除物价因素之后的真实货币供应增长率已接近 16％，而发达国家还不到 6％。其结果是，整个全球的货币供应处于近几十年来的最快通道中，而这基本上是新兴国家货币供应扩张的结果。

诚然，新兴国家货币供应量的高增长是与其经济的高速增长相伴随的。但是扣除经济增长率之后的货币供应量依然巨大，这就意味着货币供应的过度增长。这从新兴国家的利率水平上也可以得到印证。在过去三年中，美国和欧元区已经收紧了货币政策，但是新兴国家的平均利率几乎岿然不动。中国和印度是两个经济发展最快的大国，而它们的真实利率水平处于世界最低之列。

尽管可以找到这样那样的解释因素，但我认为，流动性危机之所以在发达国家爆发与世界货币供应角色的转换不无联系。如果事实如此，那么，流动性在全球的配置格局有望让危机扩散的步伐止于新兴国家的市场之外。时移事异，世界金融环境的悄然变迁，已把新兴的发展中国家推向了前台。过去发展中国家货币政策的扩张,其影响几乎走不出国门。但是随着跨境金融联系的加强,新兴国家央行的影响力已举足轻重。帮助全球走出流动性危机,新兴国家或将大有作为。

近来不少观点认为,美国已经不是世界经济增长的引擎,应该把目光转向新兴国家。继亚洲的"四小龙""四小虎"之后,人们又概括出了世界经济新兴"增长极",即所谓的"VISTA 五国",包括越南、印度尼西亚、南非、土耳其和阿根廷这五个中型发展中国家。在世界经济联系中,这些新兴国家扮演着越来越活跃的角色。同时,大国之间的经济格局也在悄然变迁。2009 年 2 月,中国外贸出现了一个有意义的变化,中国向欧洲的出口首次超过了对美国的出口。在很多人眼中,这意味着中国已逐步降低对美国市场的依赖。

基于这些理由,我们时常能够听到很多新型国家自豪地声称,本国经济已无需过多地看美国经济的脸色了,因为经济的多极化已将风险从美国这一个篮子分散到了多个篮子中去了。然而,从这次金融市场危机所波及的范围以及所造成的损失来看,这种观点是过于乐观了。

美国信贷市场的危机已演化成全球性的股灾,尤其以新兴国家为重,从香港,到新加坡、韩国,到俄罗斯,再到巴西,股市均经历了大幅下跌。这足以表明,美国仍然举足轻重。或者也可以说,美国仍具备将本国的风险在全球市场进行分摊的能力。如果说,新兴国家已经开始改变将本国经济表现的好坏维系于美国的话,那么美国在分散和传递风险上做得显然更成功。事实上,就中国而言,虽然美国已不再是第一大贸易伙伴,但中国向美国出口所占本国国内生产总值的比重是美国向中国出口所占国内生产总值比重的 20 倍。风险的集中度显然不可同日而语。

对于新兴国家而言,美国经济的衰退还可能会通过美元的贬值而殃及本国经济。在中国高达 2.4 万亿美元的外汇储备中,约有 2/3 是以美元资产持有的。美元的贬值将会造成巨大的损失。另外,美元的加剧疲软也会对包括中国在内的新兴国家的出口竞争力造成影响,而出口在新兴国家的经济增长中通常发挥着不可或缺的作用。这些考量要求新兴国家不得不主动分摊来自美国金融市场的风险，并维持美元的基本稳定。

不过，新型国家现在所处的地位已经好于数年前。在发生"9·11"事件的2001年，美国经济的衰退使得亚洲的出口增长率同比下降了10个百分点。而现在还没有证据表明，美国经济的问题会对新兴国家的实体经济造成类似程度的破坏。新兴国家的确需要美国的消费者和金融机构，但世界其他地区也在提供相同的服务功能。更重要的是，新兴国家自身的市场也在走向成熟，本土化的金融机构也雄心勃勃，而曾经为筹措发展资金而苦恼的新兴经济体正涌动着充裕的流动性。

美国金融市场的紊乱有助于亚洲恢复对其金融体制的信心。目前，反思亚洲金融危机的潮流尚未完全消退，却出现了另一个需要反思的案例。在亚洲金融危机之后，东南亚的公司治理结构和金融市场的监管体制便饱受诟病。然而，眼前的事实表明，美国市场中存在类似的弊端。在过去几年时间里，美国的消费者和银行肆无忌惮地扩张信贷，资金管理机构也对高风险债券趋之若鹜，而监管者却没有做出及时的调整。这些情况与亚洲金融危机发生的背景十分相似。从这个角度说，亚洲没有必要再为自己曾经让全球经济遭受风暴而羞愧，并且有理由发展有亚洲特色的金融系统。

总之，在这次次级债券市场所引发的危机中，是美国感冒，世界打喷嚏，而不是相反。对于新兴国家来说，这或许是一个不错的进步。

# 欧央行十年未解的悬念[①]

当欧央行在 1998 年 6 月 2 日正式成立时,它收到的祝福远远少于攻击甚至诅咒。后来担任德国总理的施罗德,说它是一个"病态的早产儿"。在给欧央行第一任首席经济学家易辛的信中,货币主义大师弗里德曼写道:"衷心地祝贺您接下了这份难以完成的任务。"哈佛大学著名经济学家马丁·费尔德斯坦甚至警告说:"欧元将招致战争!"这些人可都不是等闲之辈啊!

换个角度看,这些重量级人物的拍砖折射了欧央行事业的开创性:在 10 多个政治独立的国家统一货币,其意义比起秦始皇统一六国货币有过之而无不及。

10 年之后,最初的"病态婴儿"已长成翩翩少年。而且多方面指标显示,其健康状况良好。欧元成员国从 10 年前的 11 国增加到现在的 15 国,人口达 3.2 亿人,国内生产总值总量与美国相当。1999—2007 年欧元区物价平均上涨 2.04%;自欧元正式流通以来,年均通货膨胀率为 2.1%。欧元也已树立国际信誉,成为仅次于美元的世界第二大货币,占全球外汇储备总量的 1/4。随着美国经济步入衰

---

[①]　本书原写于 2008 年 6 月。

退和欧元区经济相对坚挺,近来欧元对美元汇率创出 1 欧元兑 1.6 美元的历史新高。要知道,欧元汇率在 2000 年曾一度跌至 0.82。

令人称道的是,10 年里欧央行还经受住了为数不少的考验,如新经济泡沫的产生和破裂、股市的动荡、恐怖威胁等,欧洲央行都很好地化险为夷。人们曾担心,因协调困难,欧央行可能要花很长时间才能达成行动共识。欧央行对次贷危机的反应就给出了正面回答,成为迄今为止最为出彩的一笔。当市场利率在 2008 年 8 月 9 日大幅上升时,欧央行立即召开会议,决定以 4％的政策利率无限量地向市场提供一天期贷款。欧央行果敢的行动避免了严重的信贷紧缩在欧洲市场上的蔓延。

整体而言,欧央行的成功出人意料,令人振奋。在这一点上,美联储前主席格林斯潘"前倨后恭"式的大转变最有说服力。在欧元设立之初,格林斯潘曾持激烈的批评态度,而在其不久前出版的回忆录中,他写道:"欧元是一项了不起的成就,我对欧洲同行所做到的一切感到吃惊。"他甚至担心,"欧元会取代美元成为世界第一大储备货币。"

但无论如何,在当前这个时刻,对欧央行说过多赞誉之辞还是不合时宜的。《马斯特里赫特条约》规定,欧央行的首要任务是控制通货膨胀,确保欧元购买力,每年的通胀率应控制在 2％以内。可是,欧元区在 2008 年 5 月的通胀率却高达 5.6％。而回顾 10 年历程,欧元区大多数年份的通胀率都高于它所设定的目标。10 年前,德国央行将其货币政策主权让渡给欧洲央行时,德国的通胀率是 1％,2006 年、2007 年分别是 1.4％和 1.9％。最新的民意调查显示,至少有 1/3 的德国公民表示愿意舍弃欧元,回归马克。

当然,没有证据显示,欧央行的表现弱于其国际同行。毕竟 2007—2008 年的通胀是一个全球性现象。问题在于,欧央行未来要面临的挑战很可能更加艰巨。

欧央行的信誉是建立在其独立于某个政府，因而能更坚定地执行反通胀政策，未来的挑战也正是在于这一目标是否能够得以坚持。我的主要担心在于，由于PIGS四国（指葡萄牙、意大利、希腊和西班牙，这四个国家的英文首写字母合起来意思正好是"猪"）很难自己摆脱积弱的经济表现，以至于欧央行最终不得不放松货币政策来拉他们一把。

成为欧元区一员后，葡萄牙的借款成本大幅下降，提振了20世纪90年代后期的经济增长，失业率一度降到3.8%。与此同时，过热的经济导致了通胀压力，降低了国内产品相对于进口品的竞争力，并导致经常账户恶化。葡萄牙在1995年经常账户还是平衡的，到了2000年账户赤字已经占到当年国内生产总值的10%。截至2008年一季度，葡萄牙的经常账户赤字仍占国内生产总值的8%，失业率则攀升到7.6%，经济增长明显减速。西班牙和希腊的情况也与其类似。西班牙的经常账户赤字2007年达到了国内生产总值的10%，希腊更是达到了国内生产总值的12%。意大利的情况也不容乐观：实际有效汇率高企、经常账户逆差以及经济增长滑坡，并且意大利没有赶上欧元区成立之初的繁荣。

处于困境的国家很容易将困难归咎于欧央行和欧元，并会施压要求降低利率。然而，就欧元区其他经济体来说，放松货币政策没有必要。东、西德合并后，德国的工资增长一直低于物价上涨，竞争力因此得以提升，经常账户从赤字状态稳步改善为2007年的顺差，占国内生产总值的6%。奥地利、芬兰的经济表现也较为强劲。

这意味着，欧元区内部这样那样的区别，使其看起来并不合适作为一个最优货币区而存在。然而，支持欧元区的人也可以说，即使是美国也存在着明显的地区差别。中国更是如此，各地区在财政和物价上的差别很可能要大于欧元区各国的差异，这不也没影响给不同脚穿上同样尺码的鞋子吗？

问题在于两方面：在经济上，美国各州或中国各省间，存在更强大的财政转移支付能力,竞争也更为充分,这些条件是某区域丧失独立货币政策和汇率后,应该具备关键性的调整机制。在政治上,欧央行会受累于其令人羡慕的独立性。如果PIGS四国仍旧持续低迷,那么来自法国和意大利的压力将会剧增。令人担心的是,出现这种情况时,欧央行还能否不计成本地执行强硬的紧缩政策。欧央行不像德国央行那样能够获得政治支持,所以很容易在政治压力下作出让步,结果将是宽松的货币政策以及一个弱势欧元的时代到来。

# "去全球化"危机考验中国智慧

矫枉必过正。金融危机之中,疲于应对全球经济衰退的各国政府先后设置了诸多贸易壁垒,竞相保护本国重要产业。比如美国刺激方案的一些条款,要求接受救助的资金优先保障美国本土企业市场和美国工人就业。一段时间以来,俄罗斯推出了28项上调进口关税以及补贴本国出口的措施,另外还有多项措施正在规划之中。欧盟也一改以往的做法,开始收紧贸易规则,重新为牛奶出口提供补贴,指控中国生产的螺丝和螺母以低于成本价的价格在欧洲倾销,以便将这些产品拒于欧盟市场之外。

这些迹象表明,各国应对危机的反应正在从市场层面的去杠杆化演变成政治层面的去全球化。这似乎是一个顺理成章的选择。首先,治理危机急需的全球合作热情并没有被点燃,反而在20国峰会和达沃斯论坛上消耗殆尽,各国被迫转向依赖与邻为壑式的自保政策。其次,这些条款看上去具有一定合理性,很容易被人接受。人们会问,假如美国花钱刺激经济,为什么要让别国的企业和工人受惠呢?这些新机会是刺激方案创造的,不存在抢别国市场和饭碗的嫌疑。因而,要求获得救助的公司需要优先购买美国货物和雇佣美国工人,没什么不妥,这是保证肥水不流外人田的必要措施,反而会鼓励别的国家也出台政策扩大各自的国内需求。

问题是,其他国家看到的是,欧美等国正在树起保护主义的旗帜,对进口商品和服务执行了实实在在的抵制政策,别国的商品不能进入美国市场,不是因为没有竞争力,而是不被许可。这将不可避免地导致连锁反应,全世界都将倒向保护主义。

保护主义与经济学原理格格不入,自由贸易被证明能增进各方的利益。崇尚贸易自由是经济学与生俱来的理念。分工和交换使得现代社会比自给自足的农耕社会享有更高的物质文明。一国把自己封闭起来,无异于一个家庭重新开始自给自足,这几乎难以想象。之所以有人会反对自由贸易,是因为确实有人因此受损,但其损失要小于其同胞的获益。进口钢铁会导致钢厂减产,工人失业,但却降低了国内用钢企业的成本,进而增加消费者福利。这与石油价格下跌是一样,我们不应当为了国内石油企业的利益而阻止进口更便宜的石油。事实上,某个(些)国家有可能顶不住部分利益集团的压力,出台保护措施。而当一方施行单边保护主义时,其他国家就会处于不公平的地位,贸易的共赢特征也就立刻变质。这就是保护主义具有高度传染性的机制。

正如理论预言,保护主义也被历史证明是加剧衰退而不是缓解衰退的催化剂。1930年的全球经济就如今日一样摇摇欲坠,当时的美国国会通过了《斯姆特—霍利关税法》(*Smoot-Hawley Tariff Act*),该法案将2000多种进口商品关税提升到历史最高水平,这实质上就是停止了美国进口。当时美国国内有1028名经济学家签署了请愿书抵制该法案,遭到国会和胡佛总统的拒绝。《斯姆特—霍利关税法》筑起了世界史上最高的关税贸易壁垒,挑起了世界关税大战。在该法案通过之后,许多国家对美国采取了报复性关税措施,使美国的进口额和出口额都骤降50%以上。全球贸易也因此急剧下滑。多数经济史学家们现在得出结论,该法对1929—1930年大萧条的深化和持续负有很大责任。

对此,中国应从一个战略的高度应对去全球化危机。一是积极抵制保护主义思潮的蔓延。作为全球化的最大受益者,全球金融危机意味着全球化的危机,贸易保护主义的高涨将直接威胁到我国的根本利益。中国应坚持全球化战略,宣扬自由贸易理念,慎重与他国开展贸易战。实际上,全球化和自由贸易才是大势所趋,符合人心所向。在这个立场上,中国与国际贸易组织等国际机构目标一致,可以加强合作。

二是明确而审慎应对国外的贸易指责。针对中国的诸多舆论施压通常是经不起推敲的,中国应给予正面回应。日前,美国新任财长盖特纳发表了他那广受关注的有关人民币汇率被操纵的书面评论。在此之后,美国国债价格出现下跌,收益率上升。事实上,如果中国把盖特纳的话当真,长期利率将会上升更多,因为人民币加快升值意味着中国应减少美元的持有。而这显然不是美国现在愿意看到的。在美国财政赤字如此严重的情况下,一国的财长在指责自己的最大债权人时,应该倍加小心。正如IMF首席经济学家布兰查德所说:"人民币并不是当前危机的关键之处,考虑到这点,现在不是揪住这个问题不放的时刻。我们应该关注的是其他许多事情。"这也表明,美国的指责更多的是象征意义上的,我们能作出充分的澄清,因而不应该在行动上反应过激。

三是实施区别化对外开放政策。一方面,更多地通过双边谈判来解决与发达国家的贸易摩擦,尽量减少直接针对中国的贸易壁垒的出台,利用集中采购等手段保证中国商品的海外市场空间。另一方面,将对外开放重心向中低收入的发展中国家倾斜。这些国家有着巨大的潜力,中国的产品能有更直接、更广泛的市场。积极加强与包括非洲拉丁美洲在内的欠发达国家的交往,中国有望在发达国家复苏之前,建立起公平贸易和对外合作的良好形象。

四是鼓励和引导外向型企业开拓国内市场。中国还是个中低收入国家,绝大多数家庭的生活水平还很低,有着广阔的市场潜力。中国经济进一步发展最简单的转变在于,中国人生产的商品更多地供给自己消费。这不像说起来这么容易,但政策面正在这方面形成合力,也需要企业层面的努力。

金融危机带来的伤害是巨大的,其中包括价值体系。各国正在打破自己在全球化中的链条,退缩到鲁滨逊式的经济孤岛上舔舐伤口。然而,中国对于闭关锁国有着更深刻的体会。我们知道全球化和对外开放给中国带来了很多,也应该坚信将会带来更多。

# 微型滞涨魅影浮现

各界人士对中国宏观经济的判断争议颇大。奇怪的是，争论的焦点似乎不是经济增长和物价的大致趋势，而是如何定义这些趋势。

首先在判断上就出现了明显分歧。最近通缩的观点颇为流行。众所周知，通缩即通货紧缩，指的是一般物价持续明显地下降，是与通货膨胀相对应的一种状态。在物价还在温和上涨的情况下，说通缩已经发生，实在令人费解。仔细辨之，通缩论其实主要是指当前经济增长的下滑，尤其是房地产领域的调整，而不是指物价的下降。我以为，把实体经济增长的回落定义成通缩，并不恰当。通缩论者认为，经济增长回落和物价下行会是同一过程，将增长放缓称为通缩没什么不妥。但这一点并非绝对如此，因为忽视了滞涨的可能性。有关部门不建议用滞涨这个词，因为 2010 年下半年经济增速不会掉到 8％ 以下，所以不能说经济增长停滞。我认为，在边际意义上，我们正处在一个微型滞涨的格局。提到滞涨，只是为了比较方便地描述物价抬升、增长下降的组合现象。

这些数据总体而言还是相对理想的，并有望得到延续。这使得近期的政策有可能进入一段观望期：加大紧缩性政策力度没有必要，但显然也没有转为放松的必要。

通货紧缩在中长期出现的可能性也不大。中国的经济增长或将会略有放缓，总体上会回到危机之前的格局，即宏观经济的波动性较 20 世纪 90 年代中期以前大幅缩小。20 世纪 90 年代中期以来，大量劳动力进入制造业，推动了经济快速增长，而由于劳动力的相对过剩，普通工人的工资水平在 2004 年之前几乎没有上升。工资水平的上升落后于劳动生产率的提高，导致剩余积累向企业和政府部门集中，家庭在国民收入分配中的比重有所下降。此外，20 世纪 90 年代以来，中国的资产部门发展迅速，房地产业、证券业和商品市场的容量较快扩张，中国一直都较充裕的货币供应主要进入了这些领域，使得一般物价水平相对平稳。

上述原因使得中国的货币供应增长并未直接造成物价压力，在有些时期，中国的货币供应甚至与物价变化是负向的关系。此外，所谓的"巴拉萨—萨缪尔森"效应也未在中国应验。这个效应指出，像中国这样的劳动生产率较快上升的经济体，要么出现名义汇率的上升，要么国内发生明显的通胀，而在很多时候这两个情况都没有在中国发生。

中国劳动力市场出现的一系列迹象表明，中国的用工成本正不可避免地上升，这会是一个相当缓慢的过程，但其影响将是系统性的。受其影响，中国的经济增长将回到一个相对较低的平台，而通胀压力会有所上升。未来货币供应量和物价上升的关联相对而言，会变得更加紧密；而巴拉萨—萨缪尔森效应可能会有所显现。这些情况将进一步阻止物价出现系统性下降。

欧洲债务危机不足以造成全球实体经济的二次探底，与私人部门的债务危机相比，政府债务危机会得到更为合理的化解，其对经济增长的冲击基本上还是间接性的。因为至少从短期看，创造财富的是企业而不是政府。但政府债务危机通常需要更长的时间来消化，这意味着其负面影响会持续很长时间。当私人企业出现违约时，股价会急剧下跌，甚至会破产重组，其风险释放集中而彻底。这一过程通常不会在主权国家出现，政府会通过削减财政支出和温和通胀来缓慢消化债务问题。

欧债危机也显示，全球经济远没有出现确定性复苏，经济金融的深层次风险还有待释放和出清。IMF首席经济学家布兰查德曾指出，在经济情况良好时，国家财政应努力增加盈余或缩减赤字，以为经济衰退时期创造足够的财政刺激空间。这的确是重要的一点。只是发生债务危机的国家，甚至在危机之前，经济基本面就不尽如人意，财政状况一直不容乐观。而在金融危机期间，随着财政刺激政策的出台，债台进一步水涨船高。

与2008年9月雷曼破产相比，欧债危机对中国的影响更为间接，但欧洲是中国最大的出口市场。2009年中国一季度的出口总量已经达到危机之前的水平，但看起来很难再进一步增长。相比之下，中国在全球贸易中的角色，将更多地以进口大国的身份出现。这意味着贸易顺差将不可避免地从危机之前的高位回落。

注意到上述悲观迹象的同时，还有两点需要补充。一是，未来两三个季度内可能出现的"滞涨"只是边际意义上的，而就整体水平而言，通胀虽然很可能会高于预期，但不会陷入失控状态，经济增长速度会从一季度有所下滑，但仍保持在相当高的水平。只不过，此前"高增长、低通胀"的乐观预期会打些折扣。

二是，相比来说，通胀率的上升比经济增速的回调更值得关注。经济增速的下降总体上是合理的，也是政策调控的结果。当前经济活动已经接近甚至超过潜在水平，再继续扩张有害无益。为此，财政金融刺激手段已经实施"软着陆"，并且有效抑制了房地产业的过热态势。在此背景下，经济增速略有下降符合政策初衷。不过，通货膨胀以高于预期的速度上升，显示出管理通胀预期难度的加大。控制物价过快上涨应该成为政策面下一步的重点。

假定宏观经济按上述逻辑演变，我们来看看当前宏观政策的合理性以及未来可能需要采取的新举措。

中国正采取谨慎而缓慢的退出策略，并时刻关注国内外经济可能出现的不确定风险。为此，政策面主要采取了灵活性较大的数量型工具，实际上几乎所有数量型工具都已开始启用,近来还加强了对房地产领域的调控,股市扩容规模也有所放大。而在价格型工具方面,政策当局似乎还无意引导这方面讨论的升级加码。一个迹象是,在最近一次 3 年期央票发行时,规模虽高达 1100 亿元人民币,但收益率却意外下调了 2 个基点,以此来对冲回笼货币力度加大的影响,并消除市场对加息的猜想。市场各界预期的人民币升值和加息的时间点渐渐来临,但在各国金融市场面临二次探底风险的背景下,冻结这些工具的使用有了新的论据支撑。

对照宏观经济出现的新趋势,我们不难理解这种政策工具趋向的合理性。首先,随着政策刺激力度的减弱,中国经济增长动能也随之下降,这的确意味着内生型增长机制能够将经济增速保持在一个理想水平上。这其中,贸易顺差的大幅下降是重要因素之一。而贸易驱动的增长机制已很难回到危机之前。经济结构更多地转向内需只能是一个循序渐进的过程。在此背景下,政策退出的确需要慎之又慎。

其次,当前政策的合理性还在于,宏观调控政策增加了更多有针对性的手段,这对于处理复杂的经济形势是有必要的。当前经济的主要问题是个别领域过热,政策面通过强力治理产能过剩和抑制房市过度投机,能够在保持政策刺激力度缓慢减弱的同时,解决这些结构性矛盾。我曾经指出,当政策目标多元化尤其是彼此之间存在冲突时,需要启用更多的工具和手段,而不是一边倒的政策紧缩。

从更深层次讲,物价上行的压力还是来自货币的较快发行。物价上涨和货币发行不是随时一一对应的,但长期看来,货币的较快增长总会对物价上涨带来压力。两者的关系有一定的时滞。中国货币政策在 2008 年 10 月份以后大幅放松,但通胀压力在一年多以后才逐渐显现。货币供应最初造成了资产价格的较快上涨,而没有直接流入实体经济和商品市场。随着产能缺口的消失,物价压力才逐步加大。还应注意的是,由于资产价格一段时间以来有了明显的下跌,已经有不少资金脱离资产部门,而金融实体经济流动性在国民经济分布结构的变化,也将加大一般物价上涨的压力。

有待讨论的是,当前这种政策思路对于处理可能出现的微型"滞涨"局面是否有效,抑或需要做出某些调整。在这里我特别讨论以下两点。

首先,总体来看,中国政策退出的步伐似乎还滞后于实体经济周期的上升,加息和升值应在政策工具考量范围之内。尽管发达经济体复苏进程中最近出现的不确定性会推迟其政策退出的时间,但也要看到不少国家已多次加息。中国应对危机的宽松政策推动了去年资产价格出现了明显上涨,在其增势放缓之后,正在对一般商品价格带来愈加明显的上升压力。当前货币供应增速和信贷增速同比均在下降,但存款活期化的特征明显。这是通胀预期增长的一个信号。

其次,有效控制财政金融之间的风险过度。发达经济体的主要风险点已经从私人部门转移到了公共部门,这是经济危机及其刺激政策的自然结果。尽管中国没有类似风险,但政府的显性和隐性债务已被广泛关注。中国政府债务值得担忧之处不仅在于其规模较大,还在于其不透明性。割裂财政金融之间的风险问题,需要一个系统性的改革工程。

2010年的一组宏观经济的数据总体而言将是无可挑剔的,但这并不能代表一切。在中国相对平稳的经济状况之下,隐含着诸多问题和矛盾。我以为当前的经济环境能够承受一些深层次的体制机制改革。资源价格体制改革和收入分配体制改革会在一定程度上增加通胀压力,产能过剩和节能减排也会降低经济增速,但从宏观经济的角度,这些影响应该还是可控的。

# 黄金盔甲掩盖下的人性弱点

几天前,一个朋友对我说,我们正在经历一个平民可以迅速暴富的时代,这是中国几千年来未曾有过的现象。当然,他指的是股市的繁荣。五一期间,我去了好几个地方,既有较大的城市,也有新兴的城镇,甚至有民风尚淳的乡村。所到之处,股市无不成为津津乐道的谈资。其时,上证指数 4000 点正近在咫尺。

我知道,这就是眼前这个大牛市的群众基础。

精通投资的经济学家凯恩斯曾说过,股票是人类迄今为止最为精巧的一项发明之一。的确,股市不仅是金钱的辐辏之地,也绝对是高智商云集的场所。在我们的印象中,金融市场的参与者个个精力充沛、生龙活虎,他们目标明确,且大多受过良好的教育。然而,这些由绝对信奉理性至上的人群组成的市场却并非绝对理性,它们和我们凡人一样,有着自己的喜怒哀乐。它们无时无刻不在萌发膨胀着非理性的懵懂,并让人们一次次付出沉痛的代价。

你相信吗?一个小小的郁金香球茎竟然导致了世界头号帝国的衰落!

1634 年,荷兰,当时的欧洲金融中心,东方贸易霸主。在舆论鼓吹之下,国民逐渐对郁金香,尤其是黑色郁金香,表现出一种病态的倾慕与热忱。投机商开始疯狂地囤积郁金香球茎以待价格上涨。仅在两年之后,以往看起来一钱不值的郁金香,竟然达到与一辆马车或几匹马等值的地步。而到 1637 年,郁金香球茎的总涨幅已高达 5900％!

有一天,当一位外国水手将一朵球茎(一位船主花了 3000 金币从交易所购得)就着熏腓鱼像洋葱一样吞下肚去后,这个偶然事件引发了暴风雨的来临。一时间,郁金香成了烫手山芋,无人再敢接手。郁金香球茎的价格也一泻千里,暴跌不止。

这种事可不仅在 17 世纪才会发生。或许你会说:哦,这是投机,而不是投资!是的,就投资而言,它仅包括三类:工商企业购买机器厂房的固定资产投资,企业中的原材料、半成品和未销售产品的存货投资,以及投资在住房建筑物上的投资(包括旧房的整改和新房的建造)。所以投资看起来有着十分"正当"的理由:以提供某种产品或劳务为目的;而投机只是为了转手获得差价。

可是,尽管如此,投资和投机之间还有着致命的共同点:都是期望将来能够赚钱。这使得投资和投机有时很难区分清楚——在石油价格大幅上涨过程中,加油站会和投机商有同样的想法:千方百计地增加库存。而且,最为关键的是,投资和投机的购买都不是为了自己消费,而是期望从别人那里获利,并且都必须等到未来某个时候。可是,未来的事谁又能说得清呢?因而,当企业家为扩大生产而大举投资时,就像投机郁金香一样,要冒亏损的风险。

因为预期收益受到许多不确定因素的影响,所以一旦有风吹草动,投资者的情绪很容易相互感染,突然低落,并导致投资剧烈下跌。深谙资本市场的凯恩斯就曾用"动物本能"来解释投资者对未来预期的极度情绪化。荷兰的郁金香事件是一个明证,而下面这则故事也深刻揭示了金融市场上黄金盔甲掩盖下的人性弱点。一位在纽约金融市场的工作人员讲述了下面这个故事,并说:"类似的事其实经常在我身边发生。"

话说在美国北部有一个印第安人部落,这个部落有一位年事很高且经验丰富、聪明无比的首领。他经历过岁月和战火的洗礼,同时也经历了多次寒冬的考验。

当某一年的 9 月再度来临之际,这位首领如往常那样开始领导族人准备过冬的必需品。他对自己说:"现在白人科学发达、文化先进,让我给森林气象局打个电话问问天气,看看这些白人对即将到来的冬天是怎么预测的。这样我就有备无患了。"

于是,他就打电话给了森林气象局:"今年冬天情况如何?你们的预测是什么?"

首领得到了直截了当的回答:"嗯,我们现在知道得并不多,但是可能不容乐观。"

这位首领年纪非常大,有着丰富的经验,他可不想去碰运气,因此他告诉他的族人:"快去囤积些红杉,这个冬天可能有点冷啊。"

一个月过去了,这位首领再次打电话给森林气象局:"现在,你们是怎么预测今年冬天的情形的?"

这次他得到了较第一次更为肯定的答复:"寒冬就在眼前了,赶快准备准备吧。"

听到这话,首领开始担心了,他于是号召他的部落开始采集更多的红杉木。

最终 12 月到来了。为了不出意外,首领决定拨打最后一通电话给气象局:"你们是怎么看待即将来临的冬天的?"

气象局的官员的回答充满信心:"严寒就要来临,今年冬天的情况将非常糟糕。"

就在首领想要挂断电话的一瞬间,他突然想到另一个问题:"那么你的依据是什么?你是怎么知道的呢?"

官员回答道:"怎么知道的?只要看看那些印第安人疯了似的到处收集红杉木就知道了!"

有时金融市场就是如此。因而,预期收益的突然下降并不是什么怪事。

有时,即便寒冬逼近,衣衫单薄的人们相互激励,拥挤在一起维持温度,仍不愿回家,而被围在中央的人甚至对时节的转变一无所知。然而,或许只需一片雪花,就可能致使所有人轰然离场。

眼下,人们看来已接受并欢庆着泡沫时代的来临,即便不少人认为股市下调是合理的,然而却不认为自己的股票会下跌。这正是问题的所在。

# 韩国镜像中的中国金融转型

经济学家熊彼特认为,经济发展是一个创造性破坏的过程。韩国的金融历程改革印证了这一点。伴随着经济的崛起,战后数十年间韩国的金融发展看似风光无限,实则弊端重重,危机四伏,金融改革并未契合经济发展基本面的脚步。金融体制的深层矛盾在 1997 年的亚洲金融危机中以夸张放大的形式彻底暴露出来,幸运的是,韩国的金融体制在变成废墟前实现了涅槃。

反观中国今天的金融体制,看起来与韩国 20 年前的情形颇为相似。中国需要的是韩国金融体制创造性变迁的成果,而希望避免经历一个摧枯拉朽式的破坏过程。因而,我们迫切需要了解这个先发近邻金融改革路径的前因后果。

## 从优等生到问题学生

金融危机爆发以前的韩国金融制度变迁基本上可划分为三个阶段。第一阶段是从第二次世界大战后到 20 世纪 80 年代工业化起飞过程中的金融压抑阶段。此时,整个金融系统服务于政府主导下的快速工业化战略。虽然早在 1950 年韩国就通过立法搭建了银行部门的规范框架,但这些法案未得到切实履行。

第二阶段是 20 世纪 80 年代的私有化和放松管制阶段。20 世纪 80 年代初政府开始用间接信贷控制来取代直接信贷干预,弱化市场进入壁垒,给予银行更多的管理经营自由权,实现地下金融合法化,并允许成立商人银行与短期融资公司。同时,对外开放的力度也较大。政府于 1984 年批准成立了两家与外资银行合资的商业银行,外资银行在韩国设立分行的数量到 1989 年已达 66 个;国外证券公司也被允许设立代表处,并可持有韩国证券公司的部分股份;1987 年,韩国的人寿保险市场也对外国开放,韩国国内金融机构也获准投资海外金融市场。

第三阶段是金融自由化阶段。进入 20 世纪 90 年代,韩国政府认识到此前金融改革的片面性和不彻底性,决定深化金融体系自由化。1993 年,韩币实现了经常项目和资本项目下的自由兑换,同时外资银行在韩国国内的分支机构实现了国民待遇。到 1995 年,外国投资者被允许直接投资于韩国国内股票市场和债券市场,并解除金融机构境外短期借款的限制以及短期外资流动的障碍。

这些大刀阔斧的改革却被亚洲金融危机所打断。韩国的经济在金融危机中遭受了沉重打击和巨大损失。1997 年的后三个月中,韩元对美元狂贬 75%,股市暴跌 70% 以上,外汇储备锐减至 40 亿美元,多家大企业和银行倒闭,1998 年韩国经济增长出现了历史最低点 -6.7%。韩国从学习美日的"优等生"变成了"问题学生",紧急向国际货币基金等国际组织申请了全方位援助。

## 从金融改革到金融危机

实际上,危机前的韩国金融改革看似顺风顺水,实则暗藏诸多问题。亚洲金融危机只是个外因,它是通过韩国金融体制内的种种内因起作用的。韩国危机前的金融体制与金融危机之间存在着密切关联。

首先,金融体制不健全,官办金融色彩浓厚,财阀介入金融机构经营。长期以来,韩国实行"官制金融",政府将金融业作为执行宏观经济计划和产业政策的工具,直接控制银行的信贷经营和市场交易活动范围等。银行出现大量"人情贷款"、"优惠贷款",形成"银行超贷"、"企业超借"现象。资料显示,从 1993 年起,韩国政府干预性贷款占主要银行贷款总额的 60% 以上。仅 1997 年上半年,韩国政府就强迫商业银行、综合金融公司向 5 家濒临倒闭的企业集团提供贷款 22 万亿韩元(占全年货币供应量的 10%)。

其次,金融开放失序。韩国至 20 世纪 90 年代起,大幅放宽外国投资国内证券与债券市场,但为保护国内企业,外国直接投资、企业海外借款等企业筹资管制则未放宽。结果是,金融机构承借巨额短期外债,融通国内企业的长期资金需求,此种以短支长、依赖外债的做法,导致企业财阀的财务结构明显恶化,金融机构呆账增加。

再次,僵化的汇率体制和持续的经常项目逆差。联系汇率制使韩元自 1995 年以来到 1997 年一直处于高估状态,与此相对应的是这三年的经常项目一直逆差,并在 1996 年达到创纪录的 237 亿美元,相当于当年国内生产总值的 4.9%。为了维持国际收支平衡,只能求助于资本项目下的外资流入。

最后,对外负债过多,债务结构不合理。韩国在经济发展过程中,国内积累不足,经济增长的重要资金主要依赖外债。截至 1997 年 11 月,韩国的外债余额达到 1569 亿美元,并且中短期债务比例过高,一年内到期的短期债务占 2/3,仅 1998 年 3 月底前需偿还的债务就高达 216 亿美元,在全球各国短期债务余额中所占比例最高。

## 从金融危机到金融自由化

韩国政府认识到,金融危机爆发的导火索虽是国际金融投机导致的外汇储备短缺,但本质上是本国低效畸形的金融体系所致。为此,从 1997 年 12 月起,韩国接受国际货币基金组织(IMF)583 亿美元的援助后,遵循 IMF 和世界银行提出的一系列措施,开始进行全方位的金融改革。

为恢复其金融业的国际信誉,韩国按照 1997 年底与 IMF 达成的协议,果断关闭了无力清偿债务的 14 家商业银行和 2 家证券公司。在 1998 年 6 月,韩国政府又关闭了 5 家资金严重不足的商业银行。同时拿出大笔资金,重组有挽救余地的金融机构。截至 2004 年 4 月底,韩国政府为金融机构重组共投入了 165.5 兆韩元的公积金,这接近韩国国内生产总值总量的 1/4。

为改善资本项目开放失序等问题,政府实行了更加彻底的金融自由化。从 1999 年 4 月起,金融机构承办外汇业务不必经过审核。除外国人在国内金融机构开立一年期以下的韩元存款、未委托证券公司下单的海外证券投资,以及直接与海外金融机构订立衍生金融商品契约等外汇交易仍受限制外,其余外汇交易均已自由化。至 2000 年底,除国际犯罪、洗钱与赌博等外汇交易外,资本项目全面自由化。

并且,韩国还加速引进外国直接投资。韩国政府修改外国投资法规,采取租税奖励与设立投资园区等措施,目前在 1148 个部门中,仅剩 31 个部门(如国家安全、公共卫生等)未完全对外开放。

与此同时,为缓和国内储蓄不足,韩国政府陆续开放债市、股市与货币市场。债券市场:1998 年底,政府公债、公共债券与公司债券开放外国投资。货币市场:1998 年 2 月放宽外国投资短期金融工具限制,1998 年 5 月开放金融机构发行定期存单、附回购协议。股票市场:1998 年 5 月,取消外国投资股市比例上限,并允许恶意并购,外国投资国有企业的股权上限由 25％提高为 30％。

在国内金融市场方面,韩国加速促进金融市场深度化。为加速不良放款的处理,并提高金融机构资金募集的能力,韩国致力于营造健全资产证券化的法制环境,建立资产证券化制度,并促进法人机构的发展,以扩大、活跃资本市场;发展债券市场扩充债券种类,设立信用评级机构,增强债券市场的流动性。

## 韩国镜像中的中国金融转型

2008 年是中国改革开放 30 周年,这是回顾和展望金融体制改革的合适时机,而把韩国走过的历程当作镜像,能够提升我们回顾和展望的效率。

金融改革路径无疑是植根于整个经济体制变迁之中。总体而言,与韩国相比,中国金融体制改革进展较为迟缓。顺承中国的渐进式改革,我国的金融部门改革也力求在稳健的前提下推进,在一定意义上承担了整个经济体制改革的支撑力量。

中韩两国金融体制转型的初始条件较为相似,只是中国金融体制经历了比韩国更为严重的金融压抑时期。从新中国成立到改革开放之前的几十年间,中国的金融体系基本上是一个高度集中的计划金融体系,最基本的特征是"大一统"的银行制度,人民银行自 1948 年成立之后就一直是全国的信贷中心、结算中心、货币发行中心。

1978—1984 年金融改革进入准备与起步阶段。陆续恢复和设立了专业银行机构,中央银行功能初步独立,商业银行信贷资金主要来源于吸收储蓄,而不再是"统存统贷"。1985—1996 年是转变与探索阶段。1995 年,《中国人民银行法》颁布,中央银行制度得以巩固;陆续恢复和成立了一批商业银行,如交通银行、中信实业银行、民生银行等;发展了一批非银行金融机构,包括农村信用社、城市信用社、信托租赁机构等;组建了一批保险公司;证券业快速崛起。

1997 年以来,中国金融市场化改革才有所加速。1999 年相继成立了四家金融资产管理公司,实施金融不良资产剥离,启动资产证券化;完善分业监管体系,初步实现调控和监管分开。1998 年,证券、保险市场的监督管理从人民银行独立出来,划为证监会和保监会监管,2003 年银监会从人民银行金融监管体系中独立出来。

在对外开放方面,1996 年 12 月 1 日,中国正式向国际货币基金组织承诺接受第八条款,人民币在经常项目下实现自由兑换。2002 年、2003 年 QFII 和 QDII 分别启动，资本项目开放也打开了两个可控的口子。2005 年 7 月 21 日，人民币汇率市场化改革迈上了新台阶。2004 年以来，中国四大国有商业银行陆续获得汇金公司的注资，除农业银行外，均已在国内外上市。

综观中韩两国的金融改革路径，韩国主要是在"华盛顿共识"框架下推进的，国际组织对照国际主流成熟金融体制，制定一步到位式的改革策略，以期在较短的时间里让整个金融体制走上较为规范的轨道。显然，这个策略并不能在所有国家都获得成功。俄罗斯和拉丁美洲部分国家并不成功的实践就证明了这一点。鉴于中国计划金融体制的长期积弱以及整个经济社会系统的错综复杂，我们也不可能跑步进入成熟金融体制国家之列。迄今为止，渐进式的改革在经济领域是成功的，在金融领域也是如此。

然而，我们不得不承认，我国的金融体制改革已经明显落后于经济发展的需要。经济学家萨克斯认为，中国改革虽然总体上看上去是所谓渐进式的，但有时却是相当激进的。比如，农业改革在全国范围内是被迅速推进的。某些金融改革也是如此。显然，在整体渐进的同时，我们还需要更多大胆的突破。在这些方面，韩国是我们值得考量的案例。

第三部分

## 货币政策之思
### ——动荡岁月，面纱还是权杖？

# 导　言

　　罗斯柴尔德说：只要我能控制一个国家的货币发行，我不在乎谁制定法律。有很多人相信，美国最有权势的人不是总统，而是美联储主席。

　　在危机动荡的岁月，中央银行及其货币政策的重要性无以复加，手握大型金融机构的生死大权，乃至能左右一国经济大船的航向。然而，在现代经济学诞生之前，有关货币仅是覆盖在实体经济之上的薄薄面纱的学说就已经大行其道，并一直传承到今天。

　　对中央银行家来说，资产价格高涨，而一般物价稳定可能是货币政策最难应对的局面之一。当格林斯潘在 1997 年被问及这一问题时，他直白地表示，他不知道该如何去解决。

　　事后也证明，美联储的确没有成功地应对这种挑战。20 世纪 90 年代的美国股市在新经济和高科技浪潮的推动下，经历了一轮大牛市。与此同时，一般物价水平却保持在低位。美联储迟迟没有找到启动紧缩周期的依据。导致其决策出现偏颇的主要原因在于，美联储主要盯住的是非加速通货膨胀失业率、生产率、通胀率以及产出缺口等。将这些指标与当时的货币政策对照起来看,美国货币政策的方向、节奏和力度均契合经济周期。问题在于,这些指标对于货币政策来说具有明显的滞后性。最新公布的指标反映的是若干个月之前的经济状况,而货币政策效力通常要在两个季度之后的一年时间内才能释放。这使得紧盯实体经济周期的货币政策极容易产生超调。与此类似,在2000年高科技泡沫破灭的初期,经济仍在高速增长,失业率走低,通胀压力高企。这些关键变量为紧缩政策提供了切实依据。

日本是另一个备受关注的案例。资产价格泡沫在1990年破灭之前,一般物价平稳,日本央行因此将利率保持低位,以刺激出口和经济增长,但最终尝到的是泡沫崩溃的苦果。

中国的政策也将面临类似风险。在经济已经强劲反转的同时,物价仍在负增长,货币政策只能继续保持宽松。但这将刺激资产价格进一步走高。可以说,这样的环境或许是资产价格膨胀的机遇期。

不存在通货膨胀但资产价格高涨时的困难在于,央行面临相互冲突的两个目标,而只有一种工具。央行通常选择的是,以宽松政策刺激经济增长,坐视资产价格走高。历史经验显示,长期来看这种政策的风险是很大的。政策面应正视这种风险,并认真着手应对。政策学表明,要想实现两个政策目标,通常需要两个以上的政策手段。一个可供选择的替代政策框架是,在货币环境继续保持适度宽松的同时,采取灵活手段抑制资产价格的泡沫化,并出台系统性的财政政策、产业政策相配套,引导流动性进入实体经济领域。

与其他主要经济体相比,中国经济已率先复苏,资产价格涨幅较大,通胀压力也将较快到来,这要求国内相关政策要提前紧缩。货币政策渐进微调,能起到边际意义上的改进,回收部分过多的流动性。

各方政策应更加关注资产价格。资产价格的大起大落,日益成为经济周期的重要诱因,并会危及金融稳定。此外,资产价格的大幅调整在多数时候是经济的领先指标。次贷危机之后,监管趋势是向投资银行基金等影子银行系统扩展。对这些传统银行业之外的金融机构提出更高的稳健性要求,是为了限制泡沫的过度膨胀。我国也应该将资产部门变动更多地纳入到政策考量之内。

# 央行救市应把握最后贷款人角色之度

## ——危机中的货币政策笔谈之一

很多人以为，如果瓦尔特·白芝浩（Walter Bagehot）在世，他一定赞同本·伯南克现在的做法：央行应扮演好最后贷款人的角色，因为白芝浩在历史上首次系统地阐述了最后贷款人的思想和政策操作。然而，事实并非如此。

为应对百年一遇的金融动荡，美联储率大幅降低贴现利率和基准利率，并且还和全球其他主要中央银行一道，向世界金融市场注入了数以万计的救市资金。为此美联储创新出大量注入工具和危机救助政策，目的就是要通过自身资产负债表的扩张，将流动性推向金融机构和金融市场。

或许不少人猜测，白芝浩很可能会劝说伯南克（美联储主席）走得更远。在1873年出版的《伦巴德街》（*Lombard Street*）一书中，白芝浩详细地阐述了他关于央行最终贷款人的观点：在有良好的抵押物的基础上，英格兰银行应该随时准备以高利率向商业银行提供无限量的贷款。实际上，早在1866年9月白芝浩就在报纸上公开了这一观点。以高利率进行无限制的贷款？其时，英格兰银行的一位董事将其言论称为"本世纪以来货币和银行领域中所冒出的最恶劣的教条"。不过，这一论点最终对中央银行职能的演进产生了重大影响,已成为近代中央银行的信条之一。

白芝浩是谁？白芝浩,1826 年出生于一个银行世家,母亲来自从事银行业的斯塔基家族,父亲 T. W. 白芝浩是斯塔基银行总部的经理人。1848 年,22 岁的白芝浩毕业于伦敦大学,获硕士学位;此后他又专修了三年的法律,获得律师资格,但是并没有成为一名律师,而是进入了他父亲的银行业。1858 年,他与曾任英国财政大臣、且是后来闻名世界的《经济学家》杂志创办人的詹姆斯·威尔逊(James Wilson)的长女结婚,两年后,威尔逊去世,白芝浩接管了《经济学家》,担任第三任主编直到 1877 年辞世。

白芝浩是真正让该杂志家喻户晓的关键人物。他博学多才,个人禀赋加上诸多方面的家族渊源使他在众多领域都有建树。他是影响至今的法学家、金融学家、道德哲学家和政治专栏作家。正是基于涉猎广泛,白芝浩将《经济学家》的触角由经济领域延伸到广阔的政治领域。在政治学领域,白芝浩是当时最著名的政论作家,他为后世留下的名著《英国宪法》,实际上就是他专栏文章的集结。

尽管世界主要央行的救市努力至少可以在白芝浩那里找到依据,但问题是,白芝浩从未建议过中央银行应降低成本甚至无成本地向商业银行提供流动性。现在,世界主要央行致力于向银行体系注入流动性,实际上是不计成本地向商业银行提供定量贷款;而美联储降低再贴现率,则向银行敞开了以较低成本向央行融资的大门;如果进一步下调基准利率,美联储实际上是在帮助银行相互之间以及向社会以较低的成本融资。由此来看,中央银行在眼下次级债危机中所扮演的最后贷款人角色,其实并不符合白芝浩的原意。

伯南克有自己的理由。对于大萧条时期美联储施行的货币政策,伯南克有过深入的研究。当问及他何以对大萧条如此着迷时,伯南克回答说,"如果你想要了解地理学,就去研究地震。如果你想要理解经济,就需要研究大萧条"。是的,伯南克是对的。显然,伯南克关于大萧条和其他金融危机的研究已经让他确信,美联储的任务不仅是控制住通货膨胀,还在于应对市场的剧变。伯南克认为,美联储正在经历类似的尖峰时刻。

可是，背负承重债务的美国所必须面对的现实是，每年需要从国外吸收8000千亿美元，其途经无非是借债或是售卖美国的资产。凡是认真思考问题的人都会同意，如此巨大的不平衡决不能就此延续下去。从这个角度说，调整势在必行。如果降低融资门槛甚至放弃任何惩罚机制充当最后贷款人，调整过程将被人为终止，风险偏好的投资者和不思储蓄的消费者都将受到鼓励，并可能推起新一轮泡沫。经济景气周期就像股票市场，没有一"牛"永逸的股市，也没有总处于上升通道的经济增长。中央银行的任务是防止经济增长由不景气转变成经济衰退，但绝不是取消每一次的经济回调。最后贷款人角色并不是要求央行充当"老好人"：不管是谁，不管何种原因，只要没有钱了，中央银行就要立即把钱送上去。白芝浩之所以要强调高利率和抵押物就是附加一种惩罚性融资条件，同时借此分辨出银行资产的好坏。不能够满足贷款条件的，央行有理由将其拒之门外。

是的，作为中央银行，在金融市场出现动荡时袖手旁观，是需要承担巨大的外部压力，也要抵制力挽狂澜的内在诱惑。实际上，就连刚刚走马上任的国际货币基金组织总裁罗德里戈·拉托近日也表示，基金组织目前正在着手建立"及时和高度自动化的"贷款机制，更加灵活的措施将阻止金融市场危机的发生，希望能够在有经济体需要的时候及时提供帮助。然而，中央银行必须有自己的原则。

最近重温经典，再次叹服于货币主义大师米尔顿·弗里德曼的智慧和雄辩。在就任美国经济学会主席一职时，弗里德曼以《货币政策的作用》为题在会刊《美国经济评论》上发表了主席通讯。他指出，人们对货币政策的理解似乎总是有失偏颇。当经济顺风顺水、平稳运行时，人们把功劳归为中央银行；当经济出现波动衰退、不能自拔时，人们又说是货币政策惹的祸。在大萧条之后，货币政策被贬得一文不值，似乎只有积极的财政政策才能经世济民，将世界从流动性陷阱解救出来。可是，货币政策的首要职责在于为经济运行提供一个稳定高效的环境，而不是熨平所有的经济波动。毕竟，本质上说，中央银行不是救火队。

# 次贷危机探源：太阳黑子还是政治需要？

## ——危机中的货币政策笔谈之二

长期以来，经济学家致力于发展各种理论来理解经济波动。在我看来，在这些理论中，有两种最为有趣：太阳黑子论将周期归为人类不可抗拒的因素，而政治经济周期理论将经济波动视为政治需要的结果。

130年前，以效用理论闻名于世的英国大经济学家威廉·斯坦利·杰文斯（William Stanley Jevons，1835—1882）发表了他对经济周期的看法。与众不同的是，他以太阳黑子的活动来解释商业循环的周期，并在这一理论上永远地烙上了自己的名字。当时的科学家发现了太阳黑子每11年发作一次，而在杰文斯生活的那个年代，商业危机每10年或11年发生一次：1825年，1836—1939年，1847年，1857年，1866年。难道这中间就没有什么联系吗？凯恩斯在为杰文斯而作的传记中写道了杰文斯自己的疑虑："我很清楚，"杰文斯曾这样说，"这样的思路看起来太过牵强并且像是精心编造的，然而最近50年中，金融危机发生得如此有规律性，看来这样或那样的解释都是可靠的。"经过深思熟虑后（他曾一度撤回过论文），杰文斯的论文发表在著名的《自然》杂志上。

那么，太阳黑子能解释当前的金融动荡吗？似乎尚未有此高论问世。不过，换个角度看，杰文斯的这个假说似乎在提醒人们经济周期是"自然灾害"，经济学家应该放弃研究。就经济学的发展而言，近20年风靡一时的真实经济周期理论也是在论证，经济波动是在技术革命、各类灾难等冲击下，行为人理性选择的结果，因而没有什么残局可供政府收拾的。

然而，大多数经济学家并不这么看。至少有一些学者认为，有时经济波动可能是政策当局人为操纵的。当前席卷全球的信贷危机就是这样的例子。

近期很多学者认为，格林斯潘时代的美联储应该对当前信贷市场的泡沫负责。2003年中期，美联储将基准利率降到1%，并维持长达一年之久，由此催生了房地产市场的泡沫，而现在的困境只不过是那些泡沫的破裂罢了。在央行高层人员最近召开的 Jackson Hole 会议上，斯坦福大学的约翰·泰勒（John Taylor）谴责美联储在2002—2006年采取了过分宽松的政策。泰勒是"泰勒规则"的提出者，他将货币政策与产出和通胀的变动联系了起来，并主张将真实利率作为主要的货币政策工具。另一些批评家则把20世纪90年代的股市泡沫部分地算在格林斯潘的头上，认为他本来可以通过抬高利率作出更大的贡献。

对此，格林斯潘会说什么？以闪烁其词而著称的他这次并未发表只言片语。从美联储位子上退下来之后，格林斯潘依旧风光无限。他忙于发表演说，预言全球经济，评论货币政策，一个月前又开始担任德意志银行的高级顾问。当然，重回银行业，对他来说仅是从操旧业。无论如何，至今为止，在他价码惊人的各种演讲中，我们没有听到他作出任何形式的回应。

谜底最近得以揭晓。格林斯潘的回忆录：《动荡岁月：一个新世界里的历险记（ *The Age of Turbulence : Adventures in a New World* ）》即将问世，回忆录大部分内容写于其退休之后、当前的信贷危机发生之前。《华尔街日报》近日刊登了其中的少量内容。令人匪夷所思的是，格林斯潘早已预见了今天金融市场的结局，并作出了辩护：

"我们是想排除出现破坏性通货紧缩的可能性。"格林斯潘写道，"即便我们可能因降低利率而催生出我们最终必须承担的某种通胀泡沫，不过我们愿意这样做。那是正确的决策。"

那么，在格林斯潘的眼中，骂名应该由谁来背负呢？显然，问题的关键在于解释低利率的成因。因为，低利率对泡沫的产生负有不可推卸的责任。答案是20世纪后期的社会主义体制的动荡和剧变。20年前，苏联以及东欧国家放弃社会主义制度，在此背景下，中国和印度等人口大国也更加坚决地摒弃计划体制，转而放开管制，发展市场经济。由此带来的影响是，在全球劳工市场上释放出数以亿计的低成本劳动力，将工资和物价拉下，并将长期利率拉低。剩下的故事当然就顺理成章了。低利率刺激了股市、房地产等资产部门的泡沫，是泡沫当然会破灭，金融危机当然也就会随之而来。

因而，在格林斯潘看来，当前的泡沫是一个无法抗拒事件的结果，就像太阳黑子的活动一样，或者像真实经济周期理论家所说的那样。

历史无法假设。我们永远无法得知格林斯潘如果不那么做经济是否会因而衰退。但我们可以说的是，如果事实如很多经济学家所认为的那样，美国乃至全球资产泡沫是长期低利率政策所造成的话，那么这些成本要由当前的美联储而不是由决策的发出者格林斯潘来承担。从回忆录中，我们有理由猜测，在作这些决定时格林斯潘真的预见到这一事实：宽松货币政策所造成的乱象出现时，自己已荣归故里。

是的，格林斯潘是以胜利者的姿态交出货币政策权杖的。在他长达近20年的任期内，美国经济享受了一段低通胀和低失业率的美好时光，前后只发生过两次轻微的衰退。在他任职期间，全世界都随时准备聆听他那含糊其辞的演说，渴望从他的举手投足和一颦一笑中得到些许暗示。长期以来，人们已习惯于关注他的健康，因为这很可能会影响到他的情绪,进而对货币政策转向产生"蝴蝶效应"。

这种臆想或有以小人之心度君子之腹的嫌疑,但有一种经济周期理论令人信服地指出了这种可能性,即政治经济周期理论。这一理论指出,当局者在政策制定过程中的"私念"可以成为经济周期的重要诱因。在任者为了赢得连任或退休时的声誉,倾向于在当权时采取扩张性政策,此时有效需求受到刺激,产出就业得以扩张,但由此导致的物价和泡沫通常要经过一段时间才能显现。而当通胀真正来临或泡沫真正破灭时,执政者已经成功连任或已退休。

当时的格林斯潘可能正面临此种诱惑:低利率政策的后果由后人来承担,迷人的经济表现和无限荣光由自己享有。格林斯潘暗示自己曾知晓今天的困境,并坚持说"那是正确的决策",但对于后继者和承受损失的投资者来说,答案可能不是如此确定。

不过话说回来,如果换作是你,你会怎样做呢?

# 货币政策战争

## ——危机中的货币政策笔谈之三

我还清楚记得第一次见到《货币战争》时的场景。那是在三年前的一个下午，它静静地躺在校园书店的显眼位置，旁边既有马斯科莱尔等人写得《高级微观经济学》这样的高深教科书，也有《经济指标解读》这样的畅销书。那个时候，我还忙于博士论文的统撰，脑子里塞满了模型和数据，对逻辑和证据的苛求显然使我打量书籍的眼光产生了严重的"路径依赖"。结果，《货币战争》这本书在我手中只停留了不到 5 分钟。

我就这样忽略了一本"有影响力"的书。最近一段时间以来，我不得不重新回到这本书。不仅朋友们会聊起它，单位的同事也会谈论它。前几天在电话中，有位供职于杂志社的朋友甚至提出一个令我意外的问题：《货币战争》是否影响到了中国的金融改革尤其是汇率改革的进程？

这位朋友的意思是，《货币战争》出来后，西方主要媒体都给予了高度关注，并且几乎无一例外，都联系到了中国的改革实践。按书中描述，国际金融领域充斥着阴谋与控制，私人家族在其中呼风唤雨。面对如此骇人听闻的外部环境，中国金融改革的步伐当然要慎之又慎，不容有半点疏忽。反观中国现实，汇率改革和金融开放的步伐的确落后于西方社会的主流预期，华人作家的这一著作是否能对此产生某种影响看似值得联想。

无论如何，在我看来，这是个显而易见的伪问题。拿汇率改革来说，从现有的信息来看，汇改可控性、渐进性和有序性的调子早在 2005 年"7·21 汇改"之前就已定下，而此时《货币战争》的中文版尚未问世。回到学术立场，实际上，货币政策的背后有着复杂的货币经济学理论作为支撑，我感觉货币政策实在很难与某本畅销通俗读物联系起来。当货币学派大师弗里德曼谢世时，时任美联储主席格林斯潘喃喃说道，"没有弗里德曼，就不会有现代的美联储和我自己的成就"。

实行货币政策有时确实像是打仗，在危机之中尤是如此。郭凯先生是哈佛大学的博士学位候选人，我时常会去浏览他的博客日记。郭先生有一段在美联储访问的经历。在次级债危机愈演愈烈的那段时间，市场上存在着各种不确定性，2007 年 9 月美联储终于降低再贴现率和基准利率。货币政策变动之后，美联储的工作人员高度紧张地密切检测全球市场的反映，并揣测市场是否正确理解了美联储的信号。这很容易让人联想到，在发动攻击之后，军事人员在检查是否成功击中目标；并且就时刻精准度地把握上而言，货币政策的要求之高也丝毫不亚于发射导弹；而在威力上也可以相提并论。

不过，货币政策或许比战争更难被私人所控制。经过长期的演化，如今启动货币政策工具通常需要明确的信号，在很大程度上已经变成了某种技术性甚至程序性反映。在美联储讨论货币政策的每次例会之前，从大学教授到金融机构都会作出预期，这些预期通常较为一致，并且很多时候被证明是正确的。这意味着，货币政策已有很强的可预期性。在此次金融动荡中，货币政策存有争议的地方主要在于降息时机的选择。但这与市场的普遍预期误差也不大。

美联储(也包括西方其他主要央行)决定是否改变货币政策的首要依据是通货膨胀率和增长就业状况。金融市场上的次贷危机之所以未能让美联储立即降息，是因为当时通货膨胀压力仍然清晰可辨,尚没有足够的证据表明,经济增长会因物价上涨将放缓。美联储以及很多学院派经济学家的理由是,金融市场的局部波动并不一定会扩散成为系统性风险,并作用到实体经济。在此背景下,如果立即降息,通货膨胀或将抬头,并进一步催生房地产市场泡沫。因而,直接向金融系统注入流动性更具针对性,也成了全球央行在货币政策上的共识。当然,随后金融市场、就业和房地产等部门重要数据表明,美国经济放缓的迹象明显,降息也就再无

顾虑和悬念了。

在这一方面,中国央行也与西方同行雷同。《中国人民银行法》明确规定,货币政策的最终目标是,"保持币值稳定,并以此促进经济增长"。可以说,近期的货币政策实践很好地演绎了这一点。为了应对国内的食品价格以及资产价格上涨的压力,中国央行已五度加息,八次上调存款准备金率。并且,从可预期性上看,货币政策同市场的互动也越来越灵敏。实际上,加息与通货膨胀率因果关系的争论较少。作为物价稳定的主要捍卫者,当通货膨胀率上升时,货币政策没有多少可供退缩的余地。争论的中心集中在通货膨胀形势本身。是局部通货膨胀,还是全面通货膨胀? 是短期,还是长期? 这些都事关货币政策的定位。

同西方国家次货危机相对应,中国的货币政策也存在一个给资本部门赋予何种重要性的问题。在此轮股市房市高涨的前期,货币政策并没有将资产部门作为变动的重要因素。然而,随着资产部门日益成为流动性过剩的聚集地和催生地之后,货币政策已经转向,并明确表示高度关注资产部门。从这点上说,即便随着粮食以及生猪家禽生产周期的轮回,消费物价指数(消费者物价指数)已见顶回落,但资产部门高涨本身或将为货币政策紧缩提供足够的理由。

有人将通货膨胀率上升就加息,下降就降息的做法讽刺为,不如在绳子上拴上一根骨头,让一只狗来操作货币政策。这实际上是货币政策进步的体现。毕竟,让一只狗操纵货币政策,也总比让某个家族操纵要好。

# 美联储能成功吗？

## ——危机中的货币政策笔谈之四

美联储正在创造自己的历史。它全方位地扮演着"救火队"的角色，这是其成立 95 年来前所未有的。用美联储前主席沃克尔的话说，美联储的本职是为商业银行提供融资，但在眼下，伯南克（现任美联储主席）等却在大力介入那些以前央行不会做的事。

这些"不会做的事"包括，推出创新的国债借贷机制，为贝尔斯登这样的单个金融机构提供间接融资，以及给予更多一级交易商从贴现窗口融资的资格等，这些是"非常规性武器"。此外，单就注入流动性和降息频率及力度来说，现在的美联储也显得空前激进。

我们想知道的是：美联储在多大程度上能够获得成功？可以说，这是当前全球范围内的一个富有争议的话题。

实际上，这些争论只是货币经济学理论发展史的当代回响。那么，追溯货币经济学史，对美联储的大胆救市会有怎样的启示呢？答案是，短期内美联储的确能够改善经济运行，比如防止金融市场出现发散式动荡，抑制经济增长下滑过多，并将失业率控制在 10 个百分点左右；长期来看，美联储将为此付出代价，比如，美元贬值的长期化以及通货膨胀的加速上涨。

如果按照通常的理解，将 1776 年作为现代经济学的开端的话，有关货币政策的变化是否有真实效应的争论，其实开始得更早。1752 年，大卫·休谟在《论货币》和《论利率》等著作中就探讨了货币数量论，即流通中货币数量的改变将导致所有物价同比例上升，而对所有实际变量，比如有多少人工作，人们生产和消费物品的多少，则毫无影响。然而，休谟同时也注意到货币数量因不均衡分布而具有真实效应，同时货币收缩甚至会引致衰退。休谟对货币是否具有真实效应的微妙阐述似乎打开了这个话题争论的潘多拉魔盒，并且，这个争论自威克塞尔和凯恩斯以来变得异常激烈。

在战后初期，凯恩斯主义的盛行使得真实的需求下降被认为是经济波动的主要原因，但弗里德曼和舒瓦茨的工作重新让人们注意到货币政策的作用。他们发现，1867—1960 年每一次主要的衰退之前都会出现货币供给的显著收缩，因而货币政策很可能是引致经济周期的主要因素。尽管"货币确实很重要"，但弗里德曼还是认为，特定时期的货币政策也只在短期内影响产量和就业；也就是说，货币在长期仍然是中性的。

无论如何，包括弗里德曼在内的很多经济学家都认为，"货币是面纱，但一旦货币波动，实际产出就将振荡"。类似地，在欧文·费雪看来，短期内货币是影响产出的重要因素，经济周期在很大程度上只是"美元之舞"罢了。新古典经济学家罗伯特·卢卡斯认为，正是这个有关货币中性的悖论激发了自己货币经济周期的研究。

卢卡斯认为，20 世纪 70 年代经济学的主要发现是，预期到的货币增长和未预期到的货币增长具有迥异的效应。预期到的货币扩张具有通货膨胀税收效用，并将抬高名义利率，但正像休谟所说，并不改变就业和产出的结果。而且，未预期到的货币扩张可以刺激产出，同时也可能引致衰退。这是运用理性预期所构造出的各种模型的一致结论，并成功地解释了通胀—产出间的短期权衡。这一理论也同时可以解释货币的长期中性，弗里德曼和舒瓦茨关于美国经济史的发现，以及萨金特对欧洲恶性通胀何以结束的疑问。

进入 20 世纪 80 年代，新凯恩斯主义接受了理性预期、最优化行为等新古典假设，但认为由于存在名义刚性和真实刚性，价格体系可能无法灵活地使市场出清，或者行为人缺乏调整实际工资或实际价格的激励。新凯恩斯主义模型背后的"新"思想是不完全竞争，这使得模型具有更好的微观基础，并更贴近现实。在强调工资和价格黏性的新凯恩斯主义模型中，货币不再是中性的，而且货币政策是有效的。

一个新凯恩斯主义模型是价格和工资的交错调整。这是费希尔和泰勒等人在 20 世纪 70 年代末发展起来的。他们指出，现实中价格尤其是工资合同都是事先签订好的，并且在合同期很难改变。此时，即便发生了货币供给量的变化，由于合同未到期，实际工资和实际价格就无法立即作出调整，只能等到合同到期时调整。这个渐进调整可能是一个较长的痛苦过程。此时，央行可以通过扩张性货币政策来减轻经济波动的痛苦。

另一个著名的模型是曼昆提出的菜单成本理论。菜单成本是指涉及价格调整的所有成本，比如更改合同所需的印刷费用等。菜单成本通常很小，但是曼昆证明，在一个垄断竞争的商业环境中，面对一个货币紧缩的逆向冲击，厂商调低价格所能增加的利润并不大，可能小于调整价格所需的菜单成本。曼昆进而指出，这种个人的理性选择有可能偏离社会最优选择，由此产生的名义刚性可以令"小的菜单成本造成大的福利损失"，这就为政府实施积极的货币政策提供了理论依据。这也反映了货币的非中性和货币政策的有效性。

从以上经典智慧可以看出，即便是自由派经济学家，也不否认货币政策在短期内的有效性；同时，即便是凯恩斯主义学者，也不认可货币政策在长期内的非中性。因而，在某一个时点，政策当局如何决策，仍然具有十足的艺术性。我认为，美联储现在的行动有足够的理由支撑，但它也有足够的理由准备好改变货币政策，以应对随之而来的通胀压力。

　　作为美联储历史上最为坚定的反通胀者，沃克尔有理由质疑当前激进的货币政策是否已背离央行的基本立场。然而，我相信美联储是清醒的。伯南克在其任期的下半场中，有望赢得与沃克尔同样的反通胀斗士的声誉。

# 货币政策与多难兴邦

## ——危机中的货币政策笔谈之五

货币政策是否因为震灾[①]放松？近期对这个话题如火如荼的激辩戛然而止了。中国人民银行 2008 年 6 月 7 日下午宣布,决定上调存款类金融机构人民币存款准备金率 1 个百分点,在本月内分两次按增加 0.5 个百分点缴款。地震重灾区法人金融机构暂不上调。

这次准备金率调整多少有些出其不意,还没"等得及"5 月份数据的公布。此前的调整通常是在重要统计数据公布后立即作出的。在我看来,提前调整意在打消货币政策可能放松的猜测,也不无意让相关争辩再进行下去。当局强化的一个信号是,从紧货币政策未因 2008 年初的冰雪灾害而放松,也不会因四川地震而改变。

最近,我和同事们合作研究了境外金融抗灾的大量经验案例,我们的确找不到自然灾难与放松银根的必然联系。

---

①　本文写于 2008 年"5·12"汶川地震发生不久。

一个给人深刻印象的佐证是，2005 年夏季飓风"卡特里娜"重创美国南部数州，虽然灾害损失规模惊人，但美国经济当时正处于上升通道中，飓风对整体经济的影响较为有限，美联储仍坚持将打击通胀作为首要任务执行从紧的货币政策，在飓风过后不足一个月时进行了第 11 次加息。我国此轮的经济周期高峰可能已过，这和美国 2005 年的情况略有不同，但相同的是，控制通胀都是货币政策的首要任务。

当然，灾难发生后货币政策放松的案例也有，但放松主要不是因为灾难造成了重大损失，而是另有隐情。我们来看以下两种情况。

一种情况是灾难对市场信心造成严重打击，市场流动性因此显著收缩。2001年"9·11"恐怖袭击之后，危机造成的直接影响在 10 月份已基本结束，但消费者和投资者信心受到消极影响，国内生产总值增速预测出现下降。监测到这些情况，美联储果断调整其货币政策，在"9·11"之后的三个月内连续 4 次降息，累计幅度远大于正常情况，有效提振了市场信心。

另一种情况是灾难正好在经济衰退期发生，为防止衰退加剧，货币政策需要更加放松。台湾地区 1999 年"9·21"大地震发生时尚未走出亚洲金融危机的阴影，岛内出口就业形势悲观。为此，震后台湾"中央银行"释放出 1000 亿元邮政储金作为项目低利融资。这显然意味着，灾难发生后，为配合灾后重建，央行推动了银行信贷规模的扩张。

应该说，上述两种情况均不符合我国的现状。震灾没有影响到经济增长的前景，也没有打击金融市场的信心并导致流动性紧缩；当前宏观经济整体形势也不处于紧缩通道。

灾难就是灾难。灾难的损失必须有人承担。在大多数情况下，主流的灾后融资框架是，损失首先应该按商业合同由金融市场承担一部分，比如保险赔付。在金融发达国家，巨灾债券也起到很大作用。其次，财政（包括各类捐赠）应承担相当一部分,尤其是受灾严重的地区和群体的损失。再次,是政府参与金融市场灾后重建。比如,提供担保,鼓励银行发放重建贷款。最后,余下的损失只能留给私人承担,这是无法回避的。

那么,放松货币政策意味着什么呢?这实际上表示,通过扩张货币供给为损失买单。这无异于在战争时期,政府向央行透支,央行多印钞票供政府开支。当然,这终将造成通货膨胀。

一种最简单的货币政策埋单方案是,央行可以让商业银行免去灾民的债务,然后由央行向商业银行支付这笔损失。然而,这种做法即便曾经采取过,现在也难觅其身影了。1998 年洪灾后,孟加拉国的信贷政策发生了重大变化。在 20 世纪 80 年代的洪灾中,银行通常会取消受到影响的贷款,不同的是,虽然 1998 年农业贷款大幅增加,但既有贷款只是延迟偿还,并没有取消。台湾地区政府在"9·21"地震后出台的一系列金融扶持政策是在维持原有债券债务关系的基础上开展的。这也是美国金融业应对巨灾的做法。

因而,一出现重大灾难就要求放松货币政策是缺乏国际经验依据的。

不过,这不是说我国的货币政策在多难兴邦转化中将无所作为。鉴于我国货币政策带有较为浓厚的数量型色彩,区域化的货币政策或许比国外拥有更大的操作空间。

我国地域广阔且地区差别很大,即便是同样的货币政策在不同地区间产生的效应也有所不同。对于货币政策效应而言,地区差别体现在地区经济结构的不同、市场化进程的不同、金融市场深化程度的不同以及金融结构的不同等。由于货币政策发挥作用需要传导中介和机制,如果各地区的传导中介和机制不尽相同,货币政策在地区间的有效性也就会有大有小、有强有弱。这些方面已引起学术界的重视。

同样,我国的货币政策工具中数量型工具占到了很大的比重,在此轮宏观调控中,这一特征也得到显现。自 2007 年初至今,存款准备金率共计上调 15 次,今年至今也进行了 5 次上调。当前准备金率的上调办法是,各金融机构的法定存款准备金按法人单位统一考核。这就为实行地区差异化的存款准备金制度提供了方便。比如,这次准备金率调整方案规定,地震重灾区法人金融机构暂不上调。因而,可以在保证整体紧缩的情况下,不影响灾后重建的资金供给。

另一个可以发挥的空间是信贷规模。信贷规模的控制在当前的紧缩调控中占有重要地位,除非宏观经济基本面出现逆转,否则信贷规模不会全面放开。不过,信贷规模通常计划到各省甚至各地区,比如可以局部增加震区的信贷规模额度,来为灾后重建提供金融支持。

实行差异化的货币政策较好地契合了我国地区差距大、货币政策工具偏数量型的国情,并有望帮助实现由多难向兴邦的转化。

# 谁动了越南的货币？

## ——危机中的货币政策笔谈之六

越南当前的经济动荡集中表现在越南盾对内对外的同时贬值，不过，这最多只能说是发生了一场小型的货币危机。相对而言，越南的实体经济未受到明显冲击，外商直接投资（FDI）仍在持续流入。

既然是一场货币危机，那么究竟是谁动了越南的货币？显然，观察危机前后越南货币政策的动态特征具有重要启示意义。

尽管货币世界神秘异常、变幻莫测，但货币政策实践的经验至少反复验证了一点：货币供给过犹不及，过多或者过少都会酿成危机。美国 1929—1933 年大萧条是货币过少导致危机的经典案例，而当前的越南则是货币供应膨胀造成货币危机的最新教训。

在货币主义者弗里德曼和舒瓦茨看来，1929—1933 年的大萧条完全是美联储货币政策失误的结果，而很难将其与国际资本流动、汇率或国外的通货紧缩等因素联系起来。他们的不朽之作《美国货币历史：1867—1960》用了很大的篇幅，集中研究了 1929 年 8 月至 1933 年 3 月货币供应量的变化，结论是：在实际产出下降之前的 1928—1929 年,美国的货币供应量率先下降。实际上,他们在书中的其余章节发现,1867—1960 年每一次主要的衰退之前都出现过货币供给的显著收缩。流动性紧缩与股市下跌和产出下降存在不言自明的因果关系。他们的这个结论虽然不断受到挑战,但仍然是解释大萧条的最有影响力的观点之一。

与大萧条时的情况相反,在越南经济乱像之前发生的是货币供给的大幅增长。统计数据显示,截至 2007 年 5 月,越南基础货币供应量同比增长 34%。基础货币增长的同时,货币乘数也在迅速提升,具体表现在信贷规模的增加。2006 年越南信贷增长 25.4%,至 2007 年 11 月,同比再增 50.6%,其中股份制银行的贷款增长达到惊人的 95%。基础货币和货币乘数的双增长推动了货币供应量的攀升。越南 2006 年 M2 增长 34%,2007 年增长 46%。在如此宽松的货币环境中,出现通胀和本币贬值也就不足为奇了。

利率方面,越南的基准利率从 2006 年初至 2008 年 1 月份一直保持不变,近年来的实际利率几乎一直为负,这又进一步刺激了经济走向过热。

同中国类似,银行体系的庞大流动性最终在经济基本面向好的刺激下,不可避免地流向资产部门。中国银行全球市场研究部的数据显示,越南一些合资商业银行股票抵押贷款占贷款最高达到 30%～40%。

这两个案例从正反两个方面说明,政策制定者虽然在一定时期和一定幅度内有腾挪货币政策的空间,但货币供应不可能大幅度地或长时间地偏离正常水平。对政策制定者而言,意识到这一点或许有点无奈,但这从另一个角度恰恰证明了货币政策的重要性:货币政策之所以不能随心所欲,就是因为其极端重要性。

既然失当的货币政策是造成经济乱象的根源之一,那么适宜的政策操作也就能够对冲风险、减轻阵痛。如果危机出现之前的货币供应量变化的确是引致危机的重要原因,那么应对危机的正确之道就应该是逆向操作,即在货币过少时放松银根,而在货币过多时紧缩银根;倘若顺向操作,货币政策操作甚至可能会深化危机。

遗憾的是,美联储在大萧条发生后却继续采用紧缩性的货币政策。在流动性出现明显紧缩,众多金融机构摇摇欲坠之时,货币供应量本应扩张,然而弗里德曼和舒瓦茨却发现,1929 年 8 月至 1930 年 10 月货币供应量却下降了 2.6%。这一点也是现任美联储主席伯南克研究大萧条后所得出的主要教训。他认为,如果有必要,央行应该指派直升机从空中向市场撒钱。实际上,在此轮次贷危机中,伯南克也是这样做的。

就像我暗示,并非所有的危机都是由流动性紧缩引发的,流动性过剩也足以将经济拖入水深火热之中。如果是这样,就不应该一出现危机,就想到向市场撒钱;如果问题的根源在于流动性过剩,货币当局就应该开启抽水机,把流动性从市场抽走。

无论如何,越南的货币政策在当前的经济动荡中已经指对了方向。越南明确表示,反通胀是政府的首要政策目标。2008 年 3 月以来,越南政府提出了一系列的反通胀措施,每月都出台一个专门文件对货币市场进行调控。其中包括,紧缩货币和调整财政支出,国内生产总值增长率目标由年初的 8.5%~9.0% 调低至 7.0%;三次升息 575 个基点,将利率调至 14%,两次上调存款准备金率至 12%。

与此同时,越南央行先后将基准汇率波动幅度由 0.75% 扩大到 1%~2%。这也是一个聪明的决定:在资本项目开放的情况下,汇率制度应具有较为充分的弹性。而在 1997 年亚洲金融危机时,东南亚各国总是倾向于将盯住汇率维持到最后一刻,直到外汇储备被消耗殆尽。及时而果断的货币贬值有助于更好地兼顾内外平衡。

通货膨胀和资产价格泡沫就像喝酒,开始时很兴奋,等到酒醒后才会感到难受。货币政策的一大职责就是在人们开始狂欢前,把大酒杯偷偷拿走。反观越南的货币当局,它不但错过了拿走酒杯的时机,而且对这场狂欢表现出很大的兴致。过于宽松的货币政策刺激了投资者的豪情,最终酿成货币金融领域的紊乱。在这个过程中,我们虽然能够发现国际游资的身影,也听到了投资银行对越南前后矛盾的评说,但是归根到底,越南盾的贬值还是因为货币供给得太多了。在国内经济出现过热时,越南的货币政策当局未能拧紧货币供应的水龙头;在外资大举流入时,货币当局也没有充分地对抽掉输入的过剩流动性。

幸运的是,事后的紧缩政策仍不失为有效的亡羊补牢之举。毕竟,迄今为止,这只是一场小型的货币危机,而不是一场金融危机,更不是一场经济危机。

# 为什么大萧条没有再次发生？

一年后的今天，希望战胜了恐惧。次贷危机在 2007 年 4 月在美国爆发，但在 2008 年 9 月雷曼兄弟的申请破产之后，迅速升级为一场灾难性的全球金融危机。而现在，复苏之旅已经展开，尽管复苏的步伐还相当缓慢。一年来的政策努力阻止了大萧条的再次降临。就美国而言，失业率可能会上升到 10％。但在大萧条中，失业率高达 25％。因而，尽管影响深重，大萧条这个头衔仍只属于 80 年前。

总结危机之源固然重要，但同样重要的是，我们已成功避免了大萧条的再次发生。一年之前，包括美联储在内的诸多人士对这场危机的性质和影响都还没有清醒的认识。此后，各界对金融危机的诱因进行了全面的研究。人们集中认为，长期宽松的货币政策、全球化背景下的高储蓄和低利率，以及宽松的监管是引致危机的根源。除此之外，同样重要的问题在于，我们何以成功避免大萧条的再度发生？有趣的是，当我们考量这个问题时，我们就会看到宏观政策和全球化等因素对全球经济周期的意义。在某种程度上，这些因素在放大经济周期的同时，也是危机治理所倚重的基石，并最终得以规避陷入第二次大萧条。

包括伯南克在内的学者曾一度宣布经济周期已被驯服。其实，金融危机的种子深藏在人性之中,从这个意义上说,经济周期不可能被消除,但可以被缓解。货币政策的失当和全球化带来的冲击是可以为这轮金融危机提供解释,但危机和萧条的原因很难完全归结为这些外部因素。对大萧条最合理的解释总是和行为经济学联系在一起。凯恩斯的危机理论主要是建立在三大心理学规律之上的,尤其是他所强调的动物精神。动物精神指的是人的行为选择中所包含的非理性行为和非经济动机。这一理念虽然在明斯基和金德尔伯格那里得以传承,但主流经济学却是建立在人完全理性的假设基础之上的,这意味着人的选择总是正确的,作为其汇总的市场也总是有效的。这套理论能够说明均衡路径的变化,但无法说明经济波动。

这次危机与大萧条相比,危机前的泡沫可能更大,资产价格的下跌程度亦可相提并论。比较两次危机,可以清楚辨识的一点区别在于,主导危机救助的政策理念有了显著变化。大萧条爆发时,在财政政策方面,胡佛政府坚持财政平衡思路。为应对急剧下降的政府收入和不断上升的政府支出,政府努力平衡预算,在提高税率的同时,削减政府支出。在外贸政策方面,股市崩盘之后,胡佛不顾1000多名经济学家的联名反对,坚持兑现其竞选承诺,于1930年签署了《斯姆特—霍利关税法》,该法案将2000多种进口商品关税提升到历史最高位。

更重要的是,这段时期的货币政策仍受到大萧条之前的反过热和反通胀思路的束缚,犹豫而保守,反复而矛盾。纽联储曾坚持购买了一定规模的国债,但由于受到了美联储和其他储备银行的抵制,救市行动被迫终止。美联储仅把目光盯在银行系统的流动性上。大多数联储官员认为,市场上有足够的资金,不需要投放更多的货币,谨慎起见,货币政策应该是保留余地的。美联储固然购买了一些国债,并下调了利率和贴现率,却允许货币存量大幅度下降,部分原因是银行大面积破产的结果。

在这次危机中,能明显感受到了理念的转变。我们认识到,仅从名义利率等常规指标定义市场流动性状况,会出现一定偏差。因为即便名义利率不高,通货紧缩也会使得实际利率高企。有些时候,市场短期国债的利率甚至为负,这反映的是市场恐慌和信贷紧缩，而不是流动性充裕。同样，大萧条时期商业银行较高的超额准备金率，也不意味着市场不缺资金。在危机救助中，全球央行不仅向银行系统大规模注入流动性，还通过购买国债等手段激活债券市场。

很多人会争辩，央行和监管机构也应该对这场危机负责。摩根士丹利的罗奇旗帜鲜明地反对伯南克的连任，他认为危机专家伯南克的确成功地处理了金融危机，但伯南克本人也是促成这场危机的重要推手。在房地产泡沫化时期，伯南克和格林斯潘一致提倡推行低利率政策。事后来看，危机前的货币政策的确可圈可点。但很少有经济学家成功预见到了金融危机，中央银行家只是他们中的一个群体。

在金融危机中，新兴经济体成了全球经济的稳定器而不是放大器。有种观点认为，新兴市场经济体的储蓄过剩，中国和苏联、东欧国家融入全球化，加剧了全球经济失衡，并使得长期利率保持在低位，进而刺激了资产价格的泡沫化。但从本质上而言，全球化带来的是全球化红利，这在危机前后均是如此。在这次危机中，正是新兴市场经济体的崛起才避免了全球经济更大幅度的收缩，并对全球贸易提供了有力支撑。包括中国在内的国家政策的率先出手并发挥效用，起到了很好的带动作用，新兴经济体的率先复苏不仅提振了信心，还带来了真实的进口需求，全球经济由此也避免陷入保护主义的漩涡。

可以说，我们与大萧条擦肩而过。这首先得益于人类知识经验的积累以及政策执行力的提升。纽联储行长盖特纳升任美国财长，伯南克日前也成功连任。这不仅仅是政治平衡的结果，也是对其政策成效的肯定。这让我们相信，成功的政策的确能够大大降低经济危机带来的不利影响。此外，还得益于以新兴市场经济体崛起为代表的全球化时代。这个被称为"扁平的时代"还会继续，新兴市场经济体也将在未来继续领先增长。金融危机凸显出了隐藏在黄金盔甲下的人性弱点。危机依然会如影相随。值得欣慰的是，我们看上去具备了避免出现大萧条式崩溃的实力。

# 人民币汇率纷争的学术注脚

就在短短几周之内,中国由带领全球经济复苏的功臣,突然变成了造成全球不平衡的罪人。这一转变显然带有政治色彩。不过,汇率问题到底还是个学术问题,我们更应该理性地评价有关人民币汇率的各种观点。

主张人民币升值有两种思路:一种以美国部分议员为首的蛮横派,也许还包括经济学家克鲁格曼。他们简单地从美国利益出发,要求奥巴马政府在发布有关汇率操纵的定期报告时,把中国列为汇率操纵国之一,还呼吁对中国输美产品征收反补贴税。

另一种思路试图晓之以理。更多的是以学术探讨的语气,来说服人民币升值。这种论者从中国的角度试图证明,升值不仅仅符合美国利益,对中国经济大有益处。这方面包括大量的经济学家以及世界银行、《金融时报》等。这些观点包括:更灵活的人民币汇率政策能够提高货币政策的有效性,能够控制通胀预期尤其是资产价格泡沫,能够调整经济结构,更多地依赖内需等。

当然,就人民币是否存在低估,意见并不统一。不赞成人民币升值的一种理由是人民币不存在明显低估。高盛根据其专有货币"合理价值"指标,即动态平衡汇率（GSDEER），认为"金砖四国"除巴西之外的三国货币相对于美元的估值都已经过高，不存在汇率低估问题。

对外汇市场的干预很难给出一个合理的界限，这使得所谓汇率操纵的指控难以成立。经济学家卡瓦罗和瑞恩哈特在2002年创造了"浮动汇率恐惧症"一词，来说明多数宣称自己是浮动汇率制的国家实际上并非真的如此。这些国家都认为，有必要采取干预手段来缓解本币需求的波动。声称实行浮动汇率制的国家，其外汇储备的变动远大于零；对于自称是盯住汇率的国家，其汇率的波动也远大于零。他们研究的一个结论是，相对于汇率变动来说，浮动汇率制国家的外汇储备变动与被认为是固定汇率制的国家不相上下。

此外，应该指出，判断一国汇率是否存在低估并非易事。根据均衡汇率模型，不同人会得出差别很大的结论。高盛的模型就说明了这一点。很多学者认为人民币可能低估20％～40％，但其中主观性相当大。均衡汇率通常认为，在其他条件不变的情况下，仅用汇率变化调整一国经济达到国民经济内外均衡时，汇率应该变成何种水平。问题是，没有一个国家会只依赖汇率来平衡经济。平衡经济还有很多手段，启用其他替代手段也能够降低汇率调整的压力。

持保留态度的人指出，人民币升值改变不了美国对中国逆差的格局，同时却会让中国出口部门和劳动密集型行业出现收缩。美国的那群议员们指出，2003年1月至2009年5月，中国在美国非石油产品贸易逆差中的占比从26％提高到了83％。但这一比重的提升在一定程度上反映了中国相对别国生产率的提高，而不是中国抢了美国工人的饭碗。中国和美国的贸易结构具有明显的互补性，竞争性很小。中国占美国非石油进口比重大幅增加的那段时间，人民币的有效汇率实际上升了14％。对美国出口更有利的是让日本、德国等发达国家的汇率升值，这些国家也有大量的顺差。更重要的是，只有它们减少出口，美国企业和工人才能真正减少竞争对手。

　　人民币升值将会使得中国出口增速有所下降,这对其他一些新兴经济体来说是好消息,但不会对美国的出口带来明显好处。此外,随着人民币升值,中国商品的价格也会上升,这可能会抬升美国的物价水平。2007年7月人民币汇改一个多月后,美国人发现中国商品涨价了,就指责中国在输出通胀。事实上,这些涨价几乎完全是人民币升值的结果。尽管美国现在还没有通胀压力,但忽视人民币升值对其国内物价的中长期影响显然是缺乏远见的。

　　正如前面所指出的,除了升值外,还有很多可以平衡国民经济的手段。这些手段包括鼓励进口以便缩减经常账户顺差,加强产权保护、环境治理,提高普通工人工资,完善社会保障等,借此中国商品的成本将会增加,这中间的很多成本是一直被我们忽视的,现在是逐步把这些成本显性化的时候了。

　　当然,增加对通胀的容忍度也能降低名义汇率升值压力。IMF首席经济学家布兰查德建议主要央行将目标通胀率从传统的2％上调到4％。对于这一建议争论很大,似乎没有得到多少央行的积极回应。

　　对中国而言,物价明显上涨的危害可能要大于适度升值。对大国而言,更为灵活的汇率政策通常是较好的选择。物价一旦上涨,其可控性要远远低于汇率变动,且治理通胀的成本通常也更高。中国目前的通胀压力还不大,但物价上涨的幅度已经超出了大多数人在2009年做出的预期,这迫使很多人提高了对2010年通胀的预期。印度最近的通胀率接近10％,印度储备银行在2010年3月19日将基准贷款和借款利率分别上调25个基点,成为率先上调利率的重要央行之一。

　　很难想象中国能够承担如此之高的通胀率。但中国在房地产领域可能已经出现了另一种意义上的通胀。房地产领域是非贸易部门,房价的上涨没有对中国出口商品的竞争力带来明显影响。这意味着,中国还有通过适度调整汇率管理通胀预期的需要。外汇储备如此迅速地膨胀,很难打消中国把汇率作为调控手段的猜测。

是调整都会有痛苦,这也是结构调整的困难所在。但我们其实刚刚已经有过一次相当成功的调整实践。金融危机使得中国的出口下降20%,但中国经济仍然保持了较快增长。这中间确实伴随着大量的努力以及很大的痛苦,但我们看到宏观上内需的增加还是有相当成效的。而在微观上,一些企业的确在国内找到了市场。此外,2007年汇改也证明,人民币温和可控的升值并非洪水猛兽。

# 利率平价并非我国货币政策之锚

余波未平的次贷危机并没有给中国的金融机构造成多大的损失,但却对中国宏观经济平衡和货币政策构成了严峻挑战。

迄今为止,次贷危机对中国所造成的最大影响在于可能会加剧宏观经济的内外失衡,并限制货币政策的调控空间。首先,在全球金融市场动荡之中,中国正在成为国际资本的避风港,并且更大比重地承接着自 2001 年网络泡沫破灭和"9·11"以来全球宽松货币环境所累积起来的巨大流动性。国内资产价格和人民币汇率受压激增。其次,中美利率的反向走势使得中国长期以来小心翼翼遵循的利差规则逐渐失效。为了避免次贷危机可能引致的经济衰退,美联储将利率下调到了历史低位。

外汇占款在中国加息周期中出现,让很多人确信,中美之间的利差确实起着关键性的作用。利率是一种无风险投资收益率,投资银行们的资产组合会因利差的边际改变而可能出现大幅调整。如果利差是撬动国际资本流动和人民币升值预期的强有力杠杆,那么,中美利差反向的变动以及继续变动预期,将会使得业已明显缩小的利差成为中国货币政策难以逾越的雷池。

热钱的加速涌入是不难解释的,因为它们能够获得相当可观的无风险收益。汇率方面,2008 年一季度人民币兑美元汇率上涨 4.1％;利差方面的计算较为复杂,因为中国很难找到与美国相对应的利率,但无论是用当前的一年期央票利率(最近的参考收益率为 4.0583％)、Shibor(2008 年 5 月 9 日为 4.7047％),还是一年期存款利率 4.14％,中美利差都在 200 个基点之上。也就是说,2008 年一季度热钱的无风险收益率在 4.5％左右。如果 2009 年人民币升值 10％,则热钱一年的收入率可达到 12％。在金融动荡的当前,这个收益还是颇具吸引力的。

投机中国的这种无风险收益还将持续。鉴于两国经济的基本面不同,在未来几个月中,中美利差只有扩大的可能,而不会有明显收窄。此外,2008 年 5 月份的情况是,人民币对美元的即期汇率略高于 7∶1,而人民币兑美元的一年期远期汇率为 6.56∶1,一年期 NDF(无本金交割远期汇率)为 6.45∶1,这意味着,人民币远期汇率存在升水。这种情况下,如果现在热钱进入中国,还是可以同时获得上述两重无风险收益。举例来说,投机者将 100 万美元换成人民币 700 万元存在银行,同时卖出人民币远期合同,一年以后本息总额为 728.982 万元人民币,并按时交割当初的远期和约,可获利 111.125 万美元。这样,热钱一年的收益率为 11.125％,这远高于美国的基准利率 2％。值得强调的是,这个收益是完全无风险的,并且,还没有考虑热钱投资资产部门可能获得更高的收益。

问题是理论上,热钱不应该在利息和汇兑两个市场同时获得好处。这个理论就是著名的利率平价理论。作为一种主要的汇率理论,利率评价理论是由英国经济学家凯恩斯于 1923 年在其《货币改革论》一书中首先提出,后经一些西方经济学家发展而成。该学说主要研究国际货币市场上利差与即期汇率和远期汇率的关系,主要结论是两国利率之差约等于两国汇率之间的变动率。利率评价理论是除购买力平价理论之外最重要的一种汇率决定理论,并且被认为更具有解释力。同样是从一价定律出发,购买力评价理论依照的是商品价格,而利率评价理论依照的是资金价格。显然,资金的流动性要远大于商品,因而,利率评价理论应该更容易成立。

具体而言,如果中国利率高于美国,那么中国远期的汇率就应同幅度贬值。此时热钱进入中国,在利息上有收益,在汇兑上则有损失,并且收益应该正好等于损失。否则,国际资本就会有一定的套利空间,因为这种收益是无风险的即便存在风险,也会很快消散。

但现实并不符合利率平价理论的论断。按照该理论,中美之间存在正的利差,那么,人民币远期汇率应该是贴水,而不是现在的升水,这样才能保证资金在不同国家具有同样的收益或价格。从这个角度,或许我们应该困惑的不是为什么这么多的热钱会进入中国,而是为什么不是更多?

然而,中国加息导致资本流入增加可能只是一种巧合。首先,近期外汇占款的增加可以在全球金融市场动荡而中国风景这边独好中得到很好的解释。眼下,国际流动性配置格局中的"马太效应"正愈演愈烈。越是流动性过剩的地方,越是会成为国际资本的聚集地;而越是面临流动性危机的地方,国际资本越是如避鼠疫。继欧美投资者的信心受到重创之后,过去金融市场动荡中的资本栖息地,一些东南亚国家也自身难保,中国由此成为金融风暴中的"诺亚方舟"。从这个角度说,流动性流入正是次贷危机作用于中国经济的表现,也是中国近期外汇占款突增的外部环境。这也同时表明,促进国际资本流入的主要不是中国加息,而是国际市场对全球风险重新评估的结果。这种格局的嬗变取决于国际金融市场变动的大气候,因而很难说是由中国货币政策变动导致的。如果事实情况如此,即便是中国不加息,国际资本的流入也不会有数量可观的减少。

其次,把国际资本的流入看成是中国加息或中美利差缩减的结果,无疑夸大了利率在国际资本流动中的作用。毋庸置疑,基准利率是无风险的收益率,但国际流动资本尤其是短期资本所追求的并不是银行的利息。国际资本一方面是基于中国经济高速发展的前景和绵绵不绝的发展动力。中国是世界上劳动生产率提高最快的国家之一,这些优势使得中国成为吸引外国直接投资(FDI)的磁石。另一方面,我们更为关注的国际短期资本的大量流入,其投资者主要看重中国人民币升值的空间和资产部门价格的高涨。2008 年初以来,中国股市出现大幅上涨,而房地产市场也在经历新一轮高涨,股市、房市的繁荣让国际资本赚得盆满钵满。很难想象,国际资本进来后,会把钱放在银行赚取可怜的利息。如果是这样,那么中国就不可能成为国际资本青睐的对象。因为,无论是中国的名义利率还是中国的实际利率,都低于许多新兴经济体。

利率平价理论为何在中国失灵? 最重要的原因在于热钱进出中国存在较高成本。虽然,中国经济中已经存在大量热钱,并且热钱还在继续输入,但热钱的进出远非畅通无阻。假如热钱可以完全自由地进出中国,那么,按照利率平价理论来推断,进入中国的热钱还会成倍增加。显然,中国资本项目下的管制为热钱流动带来较高的成本,因而套利空间并没有很快消失,而得以持续。无论热钱有多少种进入中国的渠道,所有这些渠道都需要付出一定的代价、承担一定的风险才能打通。

从反思利率平价理论的角度,可以得出若干重要政策含义,而这些政策并没有得到充分的讨论。第一,中美利差不应是国内货币政策不可逾越的障碍。要求恪守中美利差的流行建议是从利率平价理论角度给出的,但正如我们所看到的,利率评价理论并不总是成立。在我看来,在当前的讨论中,利率平价理论受到过度的重视。利率平价理论在多大程度上能够成立,取决于利差在资本流动性因素中所占的比重。除利差外,第二、第三两个因素尤为重要。

第二,强化而不是放松资本项目管制,提升热钱进出中国的成本。在人民币升值压力和预期得到有效释放之前,我们应该对资本项目的放开保持既有的谨慎态度,以避免大规模投机活动的出现。而在此背景下,更快幅度的升值并不会对国内经济稳定造成难以控制的后果。资本管制是中国应对国际投机的最重要也是最后的屏障。资本管制易放难收。在人民币汇率制度和国内金融体制足够完善之前，资本项目放开步伐应慎之又慎。

第三，控制资产价格，降低热钱的预期收益率。除了利差汇差以外，流入中国的热钱更为看重的收益还是投资回报，主要来自资产部门的收益。热钱流入和资产价格上涨互为因果，控制了一个就有助于控制另一个。在加强资本管制控制热钱流入的同时，还需要对资产价格膨胀保持高度警惕。事实证明，政府有能力做到这一点。只要资产价格没有明显的泡沫，热钱就缺少大规模进出的动力。

# 印钞机加班，企业未必加班

国际主要央行正集体向市场"注水"。美联储近日宣布，将再向市场注资 1 万亿美元，购买 3000 亿美元长期国债和 7500 亿美元的按揭抵押债券。这一"出格"举动极大提振了资本市场。

在美联储发表声明之前不久，日本央行表示，将把购买日本国债的规模扩大近 1/3，至每月 1.8 万亿日元。此外，英国央行日前也通过了 1500 亿英镑的债券购买计划。

那么中国呢？我们事实上已经确立了扩张货币以刺激经济的方针。国家明确提出，以高于增长与物价上涨之和 3～4 个百分点的增长幅度作为 2009 年货币供应总量目标，争取全年广义货币供应量 M2 增长 17％左右。当货币供应量明显超过名义国内生产总值增长时，实际上就意味着将会出现过多的货币追逐过少的商品，因而将来的物价将有上涨压力。另外，2009 年 4％的物价上涨目标，也显示出了政策面扩张货币的动向。最近，物价已经进入了负增长区间，要达到或接近目标物价还有极大的空间。

应该说，扩张货币是增加内需最为简单直接的手段。自 4 万亿元投资方案公布之后,有关促进消费的一系列措施就成为各界下一个热盼的政策热点。这其中是有难处的。

首先,要想增加消费,最根本的还是要增加家庭的真实收入,并且是可以持续的真实收入。如果仅仅是一次性的收入增加,老百姓会想着分在各个时期消费,因而对当期的消费启动帮助不大。通过发行消费券其实很难真正扩大消费。

其次,财政无力独自承担扩大内需的重任。要真正启动消费,政府应该考虑出台持久的利好,如实行结构性减税,加快完善城乡社会保障体系,扩大城镇职工基本养老保险、基本医疗保险和城镇居民基本医疗保险覆盖面,积极开展农村社会养老保险试点,制定农民工养老保险办法,以及加大对低收入人群的转移支付等。

问题是,这些计划都需要扩大财政支出,而这则受限于财政收支状况。在保持财政平衡条件下,不可能做这么多事情。所有福利国家都有着很高的边际税率,唯有如此才能具有大规模让利于民的财力,这也使得即便是在萧条时期,政府购买仍然是商品市场购买的主力。

在这些背景下,另一个解决方案是实行通货膨胀货币政策。随着降息空间的减少,这已成为越来越多国家的现实选择。在利率达到或接近零的情况下,全球主要央行要想有所作为,就不得不采用量化宽松的货币政策来刺激经济。除大规模直接购买国债外,各国央行还将向特定领域如房贷甚至公司债券市场注入流动性。

当价格机制(降低利率)受到限制时,数量机制(扩张货币供应量)当然值得尝试。不过,这是一个需要勇气的决定。在此之前,政府首先需要确定衰退的时间是否足够长,只有是中长期的衰退,制造通胀才具有可行性;其次要决定何时结束这种激进的措施。

印钞机开动之后,将在短期推升股市,就像美国市场表现的那样,长期必将化作通胀压力。不过,对实体经济而言,其效果则有待观察。

适度的通胀能够引导经济主体的预期。对家庭来说,当预期物价将下跌时,推迟消费是理性的选择;而当扩张货币供应量引发了通胀预期时,家庭就更有动机扩大当前的消费。对企业也是一样,当将来物价将会上涨的预期形成后,推迟投资也不再有利可图。并且,当企业看到产品涨价后,将会扩大生产,这将增加产出和就业。

定量放松的货币政策还能对某些消费领域产生直接的刺激。就像美联储可以有选择地向房贷和消费市场注入流动性一样,货币政策可以通过向农村金融、中小企业融资、进出口信贷和消费信贷等领域注资,来针对性地启动内需尤其是扩大内需。

通过制造适度通胀的办法来启动内需、扩大消费没有看上去那么激进。其实,放出多少货币,还是在央行的掌控之下。另外,作为有效需求不足理论的鼻祖,马尔萨斯给出的原创解决思路是,社会需要维持一个食利阶层来消费掉剩余的商品。比起这一建议,通过扩张货币来制造需求还是更容易被人接受的。

关键在于,实体经济的复苏还需要其他条件,关注基本面的人不会因印钞厂加班加点而认为其他的企业也在这么做。另外,何时拧上货币水龙头也事关宏观经济大局,需要密切关注。

# 东亚模式与人民币国际化

## ‖ 从克鲁格曼说起 ‖

2009年5月12日,"伟大的预言家"克鲁格曼登上了上海交大文治堂,我还清楚地记得他最后一句话是这样说的:我是短期的悲观主义者,长期的乐观主义者。他当时谈的是气候和环境问题。但当谈及人民币国际化的前景时,他就变得更加悲观了。克鲁格曼在北京和香港都表示,人民币国际化是一件非常遥远的事情,人民币目前仍然没有实现可自由兑换,今后3~5年内肯定不能实现自由兑换,实现这一目标需要很多年,我敢说我到死都看不到人民币国际化。

预言家的这一预言让人颇费思量。日元的国际化进程主要也就是20世纪80年代发生的事情,并没有花费几代人的努力。克鲁格曼这样说的原因可能在于,他所指的人民币国际化其实是人民币对美元的挑战和替代。在对人民币国际化作出上述预言时候,他提到了欧元。在他看来,这个当今全球第二大货币也未能成功实现国际化:欧元一体化运作了很多年,虽然已有一定影响,但仍然无法与美元构筑的国际货币体系相比。要成为国际货币,需要有非常深厚的债券市场,欧元现在都无法真正与美元相提并论，是因为欧元区的债券市场较为破碎。

　　既然他讲的人民币国际化是指人民币对现有美元体系的颠覆，那么他的悲观还是可以理解的——这一目标的确任重而道远。不过，大部分人包括决策层眼中的人民币国际化蓝图，还没有这么宏大。我理解，第一个层次上的人民币国际化，其实就是人民币的可自由兑换，如果人民币能与其他货币自由兑换了，那么人民币在理论上和制度安排上就不仅是一国货币了，而是国际化的货币。这中间主要包含两方面含义：一是国际资本在很大程度上能自由流动；二是人民币汇率走向浮动。第二个层次上的人民币国际化，是指人民币在各种货币中占有一定的地位，这具体体现在计价、交易和储藏等货币职能上。至于这一地位是否挑战了美元的权威，则应该不是人民币能否实现国际化的必备条件。

　　比较来看，第一个层次上的人民币国际化主要是主观层面上的，也就是我们愿不愿意推动人民币走向开放，走向国际化。可以说，任何一国货币都能够朝这个方面努力。第二个层次上的人民币国际化涉及人民币客观影响力的大小，这在很大程度上取决于中国的相对经济政治实力、金融深度和厚度等。这不能仅由我们自己说了算。

## 人民币国际化与货币政策有效性

　　无论如何，克鲁格曼归纳出来的"三元悖论"对于我们理解人民币国际化的影响还是很有帮助的，这些影响包括对内外均衡的影响和货币政策的影响。要理解三元悖论，还是先从二元悖论开始。二元悖论也称为米德悖论，由英国经济学家詹姆斯·米德（James Meade）在 1951 年提出。二元悖论讨论了固定汇率制度下的内外均衡冲突问题。因为汇率是固定的，政策当局只能通过影响总需求来调节内外失衡。这也就意味着，从大的方面来看，此时政府只拥有一个政策手段（管理社会总需求的各项政策），但却面对两个政策目标（内部平衡与外部平衡）。如此，政策面有时候难免会顾此失彼。比如,当国内经济衰退、失业增加(内部失衡)时,政府应该实施扩张性政策,以增加总需求。但国内总需求的增加同时也伴随着对国外商品需求的增加,也就是进口的增加。如果此时该国的国际收支是逆差(外部失衡)的话,那么,政策当局在促进内部均衡的同时,外部失衡(逆差)就更加严重了。当国内经济过热、通货膨胀,而国际收支顺差时政策也面临类似尴尬。

米德指出了一点,就是固定汇率制度限制了宏观调控政策的效果,这其中当然包括货币政策的效果。面对上述不可调和的矛盾,大国经济一般会优先选择内部平衡。而当外部平衡持续恶化时,固定汇率制度也就难以维系,浮动汇率则成为维持内外均衡所需的另一政策手段。

米德的分析后来得到了拓展。1960 年罗伯特·蒙代尔和马库斯·弗莱明几乎同时提出了开放经济条件下财政政策和货币政策对实现宏观经济内外均衡有效性的理论模型,即"蒙代尔—弗莱明模型"。该模型认为,在浮动汇率制度下货币政策在调节经济即改变实际产出上是有效的,而财政政策是无效的;反之,在固定汇率下货币政策是无效的,而财政政策是有效的。

从这个意义上说,人民币的国际化将显著提升货币政策的效力。在人民币基本盯住美元的体制下,按照上述分析,货币政策的效果不如财政政策。这或许就是我们一直感受不到货币政策权威的深层次原因。对比美国,美联储在经济调控中的作用远远大于中国的人民银行,货币政策的传导和威力也远远大于中国的货币政策。

在蒙代尔—弗莱明模型的基础上,1999 年克鲁格曼进一步提出了"三元悖论",即在开放经济条件下,固定汇率制度、资本自由流动、独立的货币政策这三个目标,任何一国不可能同时实现,只能三选二,放弃其中一个。总体而言,美国选择的是货币政策独立性和资本的自由流动,放弃汇率的稳定;欧元区内部选择的是汇率的稳定和资本的自由流动,放弃货币政策的独立性,香港的货币局制度更是如此;中国选择的是货币政策的独立性和汇率的稳定性,放弃资本的自由流动。当然,这只是个笼统的说法。各国可以实现对这三个目标的任意折中。比如,有管理的浮动汇率制度、有部分限制的资本流动以及部分独立的货币政策等。

从这个分类上看,人民币即使不国际化,也不影响货币政策的有效性,但事实非不如此。但正如我们上面提到的,很少有国家的汇率是完全浮动的,也很少有国家愿意完全让本国的货币政策随波逐流。现实的选择大多是处于灰色地带。之所以如此,有时候固然是政策选择的结果,但有时候则是不得不接受的结果。就中国而言,虽然实行严格的资本项目管制,但大量热钱的流入却也是不争的事实。研究显示,资本项目管制在短期是有效的,但长期看是无效的。在 2003 年以来的经济上升周期中,所谓输入型流动性过剩就是一个明证。在人民币升值预期的推动下,大量资金通过各种渠道从国际收支的各个项目流到国内。为维护人民币汇率的基本稳定,人民银行需要在外汇市场上购买外币,放出人民币;同时为了避免基础货币供应大量增加,人民银行又通过发行央票、提高准备金率等手段,回收流动性。结果,就在一定程度上失去了货币政策的独立性。这也是我们虽然较早注意到了经济过热通胀压力,也进行了大量政策的努力,但却收效甚微的原因。

实际上,中国的资本管制早已不是铁板一块,不能简单地说我们是实行的严格有效的资本项目下的管制。只要一国开放了经常项目的可兑换,就或多或少会涉及资本项目的可兑换。自 2002 年试行 QFII 以来,我们事实上已经放开了除短期流动资本之外各项资本项目的可兑换。只不过对这些资本项目实行的是审批制。审批制是审慎的,但效率也很低,更留下了一些可供资本流入和外逃的漏洞和渠道。

## 东亚模式与人民币国际化

人民币国际化问题在很大程度上是与东亚问题联系在一起的。

一方面,货币国际化是东亚各国经济发展进程的一个组成部分。很多发达国家的货币一开始就是国际化的,可以自由兑换,汇率几乎每天都在波动。相比以下，以东亚为代表的新兴市场国家，长期存在着金融压抑，而外汇管制和汇率干预乃是金融压抑的一个组成部分。当经济金融发展到一定阶段，货币的国际化就提上了日程。在日本、新加坡和中国香港等早期经验的基础上，包括印度在内的亚洲国家在 20 世纪 90 年代，加快放开了对资本项目的管制，但因过于盯住美元的汇率制度而丧失了缓冲调节能力，最终导致内外失衡积重难返，各国货币化进程也因此遭挫。

另一方面，货币的国际化对亚洲国家还是一个战略选择，而中国很可能成为能够完成这项战略的少数国家之一。亚洲金融危机之后，固定汇率制度在东亚瓦解，国际货币基金组织得出的结论是，因为这些开放的小国经济此前是将本币盯住美元，在一定条件下吸引了大量国外资本流入本国，短期债务过重，为危机埋下了祸根。但令人惊讶的是，在金融危机平息之后，这些国家又不约而同地回归了某种形式的固定汇率制度。从规避外汇市场风险的角度来看，盯住美元就是让出口商和进口商对冲他们的风险。

亚洲国家基本上都是外向程度很高的经济体，但由于其本币不是国际货币，这些国家无法在国际贸易中使用本国货币结算，结果一旦出现国际收支赤字，比如贸易逆差，就需要借钱还债。事实上，在亚洲金融危机之前，很多亚洲国家都积累起可观的外债。从泰国一家银行倒闭开始，这其中的偿付风险终于引发了国内外资金的恐慌。这其中有索罗斯的对冲基金，但更多的是本国涉外资金，这些恐慌启动了危机的自我实现程序。

发展中国家从中得出的教训是，一定要积累起自己的外汇储备，以便抵御国际收支风险，并摆脱国际组织的不合理干预，由此形成了所谓的布雷顿森林体系 II。也就是亚洲国家通过出口积累大量国际盈余，这些盈余主要是以美元形式持有的，这些美元会流回到美国金融市场，也就相当于借钱给美国。这种模式部分解释了美国长期利率在较长期保持在低位，以及美国消费者可以长期有钱过度消费。

躲过一劫的中国是布雷顿森林体系 II 最重要的参与者。中国自 20 世纪 90 年代末期以来积累起了大量的外汇储备,至今已经超过 2 万亿美元,其中 60％以上是以美元形式持有的。这些外汇储备给予了中国巨大的信心优势,但同时也面临着很多问题。巨额国际收支盈余意味着人民币面临着难以回避的升值压力,这个压力不仅是经济意义上的,也是政治意义上的。但如果人民币对美元大幅升值,那么这些外汇储备将会随之贬值,且汇率升值会削弱中国商品的国际竞争力。从长期来看,这些辛辛苦苦积累起来的美元资产还会受到美元贬值和通货膨胀的侵蚀。鉴于美国已经启动了印钞机来救市,这两个风险很可能都会发生。

麦金农将这一尴尬境地称为"受挫的美德"。"美德"即意味着高储蓄。许多东亚国家的人,包括中国人都乐于储蓄,所以就是有"美德"的人,美国人就缺少"美德",因为他们存钱太少。在美元在国际货币中一家独大的格局下,高储蓄东亚国家只能借钱给美国。但是由于面临上述种种可能的损失,"美德"没有得到好报。这就是"受挫的美德"。

## 实现大国内外均衡的必由之路

人民币国际化为上述错综复杂的局面提供了一个可能的解决方案,并有可能超越日元经验成为一个更加成功的案例。当前的中国与 20 世纪 80 年代的日本情况有几分相似。面对巨额顺差和美国压力,日元加快了国际化进程,同时伴随着日元升值。日元的国际化进程因 20 世纪 90 年代出现的"失去的十年"而充满争议。但"失去的十年"在多大程度上应归结为日元国际化本身还没有定论。当时的日本骄傲自满心理膨胀,在初期人为压制日元升值,但在后期却又加快升值;在国内股市尤其房地产市场出现明显泡沫的情况下,国内政策却因一般价格平稳而迟迟未能紧缩;另外还包括日本老龄化时代的到来。这些因素都有可能是导致日本"失去十年"的原因。从这个意义上说,日元不太成功的国际化经验,还不是推迟人民币国际化进程的理由。

相反,人民币国际化有望成为解决当前中国的内外失衡问题的关键。首先,人民币国际化能够大大提升货币政策的效力,并使得货币政策能够更加专注于内部均衡。中国迄今为止实行的政策是保持汇率基本稳定,同时对资本流动实行管制。但正如上文所分析的事实证明,资本项目管制已经越来越难以得到有效实施,货币政策在很大程度上疲于对冲外汇占款变动。国际经验显示,与货币政策独立性的(部分)丧失所导致的困难相比,大国经济体通常更应该选择货币国际化来释放出货币政策的空间,提升政策效力。这从根本上有助于我国经济的内外平衡的动态实现。

其次,从增量上看,人民币国际化能够避免发展外向型经济与外汇储备高企的悖论。在商品、服务以及投资能够用人民币结算之后,中国双顺差中的一部分就将不再以外汇的形式出现,这意味着外部失衡的压力会得到缓解,外汇储备继续增加的压力也会下降。

再次,从存量意义上,人民币国际化将有望从根本上降低中国对外汇储备的需要。中国巨大的外汇储备固然与中国的出口型模式有关,但这种出口型模式的形成,与出口创汇、积累外汇储备等理念不无关系。这一理念其实是亚洲金融危机过后的共识。随着人民币的国际化,以及人民币的国际认可度和接受度的增加,就没有必要保持这么多的外汇储备。当前,美国和欧盟基本上没有或只有很少的外汇储备,它们的国家储备主要是黄金。人民币国际化意味着中国能够从国外征收一部分的铸币税,也就是可以直接使用人民币进行对外支付。此外,我们还能够以人民币的形式,如发行国债,向外国政府和投资者借债。这些都能大大提升我国国际收支的偿付能力和安全系数。

最后,当一国货币国际化之后,一定程度上会对冲掉外汇储备缩水的风险。货币国际化要想顺利进行,通常伴有货币的升值。人民币升值一方面会造成美元贬值进而加大现有外汇储备缩水的压力;但另一方面,也意味着人民币吸引力的增加,以及人民币单位国际铸币税的增加。

# 比印钞票更猛烈的货币政策

　　现在，包括美联储在内的全球主要央行全都化身为印钞机，它们正在或计划在市场上大量购买国债、按揭抵押债券、公司债或者股票。央行这样做几乎没有什么成本，只不过是变动几个数字。但结果是，央行向市场注入了新的货币。

　　这就是所谓的量化宽松（quantitative easing）货币政策。量化宽松现在备受倚重，因为它解决了一个常规政策所不能完成的任务：降低中长期利率。

　　在西方，央行能够直接控制的是短期利率，现在美联储等央行已经将短期利率降到 0。降息牌出完之后，中长期利率仍然偏高，而中长期利率不受央行直接控制。量化宽松政策的主要目标就是要降低中长期利率。央行大举购买某种债券，将抬升这些债券的价格，同时压低这些债券的收益率，这会降低整个市场的中长期利率，并有效降低借贷者的成本，进而鼓励消费和投资。

　　量化宽松显然是相当激进的货币政策，但也有人认为央行做得还不够。理由是，在市场缺乏信心、信贷收缩和通货紧缩的环境中，把中长期利率降到 0 仍然满足不了恢复经济的需要。用经济学的话说，当前的均衡利率应该是负的。均衡利率是指让经济恢复充分就业的利率水平。比如，当预期通胀率为负时，将来的钱就更值钱,即便名义利率为零,实际利率也可能较高。为了让经济恢复到正常水平,名义利率就应该为负的。

央行能够直接宣布利率为负吗?如果央行可以宣布一年的借款利率为－3％:现在借100元钱,将来只要还97元钱,这样就能更好地刺激有效需求。但问题是,当利率为负时,就没有人再愿意借钱给别人。

哈佛大学的曼昆教授说,他的研究生提到了另一种把利率降到负的有趣方法。

大致意思是,央行可以现在宣布,一年后将从0～9中随机抽出一个数,比方说抽到的是2,那么所有编号尾数为2的钞票将作废,停止使用。设想一下,央行可以施加魔法把所有尾数为2的钞票从人间蒸发掉。

这样做的结果是负利率的产生。这时持有钞票的平均成本是10％(有1/10的钞票作废)。大家都会渴望把钱借出去,甚至愿意牺牲一部分本金,比如5％。这样,借出100元,一年后收回95元。于是,负利率就产生了。

这样做很有必要,因为我们已经说过,负利率正是恢复充分就业所需要的。并且,这个方案看上去也简便可行——只需要发布一个公告即可。

在我看来,这样做的困难也是显而易见的。第一个困难是,负利率提高了人们借出钱的积极性,但同时也打压了人们借入钱的积极性。因为,借钱的人平均会遭受10％的损失,信贷市场可能仍不会活跃。也就是说,央行发布公告后,供给曲线会向右上方移动,但需求曲线也会向左下方移动。结果,与央行行动之前相比,利率是降到0以下了,但信贷规模却可能没有任何增加。

第二个困难是,负利率方案本质上是个收缩银根的做法,这和放松银根的初衷背道而驰。为了制造负利率,央行把1/10的钱蒸发掉了。结果市场上的资金就更少了,也就减少了可供借贷的资金数量。这不是应对信贷收缩、物价下降的可行办法。不难想象,如果央行这样做,现在的货币供应量会因货币流通速度上升而明显增加,而将来的货币供应量将减少1/10。货币供应量的大起大落会极大地加剧经济波动。

　　还有一个困难就是，现代社会里，已经很少有人大量持有现金了。当央行宣布要蒸发钞票时，人们更会把钱存到银行，这样就能避免自己所持有的现金蒸发掉。银行因为担心损失而希望尽快能把钱花出去，或者借给别人，但结果却是更多的钱回流到金融系统，实体经济的困难将因此加剧。

　　当然央行可以同时把存款利率变成负数。即便在利率市场化的国家，央行也不能这么做，银行也不会非但不对存钱付利息反而收取费用。因为银行接受储户的现金，也就承担了风险和损失。不过，这时人们可以去卖债券，债券的收益是很难为负的。

　　还要考虑到，如果央行作出将蒸发一部分钞票的决定，将会造成市场对本国货币的恐慌，人们会争相兑换成别的货币以求自保，这将使得资金突然涌出国门，造成本币急速贬值甚至崩溃。

　　制造负利率的这个想法还有一个更加学术的类似版本。经济学家盖塞尔（Gesell）在 20 世纪 90 年代就提出过定期征收"持币税"来刺激人们去花钱而不是存钱。盖塞尔的观点得到了《通论》的支持，凯恩斯把它作为应对流动性陷阱的一个途径。通货紧缩和流动性陷阱出现过不少次，但这个思想实验也未能被付诸实践，我想可能也是因为上面提到的诸多困难。

　　比较下来，可能还是央行印钱、政府花钱来得更直接，也更有效。

# 人民币重估的谜底

不少迹象显示,人民币升值预期已开始重新走强,与升值预期升温如影相随的是,热钱重回中国。2009 年 9 月末,中国外汇储备增至空前的 2.27 万亿美元,外汇占款也明显增加。这些被看作是热钱流入的结果。2009 年三季度外汇储备环比增加超过 1400 亿美元,而同期外贸顺差仅约 400 亿美元,其他资金则是与贸易无关的流入(当然也包括外商投资)。

人民币升值预期走强是多种因素叠加的结果。中国经济从 2009 年二季度开始率先强劲反弹,使得其他主要经济体的表现相形见绌。最近公布的三季度经济数据为中国经济的 V 形反弹添上浓墨重彩的一笔。而在未来的一年时间里,中国经济运行将处于"高增长、低通胀"的理想通道之中。美元汇率的走低也为人民币升值造成直接压力。自 2007 年 5 月汇改到 2008 年中,人民币汇率对美元一度升值超过 20%。2008 年 10 月份以后,人民币与美元汇率联系重新紧密。人民币有效汇率在 2009 年 2 月达到高位后,又跟随美元出现一轮贬值,至 9 月份贬值幅度达 8%。外贸形势的好转也支持了人民币升值预期。2003 年开始的升值预期,其主要背景之一是中国的外贸增速惊人。而现在中国外贸又有重新扩张的态势。此外,人民币升值周期的暂停被认为是应对金融危机的组合手段之一,以避免出口更大幅度的收缩。随着外贸形势的好转,这种必要性已经有所下降。相反,贸易摩擦的升级将增加升值的政治压力。

这种状况将带来什么?这容易让人联想到 2003 年以来的资产价格高涨和流动性过剩局面。也有专家发出了类似预言。现在,在人民币升值概念的主导下,人们对资产价格重新恢复信心。但金融危机表明,泡沫破灭的代价是十分沉重的。并且,有两个原因使得当前的情况比危机之前更难承受新一轮的资产价格泡沫。一是国内本身的流动性环境要远远比危机之前更宽松。在危机救助中,中国的银行体系已经放出了巨量流动性,这些流动性一旦与升值预期联系起来,将更多地脱离实体经济部门。二是国内的资产价格已经较 2003 年有了很大的上涨。在此基础上,资产价格再成倍上涨,风险也会成倍增加。

重启人民币升值周期固然是释放人民币升值压力的一个途径,但可能并非最为有效。如果在现有条件下核算出所谓均衡汇率,结论将是人民币需要惊人的升值幅度才能实现内外平衡。因而,仅靠人民币升值根本无法解决国民经济的失衡问题。从这个角度说,人民币升值是必需的,但还不是全部。此外,就升值策略来说,一次性大幅升值固然有毕其功于一役的诱惑力,但仍面临很多挑战,从而难以成为首选。小幅长期缓慢的升值,将降低国际资金对人民币升值的赌性。如果人民币升值很慢,那么暗赌升值的资金收益率都不会很高。

其实,人民币汇率问题的出路在于汇率本身之外。在经历一段时间的升值之后,人民币的工作重心转向汇率形成机制的建设以及国际收支账户的开放之上。危机爆发以来,人民币升值周期暂停,但开放人民币资本账户的步伐却有所加快。中国已与一些贸易联系紧密的国家签订了货币互换协议,并试图提升人民币作为贸易结算货币的地位。此外,香港的人民币债券发行的节奏明显加快。这些都有助于人民币走出国门,进而深化外汇管理体制的改革,有望在将来减少央行对冲外汇流入的压力。如果越来越多的外贸以人民币结算,同时为境外人民币持有者提供投资平台,那么资本账户就能够更好地平衡经常账户。

其次,控制热钱流入。有研究表明,资本跨境流动管制从短期来看是有效的,但长期效力会下降。在可预见的将来,人民币汇率升值预期恐难以完全消退。在此背景下,对短期资本流动的管制就是需要的,这有助于增加投机的成本。

再次,避免资产价格过度膨胀。事前判断资产价格是否存在泡沫被认为是个难题。资产价格是大量专业人士理性决策形成的。但次贷危机显示,有效市场机制经常被"动物精神"所淹没。显然,当基本面没有出现显著改观时,资产价格持续的大幅上涨就将面临将来调整的考验。从这个角度说,增加资产品种的供给将是大势所趋。我们都知道,中国资产价格偏高的部分原因在于,投资品种和金融市场深度不够。增加投资领域有助于资产价格更具理性。因而,撇开其他因素不谈,新股发行开闸、创业板发行以及国际版的酝酿都是值得期待的。同样,我们也希望看到城市化进程的加快,以及土地更有力的整合,以增加房地产市场的有效供给。

最后,人民币汇率问题实际上是国民经济失衡的结果,合理的结构调整是舒缓人民币升值压力的各项途径里成本最小的一个。"中国制造"竞争力的形成原因是多方面的,一方面体现了技术进步、劳动力素质提高、制度成本的降低;另一方面也是劳动力成本过低、环境成本未能充分体现、过度鼓励出口等环境和政策导致的。后一类原因带来的竞争力优势,实际上是因为人为压低了中国出口的价格。加强环境保护、改革收入分配,增加社会保障和公共部门的投入,以及改善劳动收入占总收入中的比重,这些措施在一定程度上会降低中国制造的竞争力,但却能够很好地解决结构失衡问题,起到升值的作用。

人民币升值压力其实也是结构调整的压力。这两个压力并不是此消彼长的关系,而是共进退的。从这个角度来缓解升值压力,能够与公众福利更好地结合起来。

# 靠什么逃脱"危机—刺激—泡沫"的宿命？[①]

　　学界和市场正迅速在通胀问题上达成共识。这一共识不仅助推资本市场和基础商品市场出现了一轮壮观的上升行情，还对政策面构成了压力。有学者认为，央行是在重复"刺激—复苏"的游戏；甚至认为，过度放松政策是在制造通胀危机。这些在中长期成立的观点，在当前却不合时宜。它们指出了货币放松的潜在风险，但却没能给出合理的替代方案。如果政策像其期望的那样，现在就开始收紧，结果显然难以想象。

　　总体来看，资产价格上涨的现实和一般物价通胀的预期，尚不会在短期扭转全球宏观政策的导向。在复苏基础并不稳固的背景下，只有看到真实的通胀，紧缩周期才可能启动。而现在总体上只有通胀预期，没有真实的通胀。中国的消费者物价指数同比增速有可能在 2009 年三季度结束前开始转正，但 2009 年全年消费者物价指数不会超过 1％，2010 年有可能更高一点，但对于一个高速增长的发展中国家来说，5％以下的通胀水平并不可怕。这是问题的一个方面。

---

　　①　本文写于 2009 年 7 月 3 日。

问题的另一方面在于,从长期来看,货币超常规增长几乎肯定会化作真实的通胀。这一点在理论和经验上都已令人信服。当前,增长乏力的实体经济无法吸收扩张的货币供应,那货币流入资产市场具有一定必然性。在流动性充裕的背景下,资产价格上升尤其是基础商品价格的上升,最终将传染到一般物价领域。这其中有很多渠道。资产价格上升会改善企业资产负债表,并增加企业投资能力;资产价格上升会通过家庭的财富效应,增加消费需求;基础商品价格上升会抬高生产成本尤其是劳动力成本;更值得注意的是,通胀预期本身也会造成通胀压力。

政策面的真正问题在于平衡这种短期与长期的冲突。对于 2009 年的中国经济来说,低位的通胀形势和低迷的实体经济要求继续执行宽松政策,而未来的通胀压力又要求提前考虑政策收紧。我认为,保持当前宽松政策的连续性是必要的,但同时应正面回应通胀预期。包括美联储在内的全球央行最近都强调了宽松政策的持续性,但对于安抚市场通胀预期还没有给出明确信号。随着实体经济复苏的展开、资产价格的走高以及通胀预期的强化,如何维护央行捍卫通胀的公信力正变得越来越重要。

全球央行已进入未知世界。尽管"格林斯潘对策"受到了广泛批判,但这仍是央行应对此轮危机的必然选择。学者研究发现,格林斯潘时代,危机时利率下调幅度总是超过经济恢复到充分就业所需的幅度。政策面及时地超调成功应对了多次危机冲击。政策对次贷危机的反应亦是如此。很难想象,要是没有货币政策过度放松,当前的经济金融形势会是怎样。同时,也正是因为格林斯潘泡沫的教训近在眼前,现在对货币政策放松的批评才如此强烈。问题是,我们不能拿 2007 年以来的泡沫破灭来否定 2000—2001 年的救市政策,当时美国股市遭受了高科技泡沫崩溃和"9·11"事件的打击。格林斯潘时代的主要教训不在于危机爆发时放松了银根,而是在危机过后没有及时收回过多的流动性。回顾格林斯潘当时的决策过程,可以确信当时的美联储有能力避免流动性充斥市场过长时间,只是因为格林斯潘认为新经济已经改变了经济增长模式,没有必要这样做。

相信这次央行也会回收过多的流动性,但不是现在。研究大萧条最有发言权的学者仍在呼吁刺激政策还应该继续。虽然对央行的指责十分容易,但现在还找不到一种更好的思路来回应危机给全球经济所造成的伤害。伯南克和罗默等人正代表了我们认知的最高水平,他们均捍卫了当前的政策,罗默甚至主张实施第二轮经济刺激措施。

市场还没有看到政策层对通胀预期表明的强硬立场,这出乎一部分人的预料。央行们或许有意如此。我也相信,适度的通胀预期能够有助于经济更好地启动复苏程序。在经济紧缩期,出现通胀预期是一个有利的信号。这本身也很可能就是经济复苏的一个必要环节。无论如何,经济中毕竟存在着超量的货币,潜伏的通胀风险也有可能在经济复苏之前就演变成真实的通胀。这将使得政策面陷入两难处境。过度纵容通胀预期和投机行为是不明智的。

美联储进入伯南克时代以来,政策透明度有了明显提升,这仍将是一个值得继续努力的方向。危机时期增加了美联储未来政策的变数。当出现未预期到的利好时,市场就会亢奋;当市场期望没有得到满足时,又会转向失望。这种状况会加重市场的投机风气。

美联储可以继续放松政策,同时亮出自己的底线。一个现实选择是,可以强化通胀目标制。通胀目标制可以大大改善政策的可预期性,因为通胀一旦接近或超过目标值,紧缩货币政策就将启动。通胀目标制一直被视为是提升货币政策透明度的重要途径,同时也能够帮助市场稳定预期。如果美联储能够明确宣布,不会容忍 2% 以上的通货膨胀,那么炒作通胀预期的投资者就将面临更小的投机空间,源于政策面的人为波动也将减弱。这些都是经济复苏所需要的,也是避免重复刺激政策导致更大泡沫错误所需要的。

与其他经济体一样，中国也坚持将经济复苏放在首位，认为形势虽有所好转，但现在仍处于经济复苏的关键阶段，政策面不能过早退出。相比之下，我国金融调控的灵活性和有效性要明显大于其他主要经济体。当经济金融环境出现确定性转变之后，偏行政性的调控方式会更快见效。同时也要注意到，我国财政金融政策放松的力度要大于美国，加上经济已先于全球复苏，未来我国的通胀压力会更大。并且很可能会来得更早，客观上需要先于美国作出调整。因而，中国的政策面一方面应强调维护通胀稳定的立场；另一方面还应增强独立判断能力，为率先启动紧缩调整做好准备。

# 全球复苏分化、退出博弈与我国货币政策选择

尽管全球经济已经触底,未来二次探底的可能性也很小,但各主要经济体的复苏前景存在明显差异,这些差异将对全球刺激政策的退出尤其是中国的政策退出产生重要影响。包括中国在内的一些新兴经济体至少在同比意义上实现了 V 形复苏,但这些国家还无力带动发达经济体快速复苏。对照历史上主要危机的演化,美国、欧盟、日本经济总体上还要在底部停留较长时间。复苏的不同步要求各国的政策退出也有先有后。然而,发达国家之间以及发达国家与新兴经济体之间复杂的政策博弈,将使得全球政策退出滞后于经济周期的要求。中国经济已率先复苏,但退出政策受到发达经济体的诸多牵制,宏观政策和经济周期面临更大的错配风险。我认为,尽管未来一段时间中国的通胀仍相对稳定,但从宏观审慎管理的角度,政策当局应更早更有力度地启用多种退出手段,包括利率汇率等价格型手段。

## 一、全球经济危机—复苏进程出现分化趋异态势

复苏进程是当前和未来一段时期全球经济形势的主题。全球经济虽已触底,

未来二次探底的可能性也很小,但复苏之路远非一马平川。包括中国在内的一些新兴经济体至少在同比意义上实现了 V 形复苏,但这些国家还无力带动其他主要经济体快速复苏。很多证据显示,欧洲和日本将经历 L 形复苏,美国经济境况稍好,有望出现 U 形复苏。但至少从失业率等指标看,美国经济将在底部停留较长时间。近期美国经济的好转主要是由再库存化的存货周期推动,在其出口和消费真正增长之前,这种"无就业增加的复苏"只能是微弱的。

发达经济体还将在底部停留相当长的时间。理解和预判"危机—复苏"演化的一个视角,是对历史上最严重的危机进行归纳分析。哈佛大学的罗格夫和马里兰大学的瑞恩哈特以及加州大学的埃森格林等人对包括大萧条在内的 20 次危机研究显示,与这些危机的平均表现而言,发达经济体的复苏还有较长的路要走。

其一,复苏是一连串事件,产出企稳回升只是其初级阶段。历次危机显示,出产会较早止跌,但失业率和房地产市场却要经历更长的恶化期。平均而言,房地产价格会经历持续 6 年的下降,下跌幅度为 35%;股市下跌要持续 3 年半左右的时间,累计跌幅达 55%。跟随资产价格的下跌,失业率平均累计上升 7 个百分点,这个上升过程会持续 4 年以上;产出平均下降超过 9%,但持续时间比失业率上升时间明显较短,差不多 2 年时间。

对照来看,从 2007 年 12 月 NBER 宣布美国经济进入衰退算起,产出下降已超过平均时间,有望企稳回升。但失业率仍将维持在高位,房地产也可能继续低迷,这将制约美国经济的复苏势头,并迫使其在低位徘徊。美国劳工部公布的 3 月非农就业数据显示,3 月新增非农就业人数高达 16.2 万人。但这不会是美国就业强劲改善的开始。在新增就业人数明显增加的同时,失业率却维持在 9.7% 的高位,与上月持平。上轮萧条期(2000—2002 年)中,美国非农就业人数在出现首次大规模正增长的 9 个月之后,失业率才真正见顶回落。美国房价在危机爆发(2007 年 4 月)前一年就已见顶,至今下跌 4 年,较平均下跌时长还有两年。

其二,主要发达经济体出现二次探底的可能性较小,但复苏过程很可能还会经历小型反复。1929—1933 年的大萧条期间,美国股票市场出现过 4 次幅度超过 20% 的反弹。而伯南克的研究也显示,走出大萧条的复苏经历了多次反复。第一次银行危机的爆发(1930 年 11 月 12 日)使得美国从 1929—1930 年衰退中为实现复苏的一切努力付诸东流;1931 年中的金融恐慌使初露端倪的经济复苏演变成一场新的衰退;在 1933 年 3 月实行银行休假时,整个经济和金融体系分别陷入谷底。

得益于超常规金融财政救助政策的实施,发达经济体已经避免了第二次“大萧条”的发生。但在一系列结构性问题的困扰下,发达经济体至少不会出现 V 形反转。美国等发达经济已经不可能回到依赖发展金融衍生品支持过度消费的老路。美国经济在环比意义上出现了明显反弹,但这主要是库存增加(再库存化)的作用。2008 年 8 月开始,美国制造业出现一轮显著的去库存化过程,而库存销售比则从 2008 年末 2009 年初开始下降;制造业的去库存化整整持续了一年,并从 2009 年 9 月开始了新一轮再库存化。迄今为止,再库存化已经持续了半年,库存销售比则止跌回升。按照目前速度,制造业企业的库存水平要达到危机之前的正常水平,还需要半年时间,即到 2010 年三季度完成。受此影响,预计美国的经济增长在 2010 年下半年之前还将维持温和回升。随着再库存化的结束,以美国为首的发达经济体将在 2010 年四季度再次迎来考验。

其三,国家层面上的去杠杆化压力将持续困扰许多国家的复苏进程。历次危机之后,政府的实际债务均迅速增加并维持在高位。危机爆发以来,非政府部门的去杠杆化部分是以政府部门的增杠杆化为代价的。经济下滑致使财政收入大幅下降,而财政支持因大规模刺激计划而显著增加。缓慢的经济复苏使得财政政策一时难以退出,一些国家账户经常持续赤字,金融市场也因越来越多主权债券有所担忧,财政融资的不确定性和成本高企。这些事实将导致部分国家的财政状况处于警戒状态,并可能波及主权货币稳定。

以"PIGS"（由是葡萄牙、意大利、希腊、西班牙的英文首字母构成）为代表的南欧多个国家的主权债务境况在危机前的基础上进一步恶化,其政府债务占国内生产总值的比重和财政赤字占国内生产总值的比重,均分别大幅高于马斯特里赫特条约规定的 60% 和 3% 的上限。欧元区由不同主权国家组成,并缺乏一个可以置信的惩罚和强迫退出机制,欧央行按规定不能直接救助单个成员国,这些因素使得救援政策面临复杂的博弈。欧盟和国际货币基金组织可以达成一个临时解决办法,但主权债务的去杠杆化需要牺牲经济增长和公共福利为代价,债务规模和赤字水平仍将在相当长一段时间里维持在高位。

在发达经济明显脱离底部之前,中国等新兴经济体实现了强劲反弹。这一反差在一定程度上支持了"脱钩"（decoupling）假说。事实上,既然中国经济在超日赶美,那就不会完全受制于其他主要经济体的经济周期。宏观基本面的快速好转,表明中国只是受到全球金融危机的影响。就实体经济而言,只有出口出现了明显下滑。中国的金融部门尤其是银行系统本身是稳健的。正因如此,一系列刺激计划才得以迅速发挥作用。中国政策的有效性固然得益于强有力的领导体制,同时中国经济增长的基础未受危机冲击发生动摇也是重要原因。发达经济体也出台了极度宽松的货币政策和扩张性的财政政策,但效果并不显著。

中国经济基本面有望重新回归"高增长、温和通胀"的大格局,在 2010 年延续较快增长态势。在通胀形势上,尽管存在不确定性,但一般物价出现明显上涨的可能性较小。新兴市场在经历率先复苏之后,也正先于发达经济体遭遇高通胀的考验。日前越南和印度均已宣布出现了较为严重的通胀。虽然中国经济增速更为强劲,但总体通胀形势会好于越南、印度两国。新兴国家的通胀主要不是实体经济复苏的结果,自然灾害导致粮食产量下降是主要原因。

中国未来的经济正常化提前结束,新一轮的高涨或将到来。中国出口已接近国内生产总值的 40%。在发达经济体萎靡不振的背景下,中国经济脱钩于发达经济体似乎不可思议。然而，中国与发达经济体在复苏中的分岔显示，不可思议的事已经发生。要解释并说明这一现象为什么可持续，我们需要特别注意以下事实。

其一，中国的出口实际贡献度远没有看上去那么大。我的一项测算表明，出口产品的国内增加值只是占到了国内生产总值的 10% 左右，这一数值远远低于 40% 的出口/国内生产总值比重，以及 20% 左右的净出口/国内生产总值。估算出口商品中的国内增加值之所以必要，是因为用生产法核算国内生产总值时，只有国内增加值部分才计入其中。可以说，出口/国内生产总值以及净出口/国内生产总值这两个流行指标并没有多大意义，因为它们的分子都是总产值概念，而国内生产总值是增加概念。

其二，中国经济周期相对独立的现象不是刚刚出现的。出口增速下降的冲击此前也未曾导致经济增长的大起大落。较近的一次冲击发生在 IT 泡沫破灭的 2001 年，出口增速从 2000 年的 28% 下降为 7%，而国内生产总值增速几乎毫无变化。1990 年和 1997 年出口增速加快，而国内生产总值增长率却出现下滑；2007 年出口增速下降，而经济增长仍在上升通道。中国也绝非孤例。在这次出口冲击下，像韩国、印度尼西亚这样的国内市场相对狭小的外向型经济体，也实现了率先复苏。

其三，中国经济的确有其特殊性。很多人注意到中国与 20 年前日本高度相似，但却忽视了两国最大的不同，即中国的增长潜力远未耗尽，而当时的日本经济已是强弩之末。中国现在仍可通过学习模仿享受后发优势，而日本当时已经处于生产效率的前沿；中国有很多体制性、结构性问题，比如城市化滞后、地区差距较大等，这些落差更是指明了发展的方向和动力所在。很多人会说，中国的许多问题被官方数据掩盖了，但不透明的背后并不总是坏消息。政策面一再展示其惊人的效率和灵活性，并且能够吸收借鉴成熟可行的各种观点。

## 二、全球退出博弈放大政策错配风险

在此背景下,人们都在猜测全球加息潮何时来临。最近有关全球经济超预期复苏的数据,让市场产生了这一天会提前到来的预期。不过,启动加息政策不仅面临着国内的政治压力,亦有可能陷入国际政策协调的博弈困境。

首先,率先退出的国家需要承担较高的政策成本,刺激政策的退出充满复杂的搭便车博弈。加息使得国际资金流入国内,将通过外汇市场对本币带来升值压力,进而影响本国的出口。在此背景下,将会出现新兴经济体等待发达经济体退出、发达经济体等待美联储退出的相互牵制格局。

在发达经济体之间,市场普遍预期美联储会在 2010 年底启动加息周期,欧洲和日本要再晚一些。事实上,2010 年欧美日经济体加息的可能性很小,甚至晚于市场预期整整一年。应该关注到,美国的产出缺口到 2013 年才会消失,今明两年年底时的失业率数字预计将分别在 9% 和 8% 以上,远超正常失业率。按照各种版本的泰勒规则,美国在 2012 年之前都应该保持负利率。而对美联储 1920—1970 年危机后退出策略的研究显示,美联储启动加息通常晚于泰勒规则的要求。

当然,美联储之所以会推迟加息,是因为它还有替代政策可选。除了将利率降至零附近之外,美联储还通过各种数量宽松政策扩大了自己的资产负债表。在加息之前,美联储会先撤销数量宽松政策。这些政策退出相比降息,对本国汇率和出口会造成更少的影响。预计美联储会逐步缩小数量宽松的规模、停止部分刺激政策、设定甚至提前结束数量宽松的截止日期等。这些政策将被置于加息之前。

对新兴经济体而言,政策退出面临多重顾虑。首先,尽管包括中国在内的新兴经济体客观上有较早加息的条件和需要,但是考虑到它们对本币升值压力的担忧,新兴经济体将会尽力避免出现这种状况。2009 年四季度,澳大利亚、以色列、挪威等较发达国家掀起一轮小型加息潮,但加息周期在这些国家没能延续,也没有向更大范围传递下去。其次，不断有官员和学者警告，全球经济尤其是发达国家的经济复苏尚存很多不确定性，在发达经济体出现确定性复苏或通胀压力的明确上升之前，新兴经济体难以坚定退出。值得注意的是，一年多来大规模刺激放松政策的负面效应已有显现。产生上述现象的部分原因在于，货币信贷环境以及项目审批过于宽松，产能过剩问题凸显。这些现象虽然要求政策面要尽早考虑退出，但也意味着一旦政策退出过快，一些开工项目将面临资金紧张的考验，这决定了退出速度很可能要慢于实体经济的需要。

就中国而言，撇开偏好和政治因素，国内外调控政策的错配根源于，中国经济基本面的率先复苏和相对脱钩，客观上支持政策率先退出，但事实上中国的宏观政策还是过多地盯住美国（不仅仅是盯住人民币汇率！），退出速度落后于实际经济复苏步伐。中国的确较早启动了极度宽松政策的退出。在 2009 年 7 月央行发出定向央票之后就已启动退出机制，当年 8 月还创造了动态微调的调控术语，三、四季度对信贷增速的管控明显发力，2010 年以来两次调整准备金率，公开市场操作力度加大。

尽管启动退出相当早，但力度还不够。利率调整一般盯住的是半年到一年后的宏观指标。年中的消费者物价指数将超过 4%，甚至 5%，从维持 3% 的物价目标来说，央行应该启动加息。从这个动向看，即便到了二季度，利率手段仍可能继续被冻结，因为届时会发现，美联储加息仍会遥遥无期，一样会担心热钱流入。现实中的确出现了一些变通的方法。当前的部分实际利率已经抬升——住房贷款下浮的优惠利率已经难觅踪影，2010 年前两个月人民银行温州中心支行跟踪监测的温州民间借贷利率也连续小幅走高。但这些变通效果有限，信贷收紧的力度同样不够，这在一定程度上反映了政府项目审批的节奏仍没有明显放缓，政府融资平台的规模仍在扩张。

## 三、全球经济治理当局如何架构宏观调控新思维

危机凸显出了近二三十年来宏观经济领域出现的若干新特点。金融危机证明,主导全球经济治理的宏观治理思路未能有效应对现代经济周期发出的新挑战。当前全球经济正在回归危机之前的正常趋势,这些新特点必须得到正视,并逐步更新我们的宏观调控思维。

### (一)经济危机越来越让位于金融危机

过去的 25 年时间里,全球主要经济体经历了所谓"大缓和"(great moderation)时期,即经济保持较快增长的同时,通胀基本处在低位,然而金融危机却时有发生,包括日本的资产价格泡沫危机、亚洲金融危机、美欧的信贷危机以及近期的国际金融危机。自 20 世纪 30 年代以后,经济史中已很少单独提及经济危机,取而代之的是金融危机。危机越来越以金融危机的方式表现出来,一方面可以在金融领域缓冲掉经济周期的大部分痛苦,使得实体经济遭受更少的冲击;另一方面,实体经济受金融部门的影响越来越大,而不是相反。对金融危机更成功的一个解释是受人类所谓动物精神支配,这使得经济周期变得更不可控。

理论认识还有待跟上这一转变。直到 1997 年亚洲金融危机爆发,主流理论家还习惯于从实体经济中找寻金融危机的根源,但这一线索已变得日益模糊。上述危机主要是资产价格泡沫破灭的结果,甚至国际资本投机在许多危机爆发中起到了较大作用,因而从实体经济角度解释经济周期的有效性明显下降。IMF 首席经济学家 Blanchard 等人最近也特别强调,金融机构在危机中扮演了不可忽视的角色。传统视角认为,金融机构在各市场上的套利活动可以保证市场的有效性和价格的合理性,但当市场受到某些冲击时,过度投机、泡沫、恐慌、崩溃等非理性现象则会出现。

这次危机主要是金融危机。从危机治理来看,与传统的经济危机相比,金融危

机更多的是源于信心和流动性危机,伴随着市场恐慌和资产价格的大幅下挫。这两点央行的印钞机能够解决大部分问题。危机爆发后,货币政策和财政政策的及时性超过了大萧条的开始期。这是大萧条没有再次发生的重要原因之一。与此类似,危机表现形式的转变使得货币政策应更多地从金融市场和资产价格而不仅是从实体经济来考虑退出。在极度宽松的货币政策刺激下,资产价格已经出现了明显反弹,但实体经济仍有较大困难。放松银根主要是应对资产价格下挫而不是实体经济危机。实体经济的明显衰退,在一定程度上是资产价格下降以及信心危机导致的。这意味着,一旦资产价格和市场信心有了确定性恢复,整体政策就应该逐步转向中性。实体经济的困难应更多地依赖财政政策。

既然危机的主要策源地已出现转移,宏观当局的政策目标和手段就应该更为广泛。危机之前宏观政策主要是以物价稳定和低物价为目标,Blanchard 等人建议,政策当局应同时关注产出的构成、金融市场变动以及汇率波动等其他方面。随着政策目标的增加,政策当局也应使用更多的政策工具。Blanchard 等人指出,政策当局其实是有相应的手段可供使用的,比如逆周期性的财政政策、财政方面的自动稳定器以及外汇市场干预和金融监管等。这些手段在危机之前被广泛忽视了,显然这个建议已经为政策面指出了合理的方向。

（二）资产价格越来越相对独立于一般价格变动

金融部门的发达致使传统的货币数量理论适用性下降。近几十年来的一个重要宏观现象是,各国经常出现无明显通胀下的资产价格上升。金融部门和制造业的发展对宏观经济所带来的不同影响是造成资产价格与一般物价脱钩的主要原因。制造业的发达抑制了一般物价上涨,而金融业的发达吸收了货币供给。制造业的繁荣增加了一般商品的供给,而金融业的发达创造了货币需求。货币供给很大程度上只是在金融部门流转,而不是像传统理论认为的那样会主要流入实体经济。此外,一般价格上涨的缓慢,以及核心消费者物价指数的波动远弱于消费者物价指数的波动,还与中国、印度以及苏联、东欧国家快速融入全球经济,这些因素都有很大关系。这种冲击还需要相当长一段时间才能完全消化,并将对价格体系的变化产生持续影响。中国有可能比成熟经济体更容易出现资产价格和一般物价的脱钩。中国货币供给主要作用于投资,并增加一般商品的产能,进而在一定程度上抑制消费者物价指数上升。在成熟经济体,货币供给增加部分是消费信贷增加的结果,因而会刺激消费,并引致通胀压力。

　　资产价格高涨,而一般物价稳定也使得传统宏观调控理论部分失效。当格林斯潘在 1997 年被问及这一问题时,他直言不知道如何解决。美联储的确也没有成功应对这个挑战。20 世纪 90 年代的美国股市在新经济和高科技浪潮的推动下,经历了一轮大牛市,与此同时,一般物价水平却保持在低位。美联储迟迟没有找到启动紧缩周期的依据。主要原因在于,美联储主要盯住的是非加速通货膨胀失业率、生产率、通胀率以及产出缺口等。将这些指标与当时的货币政策对照起来看,美国货币政策的方向、节奏和力度均契合经济周期。与此类似,在 2000 年高科技泡沫破灭的初期,经济仍在高速增长,失业率走低,通胀压力高企。这些关键变量为紧缩政策提供了切实依据。日本是另一个失败案例。资产价格泡沫在 1990 年破灭之前,一般物价平稳,日本央行因此将利率保持低位,以刺激出口增加和经济增长,致使泡沫急剧膨胀。

　　不存在通货膨胀而资产价格高涨时的原因在于,央行面临相互冲突的两个目标,而只使用一种工具。央行通常选择的是,以宽松政策刺激经济增长,坐视资产价格走高。历史经验显示,长期来看,这种政策的风险是很大的。未来的政策导向要求宏观调控更加关注资产价格,并引入相应的逆周期机制,抑制金融投机。正因如此,Blanchard 等人建议,应该将货币政策与金融监管有效结合起来,以弥补将利率作为单一政策工具的不足。当一般物价稳定而资产价格大幅上升时,加息会加大产出缺口,此时可以启用更有针对性的调控资产部门的手段,比如提高资本充足率要求、降低杠杆率。这样的政策组合可以在实体经济部门与资产金融部门之间做到更好的平衡。

（三）"脱钩"世界的宏观政策错配风险

包括中国在内的新兴经济体已经被迫先于发达国家启动政策退出，但退出的步伐很可能赶不上通胀抬升的步伐。从各国经济情况出发，美联储、欧央行、英格兰银行以及日本银行均在最近的议息会议上决定将利率继续维持在历史低位，并暗示将持续一段时间。应该指出，从经济基本面来看，包括中国在内的新兴经济体面临提前退出的压力。就中国而言，经济已确定率先复苏，通胀形势和流动性局面都要求货币政策更早向中性过度。然而，上文分析指出，在全球政策退出中，已经形成新兴经济体看发达国家，发达经济体看美国的博弈困境，这将对包括中国在内的新兴经济体国家带来宏观政策错配的风险。越南、印度等新兴经济体已经加息，但这是在通胀率达到两位数后的滞后之举。

美国的通胀率将已有所抬升，但美联储还会增加对它的容忍度。Blanchard 等人就预见性地建议央行应将目标通胀率由 2％ 提升至 4％，并认为这是应对可能出现的通货紧缩所需要的。显然，这一建议主要是针对发达国家央行的。在新兴经济体和其他发展中国家，潜在的目标通胀率要明显高于发达国家。如果发达国家提升目标通胀率，那么意味着发展中国家很可能要面临更加严峻的通胀挑战。

## 四、复苏与危机反思之下的中国货币政策选择

（一）宏观政策如何在保持基调不变的同时，合理微调，在保增长和管理通胀预期间达到合理的平衡点

自货币政策 2009 年 8 月份提出动态微调开始，宏观政策已经不再是一边倒的保增长了。日前，治理产能过剩问题被提上议事日程，房贷政策有所收紧，现在又进一步明确了管理通货膨胀预期的重要性。应该指出，这些调整实际上只是由宽

松向中性的回归,并且这个回归是结构性的,在速度上是渐进缓慢的,在力度上是小步微弱的。在相当长的一段时间里,政策面的整体效应还是扩张性的,而不是收缩性的。这些调整有助于继续巩固经济复苏势头,同时加快结构调整,并防止通胀压力的上升。

(二)从宏观审慎监管和金融稳定的视角,更多地关注资产价格变动,以及流动性在各部门的分布

如果通过分解构成物价指数的各个项目来研判未来的通货膨胀趋向,通常会认为出现明显通胀的可能性不大。的确,许多普通商品部门都拥有很大的生产供应能力,因此这些商品价格很难出现持续大幅上涨。但仅仅关注传统的物价指数已无法适应现代经济周期。金融市场和资产价格在通胀预期和流动性管理中处于越来越重要的地位。近些年国内外的经济周期显示,即便在资产价格不断膨胀、金融市场风险急剧放大的时期,一般消费物价指数也并不一定就有明显上涨。回顾过去25年来的全球物价走势,各国央行相当成功地实现了稳定物价的目标。但就金融体系的稳定性而言,这一时期发生金融泡沫和危机的频率却在不断上升。更重要的是,所有这些泡沫都是在低通胀环境下发生的。

为此,各方政策首先应更加关注资产价格。货币政策是否应需要考虑资产价格,一直是存有很大争议。然而,金融危机再次证明,资产价格的大起大落,日益成为经济周期的重要诱因,并会危及金融稳定。此外,资产价格的大幅调整在大多数时候是经济的领先指标。次贷危机之后,监管趋势是向投资银行基金等影子银行系统扩展。对这些传统银行业之外的金融机构提出更高的稳健性要求,这也是为了限制泡沫的过度膨胀。我国也应该将资产部门的变动更多地纳入到政策考量之内。

其次,货币环境不仅要关注传统意义上的货币供给,还要考察整体流动性状况以及流动性在各部门之间的分布和流动。危机之后,宏观审慎金融监管思路受到

各方关注。这一思路倡导宏观政策当局应该跟踪考察经济活动、金融市场以及金融机构之间的关系，特别要关注在高增长、低通胀、低利率环境下，宽松的流动性格局所造成的高杠杆率和金融工具的期限错配。

（三）国内政策调整不能囿于其他主要经济体政策的调整周期，我国货币政策应更多地从国内经济金融环境出发保持主动性和灵活性

各经济体复苏的进程参差不齐，客观上要求在不同时间启动退出或紧缩周期。相比包括中国在内的率先复苏国家而言，美国政策的退出时间可能过晚。做好率先进入紧缩周期的准备，适度调控流动性宽裕局面。与其他主要经济体相比，中国经济已领先复苏，资产价格涨幅较大，通胀压力也将较快到来，这要求国内相关政策要提前紧缩。提前进行货币政策微调，能起到边际意义上的改进，回收部分过多的流动性。

未来一段时间的宏观数据还将进一步显示，中国经济至少部分脱钩于其他主要经济体，这将对国内宏观政策的制定和执行带来长远而深刻的影响。中国的宏观政策需要考量越来越多的来自国际层面的因素，但同时也要注意保持自身政策的相对独立性。大量观点强调有关国内政策需要从发达经济体角度来考量，这在一定程度上制约了对政策相对独立性的讨论。

认为中国不能先于美国紧缩，主要是担心加息会吸引热钱流入。应该注意到，已有多个央行先于美联储加息，这些国家还包括了小型开放经济体。就国际账户的开放程度来说，这些国家的开放程度要大于中国，国内市场对利差的敏感性也高于中国。现阶段，热钱进出中国是有一定成本的。热钱流入中国最为看重的还不是利息收入。利差在资本流动的原因中并不占据主导地位。并且，中国的退出政策更多地从数量型工具开始。

（四）权衡数量型与价格型工具的利弊得失

当前我们主要依赖着行政性和数量型政策工具来完成率先退出的任务。这些

政策工具一方面有着立竿见影的效果；另一方面，行政性和数量型政策工具也能够将全球宏观经济政策失调效应的负面影响降到最小。在中国货币政策的退出上，利率和汇率政策将被非常谨慎地使用。一直以来，众多学者对率先启动加息总是持有排斥态度，认为这会加剧中国经济的外部失衡以及国内泡沫化的压力。美联储提前加息的可能性的确存在，但这需要较多的条件。此外，在敏感的人民币汇率问题上，中国正面临较大的压力。2007 年"汇改"的重要背景是中国出口规模空前膨胀，20％左右的汇率升值为对出口产生明显冲击。而现在这个背景已发生很大变化。

此外从央行执行货币政策成本的角度考虑，由于外汇储备是借国内存款者的钱买的，这意味着，不考虑汇率变化的损益，要达到收益成本打平，就要使中国的利率不高于外汇的报酬率（也就是外国的利率）。央行还有铸币收入，可以增加一点灵活性，但是外汇储备量太大，铸币收入相对很小。所以，如果说外汇储备招致了损失，那么这个损失是通过压低利率转移到了国内储蓄者身上，或者说压利率补汇率。

值得研究的是，利率和汇率同时保持稳定的难度有可能增加。在未来一段时间内，加息和升值可能会成为必要的紧缩手段。如果继续冻结这两个政策工具，就需要更加依赖信贷控制和资本账户管制的行政手段。经济基本面有可能较为令人满意，但也会掩盖很多问题。此外，这些价格性工具一旦被锁定，许多结构调整工作的难度将有所增大。当利率保持在较低水平，获得贷款就等于获得一笔补贴，这反而会增加中小企业和民营企业的贷款难度。从维持外向型增长模式而言，保持人民币汇率稳定是必要的，但这会意味着中国经济的内外失衡有可能还会在危机前的程度上进一步强化。

（五）及时传递正确信息，引导公众对通胀形势形成合理判断

通货膨胀预期是否会自我实现，在很大程度上取决于政策面在治理通货膨胀

上是否具备公信力，以及公众如何评估未来通胀的程度及持续性。货币供应量在一段时期出现明显增加，并不会立即诱发通货膨胀，及时有效的沟通是控制通胀局面的必要一环。这首先要求改进通胀指标的统计工作，提升公众信任度，避免因不信任而出现通胀恐慌。当前的消费者物价指数等物价指数与公众感受差别较大，加强宣传消除误解是一方面；另一方面，也应按照国际准则和我国家庭开支权重的变化，改善消费者物价指数等指标的核算。其次，应逐步增加宏观调控的透明度和可预期性。当前的宏观调控很注意追求出其不意的政策效果，但这种操作对经济主体和金融市场的冲击较大，同时因缺少对政策变动的充分解释，经常会出现误读甚至是过度解读。这说明政策当局在与公众的沟通上，还有相当大的改进空间。

# 人民币升值进程中的两个误解[①]

种种迹象表明,人民币升值的步伐正在加快。这个判断不仅得自人民币汇率最近的走势,从央行公开报告的措辞中也可见端倪。假如这个判断是正确的,那么,当前流行的与人民币汇率相关的两种观点就亟待澄清。一种观点认为,既然人民币升值能够起到抑制通胀的作用,那么国内的紧缩性货币政策尤其是加息就变得并不那么迫切了。另一种观点认为,资本项目的开放应该早于人民币大幅升值进行,至少是同步推进。我认为,这两种观点的共同之处是都忽略了人民币升值应该具备的配套性政策,没有了相关政策所营造的升值环境,汇率重估的风险将被放大。

人民币汇率近期的活跃表现再次吸引了各方注意力。截至 2007 年 11 月,人民币对美元汇率水平已经从 2006 年底的 7.8:1 上升到 7.4:1 左右,升值幅度接近 5%。从国际比较的视角来看此速度并不惊人,但这已比早前市场对人民币每年 3% 的升幅预期高出很多。另有投资银行近期发布预测认为,人民币升值速度

---

① 本文写于 2007 年年末。

将加快,预计 2007 年年底就将达到 7.3∶1,2008 年年底将达到 6.79∶1。与此相关的国际背景是,继美国之后,欧盟也加入了要求人民币更快升值的行列。

更让人充满联想的是,央行近期在人民币汇率的表述措辞上接连出现变化。先是在 2007 年 10 月货币政策委员会例会公告中,指出今后在汇率市场上将"更大程度地发挥市场供求的作用"。后是在 2007 年 11 月发布的《第三季度货币政策执行报告》中表示:"经济学的理论分析和各国的实践均表明,本币升值有利于抑制国内通货膨胀。"该报告进一步指出,在中国对资源性产品进口依赖程度加大的背景下,本币适度升值有利于降低以本币计价的进口成本上涨幅度。虽然这种传导会存在一定的时滞,但长期来看,名义有效汇率变化会对消费者物价指数和生产者价格指数产生明显影响。

的确,人民币加快重估有充分的理由。作为开放大国的货币,人民币汇率的弹性亟待增加。对于小国而言,维持汇率基本稳定,通过内部调整达到内外均衡或是合理的。但日本、德国、俄罗斯等国的经验表明,更有弹性的汇率制度才是大国的首选。因为,要维持汇率稳定,内部经济就需作出调整,对大国而言,这需要较长的时间,也需要较大的代价。基于这种考虑,人民币币值的重估应以自身为主,从国民经济健康发展的大局出发作出抉择。

长期以来,人民币汇率走势与中国经济发展有所背离,这在国际汇率史上是不寻常的。依据巴拉萨—萨缪尔森假说,高速经济增长一般会伴随实际汇率升值趋势,然而,持续贬值是人民币实际汇率在改革开放后经济高速增长几十年中的主旋律。这构成了一个特殊案例。

2005 年 7 月"汇改"以前,1978 年以来的人民币实际汇率走势大致可分为三个阶段。第一个阶段是 20 世纪 70 年代末到 1993/1994 年,人民币实际汇率主要是单边贬值,贬值幅度达 2 倍左右。第二个时期是 1994—1997 年,人民币实际汇率大幅升值。第三个时期是 1998—2005 年,实际汇率出现显著贬值的局面,累计贬值达 1～2 倍。

"汇改"以后,人民币的升值幅度仍不明显。名义上看,人民币兑美元汇率,2007 年 1—10 月已升值 4.2％,自 2005 年 7 月以来累计升幅已达 7.6％。这个速度并不惊人,菲律宾比索 2007 年 9 月一个月的升值幅度就超过 6％。更重要的是,最近的汇率变动更多是因为美元疲软,而不是人民币主动调整的结果。2007 年 1—10 月,人民币兑欧元汇率下跌了 3.7％。按贸易加权计算,"汇改"以来,人民币仅升值 2％。

这里有两种倾向值得商榷。一种倾向是,在市场预期央行会更加倚重汇率政策的同时,很多人猜测利率政策的相对重要性将有所降低。一个信号是,在 2007 年连续 5 次加息之后,央行行长周小川日前在南非会议期间称,虽不排除继续调整利率的可能性,但央行不需要过于频繁地上调利率。周行长同时表示,央行对当前的利率水平感到满意。

然而,如果就此推断利率政策将被边缘化是不合时宜的。我认为,在注意到央行有关汇率政策措辞上出现微妙变化的同时,更应该关注最近提到的"加强利率和汇率政策的协调配合"的新提法。这一点非常重要。正是由于在本币升值期货币政策理念的不同,联邦德国才得以有力控制住日本式的泡沫经济。1970—1985 年,联邦德国基础货币、M1、M2 和 M3 等四个货币指标的增长率均与 GDP 的增长率相差无几,保持了适度比例。实践显示,适宜的货币政策有利于经济向更高的均衡发展路径过渡。

经济学理论告诉我们,对于抑制经济由局部过热转向全面过热来说,提高利率和升值具有异曲同工之效,具有某种程度的替代效应。但应该注意到,这只是在封闭经济条件下才成立的。对于开放经济体而言,汇率政策和利率政策必须密切配合。在升值预期支配下,流入国内的国际资本会在股市和房市上兴风作浪,如果货币政策不能有效地紧缩以便控制国内资产价格的话,类似日元升值的经济泡沫或在人民币加快升值时期泛起。

另一种倾向认为,人民币升值和资本账户开放应该齐头并进,甚至是在维持人民币基本稳定的前提下,加快人民币可自由兑换和资本账户开放正当其时,前段时间的港股直通车呼声就是一例。

的确,中国有必要在人民币升值和资本账户开放之间作出选择。从长期来看,这无疑是一道多选题,汇率重估和资本账户开放最终都会得以实现。然而,就眼下而言,两者兼得还有困难;在人民币接近均衡水平之前,这将是一道单选题,并且答案是唯一的,即本币的升值应在资本账户开放之前。打个比方来说,资本好比洪水,资本账户管制好比闸门,而汇率代表着闸门内外水位的落差。在当前情形下,至少在国际金融市场看来,人民币升值幅度远远没有达到应有的水平。也就是说,闸门内外水位的落差还很大,如果此时大开闸门,国际资本的洪水将顺势蜂拥而入,并可能席卷着大量财富急泻而出。这种灾难性结果现在或许还很难想象,但中国不正是凭借着资本关注而幸免于 10 年之前的亚洲金融危机,并成功避过次级债危机的直接冲击吗?

因而,在人民币币值真正得到合理重估之前,急于推进资本项目改革,无异于将充满投机机会的中国市场暴露于世,届时中国内部的结构性矛盾将成为国际资本攻击的对象。反过来说,当本币升值到均衡汇率附近时,再实现人民币资本项目下的完全可自由兑换便是水到渠成、顺理成章的事了。

汇率作为一国经济基本面的反映,长期来看其估值必须与经济发展进程相适应。与此同时,汇率还是影响内外部经济关系的关键经济变量。这意味着,如果加快升值是必要的,那么在汇率改变过程中,综合考量与之相关的经济和政策环境也同样必要。中国既往的实践表明,所有的目标不可能全部一蹴而就,尤其是各个目标存在相互牵制关系的时候。

# 用升值解决中国的环境问题？

2007 年五一期间，我从安徽蚌埠乘车到淮南，途经凤台县，为了避开收费站，出租车师父说服我们走以前的老路。半小时之后，红色的桑塔纳居然变身为一辆小白车。何故？原来，凤台县是远近闻名的水泥大县，而水泥生产带来了满天灰尘。凤台县拥有较为丰富的煤、磷矿石、紫砂土、耐火土、石灰石和白云岩等矿产资源，发展水泥工业具有明显优势。我注意到，一路上，从加重大货车到普通的东风和解放货车，甚至手扶拖拉机，全都满装矿石在坑洼不平的路上颠簸着，扬起一团团浮尘，路边大大小小的水泥窑场鳞次栉比。

与这个县的首次亲密接触就这样给我留下了深刻的印象。后来翻阅有关资料发现，凤台县原来还真不简单，它是皖北唯一的全省十强县，同时也是安徽省财政收入第一县。我知道，在中国，凤台县的发展路径具有典型意义——人们在努力创造出国内生产总值增长奇迹的同时，也创造出令人震惊的污染速度。这样的例子俯拾皆是。郑州市区有一条有名的东风渠，那是 1958 年郑州人用义务劳动的办法开挖的一条灌溉渠。当地人告诉我，这条渠 10 年前还是清澈见底，近年来却成了市区和近郊的主要泄洪排污河道了。最近虽然花了大力气清淤整治，河两岸也成了高档小区的聚集地和城北主要的休闲娱乐区域,但人们对它"臭水渠"的习惯称呼仍可谓是名副其实。

的确,中国所面临的环境压力越来越大了。最近各地 2007 年上半年的经济数据出来后,面对一片飘红的两位数增长率,有专家认为,实际上很多地方的国内生产总值增长为零,甚至为负,原因在于这些地方环境破坏严重,而这是相当巨大的成本和损失。

说到如何解决中国日益恶化的环境问题,每个人都能提出一箩筐好主意。有趣的是,我最近注意到一种新颖而具有启发性的建议:加快人民币升值。在最新一期的《远东经济评论》上,瑞银集团(UBS)亚太区首席经济学家乔纳森•安德森(Jonathan Anderson)撰文指出,被低估的人民币汇率降低了人民币的购买力,阻碍了中国购买资金和环境密集型的重工业品。作为一个人力资源丰富,而资源技术资金短缺的发展中国家,中国大量出口纺织品、玩具、皮鞋等商品顺理成章,但在中国的大宗出口清单上还包括机电、IT 产品,甚至汽车这些本该进口的产品,正是这种出口全面开花的状况导致了顺差的居高不下。安德森认为,鉴于中国低附加值商品在国际市场上的定价地位,人民币加快升值至少不会在短期降低出口,但却会让中国资金环境密集型的重工业品丧失竞争力,从而增加进口。这些重工业包括化工、金属和机械制造等。

安德森找到了另一个要求人民币加快升值的理由。他的结论是,人民币更快更大幅度的升值会带来双赢或多赢的局面:中国能够缓解环境能源压力,而世界主要经济体对中国的逆差将减少。这个观点的新巧之处在于,很少有人会把环境的改善与人民升值联系起来;具有说服力的是,在中国的进出口门类上,并不完全符合比较优势或者要素禀赋所设定的图景;而这个观点有吸引力的地方在于,日益严峻的环境形势值得我们做任何合理的努力。

然而,我们不应该指望政府会采纳这项建议。迄今为止,我们在汇率问题上所奉行的"渐进、有效、可控"六字方针并没有出现改变的迹象。即便是人民币汇率出现加速升值,环境问题也不会是主要的考虑因素。这不是说政府还不够重视环境,而是因为,人民币升值对于改善环境的作用并没有想象中那么大。

造成中国环境困境的一个关键事实是,中央总比地方更关心环境,问题是如何才能让地方具备认真保护环境的积极性。地方政府纵容危害环境的过度开发或不合理开发是政绩需要,环境恶化通常有个过程,任期内可能不会及时显现,即便有所暴露,为了经济增长也是值得的。所谓一俊遮百丑,在政绩考核时地方官员不会因此吃亏。另外,一个地方所造成的环境成本可以被其他地方分摊。比如,上游地区的排污会顺势转移到下游,对自己的影响并不大。

启动绿色国内生产总值核算曾经被寄予厚望,然而经过 3 年的折腾后,权威部门日前已宣布绿色国内生产总值项目被"无限期推迟"。的确,正如我曾经撰文指出的,自身问题多多的绿色国内生产总值是难以承受政绩考核之重的。

几乎在绿色国内生产总值核算宣布夭折的同一时间,出现了一个令人欣慰的政策动向。不久前,国务院下发意见,明确了优化开发、重点开发、限制开发和禁止开发四类主体功能区的划分方式、功能定位、财政投资政策等相关内容,并确定2007 年形成初稿上报国务院审议,2008 年完成规划送审稿。划分主体功能区有望帮助环境治理迈上一个新台阶。功能区的划分依据是自然地理环境所具备的功能禀赋而不完全是行政区划,这有利于消除临近地方政府相互推诿的"外部性";更重要的是,划分主体功能区还意味着政绩考核方式的改变。对于那些限制开发和禁止开发的地方来说,不可能再按经济增长率来考核政绩了,相反会以"不作为"的程度来作为考核标准。

尽管有不少人立即指出划分主体功能区存在这样那样的困难,但我相信这种方向的努力已经触动了环境困境的根子,比起通过人民币升值再经过价格机制起作用的建议要直接得多。要等到人民币升值抬高破坏环境的成本,从而让那些企业倒闭,不知道多少地方会加入到把红车变白、把清渠变成臭水沟的队伍中去呢。

后 记

　　差不多从 2004 年开始,我就一直保持着对经济热点尤其是宏观经济方面的浓厚兴趣,并坚持把自己的思考和感想写成文字。尤其是最近三四年,国际国内宏观经济金融形势发生着剧烈变化,促使我不停地学习、思考和写作。6 年时间里,积累下了数量可观的随笔、短论和专栏文章。这本集子就是由从中选出的 50 余篇文章集结而成的。此外,我还为本书写了一篇长达一万多字的导读。

　　最初作为复旦"象牙塔"里的一员,我对于写作经济分析一类的随笔乐此不疲。这本随笔集里保留了那段时期的几篇代表作品。在后来的一些文章中,还是能够看到散文化的行文形式。在那个时候,有一批优秀的经济学家热衷于通过"经济散文"这个方式与公众交流,我的博士生导师张军教授就是其中一位。在我开始写作历程的 2004 年,张老师已经出版了他的第四本随笔集《愉悦的思考》。当时我为这本书写过 2 篇书评,分别发表在《文汇读书周刊》和《经济观察报》上。

　　随笔集的第一部分是关于"中国经济模式"的。中国经济的高速增长是与一些结构问题的凸显结合在一起的。我对这些结构失衡本身作了一系列的分析。此外，我还对结构失衡背后的形成机制作了探讨。这些探讨主要是基于我自己研究工作的心得。不久前，我对博士论文作了一些调整修改，并已在复旦大学出版社出版，书名叫做《中国式分权和地方政府行为：探索转变发展模式的制度性框架》。我认为，从中央—地方关系和地方政府行为的角度，可以对中国经济模式作出合理解释。这些想法当然也体现在这本书的一些文章中。

2007 年 8 月，我进入中国人民银行上海总部从事研究工作，也就是在那个夏天，次贷危机在美国爆发。当然，那时我还没有意识到我们赶上了一场罕见的经济金融动荡。因为工作的关系，我的研究领域和关注重心很快便集中到了宏观经济和货币政策这些方面。今天看来，中国只是遭受了一次相对严重的外部冲击，本身并未真正发生金融危机。尽管如此，我对近三年工作的总体感觉还是紧张而兴奋的，对宏观经济风险的快速转变和宏观调控的操作艺术也因此有了更多的直观感受。

显然，在这样的非常时期，宏观经济研究是一项挑战性相当大的工作。因为，与趋势分析相比，预测拐点要困难得多，而自 2007 年以来，经济金融领域里出现拐点的频率显然大大增加了。将这段时间的文章放在一起示人，是一件相当大胆的事。在编排本书时，我如实放入了当时的原文，只是把"今年"、"明年"等换成了对应的年份，对于读者一眼看不出时间背景的文章，加注标明了写作时间。这有助于读者了解当时的经济金融风险、政策动向，当时的主流观点和我自己的思考及其依据。回头来看这些文章，经过这几年非常时期的跟踪研究，我在分析、判断和文字上都得到了锻炼。

写作这些文章首先是源自自己的兴趣。在这个过程中，我也渐渐发现这其实是不断提高自己分析现实问题能力的一个很好途径，对工作和研究都帮助很大。出于这样的考虑，尽管工作生活上的事情越来越多，我还是坚持了下来。当一个人做自己喜欢的事情时,总觉得是有时间的。此外,写出这么多文字还得感谢许多关心我的朋友们的催促和鼓励,他们给了我持续写作的动力。

我的老师,复旦大学张军教授,在深秋的杭州西子湖畔为本书写了一篇精彩序言。文章对流行的经济结构失衡观点作了一番商榷,值得细细品味。不久前,张老师的 2007 年发表在《经济研究》首篇的论文,获得了 2010 年度"第三届张培刚发展经济学优秀成果奖",无疑是实至名归。幸运的是,我是文章的合作者之一,算是沾了些喜气。

根据编辑要求,我邀请了 5 位有影响力的学者作为推荐人,他们对本书所讨论的话题均有着深厚的研究背景和重要发言权。这里我要向他们长期以来对我的关心和帮助表示感谢。为了能尽快了解本书的内容,并写出他认为恰当的推荐语,渣打银行大中华区研究主管王志浩(Stephen Green)博士专门约我在上海环球金融中心共进午餐,当然除了这本书,我们还聊到了很多话题。李迅雷老师作为国泰君安的总经济师和首席经济学家,研究工作和商务活动十分繁忙,尽管如此,李老师很快就阅读了书稿,并发来热情洋溢的推荐语。洪老对中国金融史和货币史作出过开拓性和奠基性贡献,再过一个月,洪老就将迎来他的九十一岁华诞,但他依然精神矍铄,思维敏捷,笔耕不辍,并坚持每周一到办公室工作一天。我刚到单位不久,洪老就主动来关心我,几乎每个月都会传来他的新作,我也经常找到他交流自己的想法,受益良多。复旦大学的陆铭老师可以说是国内 20 世纪 70 年代出生的标杆性的青年经济学者,陆老师坚持"激情、理性、建设"的学术原则影响了阅读他文字和同他交往的一大批人。我的师兄罗鼐多年来一直在华尔街的知名投行工作,近年来他供职于摩根士丹利的固定收益定价部,不久前他开始任里子村证券(亚洲)有限公司固定收益部副总监,我们曾讨论过债券衍生品的问题。

感谢"蓝狮子财经出版中心"资深编辑王留全先生所做的大量工作。最开始,我们是经由中国海洋石油总公司能源经济研究院的管清友博士介绍认识的。后来才得知,许多朋友的书都是经由王编辑策划出版的,他的敬业精神和出版经验得到了广泛的好评。我们期待着会有进一步的合作。

　　本书的文章大都是我在工作学习之余写就的。这些时间本来应该用来分担家务和陪伴家人。女儿出生以来,一直由我父母精心照料呵护着。他们从未离开家乡如此之久,克服了在大城市生活的许多不适应。还要特别感谢我的爱人。当我花更少的时间陪女儿玩时,她不得不牺牲她做科研的时间。尽管如此,她还是表现得相当出色。或许,她在科研上的"产出—投入比"要明显高于我。

　　　　　　　　　　　　　　　　　　　傅　勇

　　　　　　　　　　　　　　2010 年 12 月修订于上海家中

## 图书在版编目(CIP)数据

失衡的巨龙：中国经济的寓言与预言/傅勇著. —杭
州：浙江大学出版社，2010.12
ISBN 978-7-308-08456-7

Ⅰ.①失… Ⅱ.①傅… Ⅲ.①中国经济—研究
Ⅳ.①F12

中国版本图书馆 CIP 数据核字(2011)第 030539 号

**失衡的巨龙：中国经济的寓言与预言**

傅　勇　著

| | |
|---|---|
| **策　划　者** | 蓝狮子财经出版中心 |
| **责任编辑** | 王长刚 |
| **文字编辑** | 魏文娟 |
| **出版发行** | 浙江大学出版社 |
| | (杭州市天目山路 148 号　邮政编码 310007) |
| | (网址：http://www.zjupress.com) |
| **排　　版** | 杭州大漠照排印刷有限公司 |
| **印　　刷** | 杭州杭新印务有限公司 |
| **开　　本** | 710mm×1000mm　1/16 |
| **印　　张** | 18.5 |
| **字　　数** | 249 千 |
| **版 印 次** | 2010 年 12 月第 1 版　2010 年 12 月第 1 次印刷 |
| **书　　号** | ISBN 978-7-308-08456-7 |
| **定　　价** | 38.00 元 |